Helen Hodgman Midlife, Harleys und Tattoos

HELEN HODGMAN

MIDLIFE, HARLEYS & TATTOOS

Aus dem australischen Englisch
von Gabriele Yin

Orlanda Frauenverlag

Originaltitel:
»Passing Remarks«
Anchor, Australien und Neuseeland, 1996

Die Deutsche Bibliothek – CIP-Einheitsaufnahme:
Hodgman, Helen : Midlife, Harleys und Tattoos :
Roman / Helen Hodgman.
Aus dem austral. Englisch von Gabriele Yin.
Berlin : Orlanda Frauenverlag, 1997
ISBN 3-929823-48-9

1. Auflage 1997

Lektorat: Angelika Pätzold
Umschlagfoto: Abe Elshaikh
Umschlaggestaltung: Barbara Zillmann
nach einer Idee von Liz Seymour
Satz: Satzinform, Berlin
Druck: Clausen & Bosse, Leck

Dieses Projekt wurde unterstützt von der
australischen Regierung durch den Australia Council,
seine Stiftung für Kunst und das Beratungskomitee.

Stell dir vor, wie dein zelluläres Selbst
nolens volens im grenzenlosen Äther rumwirbelt –
Donnerwetter, das ist unglaublich!
Krazy Kat

Zweierlei widerfuhr Rosemary in jenem Frühsommer: sie gewann 30.000 Dollar beim Keno-Spiel im Hakoah-Club, und sie verliebte sich in eine Frau, die viel jünger war als sie. So trat sie überglücklich in ihr einundfünfzigstes Lebensjahr.

Seit kurzem tauchte Billie am Strand auf und parkte ihr Motorrad vor Rosemarys Haus. Manchmal kam sie mit Freunden und manchmal alleine. Eines Abends sah Billie sich von einem trägen Muskelprotz belästigt, der einen Steifen hatte und wissen wollte, woher sie ihre Muskeln und ihr Gebaren hatte. Während Billie noch überlegte, was sie mit ihm anfangen sollte, warf ihr eine wilde und bucklige Welle Rosemary vor die Füße. Billie ergriff die Gelegenheit, reichte ihr die Hand, half ihr auf und küßte sie auf eine Art, die der halbstarke Jüngling und alle anderen, die wie Teebeutel zwischen den Badefähnchen auf und ab dümpelten, keinesfalls als schwesterlich mißverstehen konnten.

Natürlich können solch verwegene Anfänge in ganz unterschiedliche Richtungen führen. Es ist alles eine Frage des Timings, und in diesem Fall kam Billie gerade richtig. Rosemary war gelangweilt. Sie war lustlos und hatte dies gründlich satt, wenngleich die Lustlosigkeit ihren Zweck erfüllt hatte, indem sie auch noch die letzten Reste von Verlangen abgestumpft hatte, die zurückgeblieben waren, nachdem Lyn im letzten Jahr nach Amerika zurückgegangen war. Sie wußte, daß diese neue Geschichte ihr Schmerz bereiten würde. Sie schien ihr Pech und sie schien ihr Glück zu verheißen.

Warum ich? war die Frage, die sie hatte stellen wollen, aber natürlich war es besser, in solch rauschhaften Momenten keine Fragen zu stellen, auf die du die Antwort nicht schon weißt. Sie sparten sich jegliches Ritual – das heißt, ein Mittagessen beispielsweise oder den Austausch ihrer jüngsten Bettgeschichten –, gingen einfach zu Rosemary nach Hause und taten es.

Von nun an trafen sie sich heimlich. Sie trafen sich leidenschaftlich. Rosemary nahm ab, vernachlässigte ihre Freundinnen und Freunde, trank ein bißchen zu viel, war ständig feucht zwischen den Beinen und hatte sich nie im Leben besser gefühlt, jedenfalls seit langem nicht.

Dann rief Billie eine Woche lang nicht an und kam auch nicht vorbei, was in Ordnung war, aber dann wurden zwei Wochen daraus, und das war nicht mehr in Ordnung. In diesen vierzehn Tagen beaufsichtigte Rosemary die Renovierung ihres Hauses, die sie dank des Kenogewinns durchführen ließ, und bei ihrer Arbeit näherte sich das Jahr dem Ende. Unterdessen dachte sie darüber nach, was sie über Billie wußte: Sie hatte nach vier Semestern ihr Jurastudium abgebrochen, jobbte nun als Kellnerin in einem Café in Darlinghurst und sang manchmal in einer Funkband.

Eines Abends klingelte spät das Telefon. Billie wollte, daß Rosemary in diesen Club käme. Sie beschrieb ihr den Weg.

»Kannst du nicht herkommen?«

»Nein. Komm doch einfach, hörst du? Wir müssen miteinander reden.«

»Wir können doch hier reden.«

»Nein.«

Rosemary fuhr schließlich hin. Sie parkte und ging zum Club hinüber. An dem schäbigen Eingang zahlte sie für ihren Einlaß, und die Junglesbe an der Tür, die ein T-Shirt mit der Aufschrift: *Ich kam, ich sah, ich war gelangweilt* trug, griff ihre Hand und drückte ihr einen Stempel aufs Handgelenk.

»Was steht da? Lesbe?«

»Nur bei bestimmtem Licht« war die Antwort. Rosemary hätte sich gerne weiter erkundigt, was das bedeuten mochte, aber sie war zu sehr darauf aus, Billie zu treffen. Sie war nicht an der Bar. Sie suchte die überfüllte Tanzfläche ab. Dort war sie, und sie hatte Rosemary auch schon gesehen. Sie faßte ihre Tanzpartnerin am Arm und deutete dabei auf Rosemary. Die Frau lachte. Rosemary lächelte. Sie lehnte sich an die Wand und wartete. Sie war fünfzig. Sie konnte warten.

Billie und Rosemary setzten sich an einen Tisch. Billie erzählte ihr, daß sie fortgeblieben war, weil sie sich darüber klar werden wollte, was sie von dieser Beziehung wollte. Sie wollte am Morgen neben Rosemary aufwachen können, ins

Kino oder zum Einkaufen mit ihr gehen, ihre Freundinnen treffen, und wenn sie all das nicht haben konnte, würde die Sache eindeutig nirgendwo hinführen, und dann könnten sie ebenso gut gleich damit aufhören.

»Es muß nicht aufhören«, sagte Rosemary, und Billie nahm ihre Hand und führte sie in einen dunklen Raum mit einer Matratze auf dem Boden, und Billie flüsterte: »Darling, heb die Hüfte an«, so daß ihr ihre Lippen und Zunge das Vergnügen bereiten konnten, das beide suchten.

Manchmal, wenn Rosemary alleine zuhause ist, fragt sie sich, wer diese unbekannte Frau mittleren Alters ist, die sie flüchtig das leere Zimmer durchqueren sieht, wenn die Nacht die Fenster in Spiegel verwandelt: Wer nur steckte in dieser Hülle aus Haut?

Sie nimmt einen Tiegel mit goldenem Deckel und beginnt, ihr Gesicht für die Silvesterparty zurechtzumachen. Ihr Leben und ihr Haus sind im Lot. In diesem Augenblick schläft Billie in Rosemarys Bett hier im Schlafzimmer, und in der Küche ist alles vorbereitet: nichts Kompliziertes, ein paar einfache und köstliche Sachen, die sie am Morgen auf dem Fischmarkt gekauft und am Nachmittag mit Hilfe des japanischen Kochbuchs, das ihre Freundin Gin ihr zu Weihnachten geschenkt hatte, zubereitet haben. Sie ist besonders zufrieden mit dem Tintenfisch und dem Spargel in der leichten Senfmisosauce, die sie in zierlichen Portionen auf den feinen, muschelförmigen Tellern angerichtet hat, die sie so gerne mag.

Rosemary stellt den Tiegel ab und glättet mit dem Handrücken ihren Hals und die Haut unter dem Kinn. Bedächtig trägt sie ihr Make-up auf. Sie schminkt sich nicht täglich, aber wenn sie es tut, macht es ihr Spaß. Sie hofft, daß es hält. In letzter Zeit neigt ihr Gesicht dazu, nach ein paar Drinks rosa und fleckig zu werden und seine Konturen zu verlieren.

Kristeva plumpst vom Bücherregal, wo sie damit beschäftigt war, irgendeinen unschuldigen Gegenstand mit ihren

Krallen zu bestrafen. Sie sieht sich um, ob Rosemary ihr zugeschaut hat, und schleicht dann durch das Zimmer, um sich in den Falten der Musselinvorhänge zu verstecken, die weich auf den Boden fallen.

Billie öffnet die Augen, beobachtet Rosemary und kommt zu dem Schluß, daß sie noch nie so glücklich war, niemals. Sie erinnert sich daran, als sie klein war und ihrer Mutter zugesehen hatte, wenn sie sich zum Ausgehen zurechtmachte und ebenso vertieft darin war wie Rosemary gerade. Damals war sie sehr klein gewesen, noch bevor ihre Mutter sich in einen Hippie verwandelt und ab dann alle Schönheitspräparate gemieden hatte, weil sie aus Walen oder sonst was gemacht wurden.

»Du siehst hinreißend aus.«

Rosemary dreht sich um. »Wirklich?«

Billie steht auf, geht zu Rosemary und küßt sie leicht auf die frisch gemalten Lippen. »Will ja nicht dein Make-up ruinieren.«

Rosemary sagt, daß es ihr im Grunde genommen gar nichts ausmachen würde, wenn Billie ihr Make-up an den Wänden verschmierte und sie Glied für Glied auseinanderrisse, aber daß sie andererseits nun einmal Gäste erwarten.

»Natürlich«, sagt Billie. »Deine Freunde werden bald hier sein, nicht?«

»Deine auch.« Rosemary stellt sich vor, wie Billies Freundinnen in Vorbereitung auf den Abend ihre Besen schmirgeln, das Leder wienern und die Sporen polieren. Wie sie in letzter Minute Pailletten an die Fruit-of-the-Loom-Unterhosen nähen, Ecstasy schlucken und darauf warten, daß die Glückseligkeit einsetzt. Rosemary hofft nur, daß sie sich nach all der Mühe nicht verfahren. Billies Freundinnen wurden leicht mißmutig und verwirrt, wenn sie aus ihren Hexenzirkeln im inneren Westen in die östlichen Stadtteile gerufen wurden. Das war zu schwierig, zu weit und, schlimmer: zu bourgeois, obwohl Rosemary nicht glaubte, daß sie dieses Wort verwendeten. Sie weiß nicht, mit welchen Worten, aber sie würden in jedem Falle klarstellen, was sie empfanden.

Sie waren eine so stachelige Truppe, sowohl was ihre Meinungen – wenn du eine aus ihnen herauslocken konntest – als auch ihr Aussehen anging. Was würden ihre Freunde von Billies und was würden Billies von den ihren halten?

»JoJo fährt mein Motorrad her.« Billie hat ihre Surfbretter, den Surfanzug und die Flossen bei Rosemary, aber das Motorrad hat sie bei ihrer Freundin JoJo in Glebe gelassen. Es hatte ja keinen Sinn, es am Strand zu haben, wo es nur rostete, und in der Stadt fuhr Billie nicht oft damit. Sie zog es vor, öffentliche Verkehrsmittel zu benutzen oder sich Rosemarys Auto auszuleihen.

»Manchmal, so wie jetzt gerade, erinnerst du mich an meine Mutter«, sagt Billie.

»An deine Mutter? Wieso?«

»Kann ich nicht genau erklären. Du weißt schon. Ich hatte nur so ein Gefühl, als ich dir zugesehen habe.«

Etwas regt sich in Rosemarys Magen. Sie weiß, daß Schmerz im Anzug ist. Eine große schwarze Musikerin arrangiert die Melodie schon in ihrem Kopf: *There's a great pain coming, Lord, Lord.*

Als die unbekümmerte Billie das Zimmer verläßt, um duschen zu gehen, weiß Rosemary, daß der Todesengel in diesen wenigen Sekunden surrealistischen Freiraums, ausgelöst durch Schock, das Zimmer betreten hat und fest in ihrer Welt steht, die Füße weit auseinander, die Arme in die Hüften gestemmt, die Flügel angelegt.

Diese dunklen Flügel haben Rosemary schon früher unbefohlen gestreift, wie sie jeden im Laufe eines Lebens streifen. Rosemary hatte bei verschiedenen Gelegenheiten knappe Zusammenstöße mit ihnen gehabt: bei einem Schwimmfest in der Schule, als sie sieben war, an einem nassen Novemberabend 1978 in Ontario, als ein Autoreifen platzte, und acht Jahre zuvor auf einem Hausboot, das auf der Themse in der Nähe von Oxford vertäut lag, und vor vier Jahren schließlich beim Tauchen am Cod Hole im Great Barrier Reef. Und dann gab es das eine Mal, an das sie sich nicht erinnerte, weil sie im Unterschied zu den anderen Begebnissen gar nicht gewußt hatte, was geschah, als der Tod sich in einer Single-Bar in Tacoma an sie geschmiegt und ihr ins Gesicht geschnattert hatte. Er war in der Verkleidung eines Massenmörders gekommen, der ihr einen Drink gekauft und dann beschlossen hatte, daß er sie nicht wollte, weil ihr Akzent ihn aus dem Konzept brachte.

Der Engel weiß selbst, daß es sich heute um einen weiteren Fehlalarm handelt. Er wird oft durch eine zufällige Bemerkung herbeizitiert, die Angst und Verlust an die Oberfläche hat sprudeln lassen. Er begnügt sich dann damit, einfach zu lauschen, während die Nagespuren der Krokodilsangst sich in ausgewachsene, blutige Bisse verwandeln.

Sie könnte mich wegen einer anderen verlassen.

Niemand hat Rosemary in all diesen Jahren konstanter Monogamie wegen einer anderen verlassen. Sondern Rosemary hat sie verlassen. Voller Mitgefühl und Unterstützung und einmal sogar erst, nachdem sie mehrere Partnerberatungen durchgestanden hatten, die ohne Zweifel bewiesen hatten, daß sie und die betreffende Geliebte ernste, einfühlsame Menschen waren, die beide wirklich wollten, daß es funktionierte, und daher auseinandergehen konnten, ohne daß eine sich schuldig fühlen mußte. Rosemary vergißt geflissentlich all die, mit denen es ganz und gar nicht so war, diejenigen, die jenseits der Grenze der Erinnerung immer noch knurren und wild um sich schlagen. Sie ist stolz, daß mehrere ihrer Geliebten jetzt Freundinnen sind und daß selbst diejenigen, die es nicht sind, nicht würgen, wenn sie ihnen im Theater oder sonst wo über den Weg läuft.

Sie könnte mich wegen einer Jüngeren verlassen.

Sehen wir der Tatsache ins Auge, Rosemary, die ganze Welt ist jünger als du. Sieh doch hinaus, wie sie alle vor Leben nur so strotzen. Sogar der Premierminister ist jünger als du: zwar nicht viel, aber jede Sekunde zählt.

Sie könnte mich wegen einer Jüngeren und daher Attraktiveren verlassen.

Genau. Vielen Dank, das ist es: eine, die attraktiver ist und nicht so wie ihre Mutter.

Rosemary geht zur Glastür. Sie öffnet sie und tritt auf den schmalen Balkon, von dessen Seite eine kleine Brücke zum Garten hinunterführt. Kristeva wickelt sich aus den Vorhängen und kommt zu ihr. Der Engel folgt vorsichtig. Er mag Gärten nicht. Sie veranlassen die Menschen, länger auf dieser Erde zu verweilen, als sie es anderenfalls würden. Gott allein weiß, was die Leute in ihnen alles anstellen seit jenem ersten Fick der Geschichtsschreibung. Rosemary betätigt einen Schalter, und hinter der Brücke wird ein kleiner, dicht bewachsener Garten im Flutlicht sichtbar. Rote fleißige Lieschen glühen wie Kohlen im Dunkeln, und die weißen scheinen daneben kühl und leuchtend zu schweben. Jasmin schäumt über die Seitenzäune, und die Schatten der Kentiapalmen wedeln leicht über die gekalkten Mauern.

Lauren, die Elektrikerin, hat bei der Außenbeleuchtung gute Arbeit geleistet und eigentlich auch bei der Innenbeleuchtung. Rosemary hofft, daß sie heute abend kommt, aber Lauren war nicht sicher gewesen, da ihre Geliebte vielleicht schon andere Pläne für den Silvesterabend haben könnte. Sie hatte gesagt, sie würde anrufen und Rosemary Bescheid geben, hatte es aber dann nicht getan.

Rosemary hatte es gefallen, Lauren im Haus zu haben. Ihre leichte, tüchtige Gegenwart war nach der bleiernen guten Laune der männlichen Handwerker, die monatelang hier gewesen waren, eine Erleichterung gewesen. Aber vor allem hatte sie mit leichtem Voyeurismus genossen, Lauren dabei zu beobachten, wie sie in ihren kurzen, ausgefransten Jeans auf die Leiter gestiegen war und wie die Arbeitsschuhe übertrieben ihre langen Beine betont hatten, und dann denkt Rosemary daran, wie vor noch weniger als einer Stunde Billie ihre Beine um sie geschlungen hatte, und der Tod, dem durch Gärtnern, Sex und die bevorstehende Gesellschaft von Freunden ein Strich durch die Rechnung gemacht wird, breitet seine Flügel aus und tritt ab.

Alan würde als erster eintreffen. Er ist stets zu früh oder zu spät, denn er hat kein Auto, und der öffentliche Nahverkehr befördert ihn immer auf die eine oder andere Seite der verabredeteten Stunde, aber nie genau ans Ziel. Er beschwert sich ständig über die Kapriolen von Bussen und Fähren, aber aus irgendeinem Grunde hat er nie den Führerschein gemacht.

Rosemary geht durch den Flur zum Wäscheschrank. Der arme Alan, denkt sie wie jemand, der Liebe gefunden hat und an jemanden denkt, der nicht so glücklich ist. Sie nimmt einen Stapel Strandtücher heraus. Nach Mitternacht würden alle zum Strand hinübergehen und im Felspool schwimmen. Rosemary zuliebe geht niemand in die Wellen. Sie möchte niemanden auf dem Gewissen haben, der berauscht oder betrunken ertrinkt.

Ob Billies Freundinnen wohl mitkämen oder lieber zurückbleiben und ihr Haus ruinieren würden? Rosemary kann kaum glauben, was sie gerade gedacht hat. Was ist bloß los mit ihr? Sie ist in letzter Zeit in vielen Dingen sonderbar geworden: Diese Jungen etwa, die ihre Baseballkappen verkehrtherum tragen, machten sie rasend. Wußten sie denn nicht, wie blöde sie aussahen? Sie würde sie ihnen am liebsten vom Kopf reißen und in den Mund stopfen.

Es klingelt. Rosemary umarmt Alan und küßt ihn auf die Wange. Kristeva rollt ihm auf dem rosenroten chinesischen Teppich vor die Füße.

»Ich hasse Katzen, besonders Modekatzen.« Alan tippt Kristeva mit dem Fuß an, und sie rollt sich hin und her und schnurrt und umkrallt seinen Schuh. »Du hast ja viel gemacht, das Haus sieht wundervoll aus. Sehr schick.«

»Mein Bruder bezeichnet es als Hollywoodkitsch.«

»Das sieht ihm ähnlich. Der arme Richard.«

»Er ist schon in Ordnung.«

»Du bist abgeklärter geworden. Muß an all dem materiellen Komfort liegen.«

»Muß wohl.«

Rosemary spürt hinter den Worten ihres Freundes einen kleinen Stich Eifersucht. Rosemary weiß, daß hinter ihren positiveren Gefühlen für den älteren Bruder der Tod ihres

Vaters steht, der für beide die Notwendigkeit beseitigt hatte, um seine Aufmerksamkeit buhlen zu müssen. Rosemary sagt es nicht, aber wird es womöglich bei anderer Gelegenheit nachholen, denn Alan ist ein guter Freund und an solchen Dingen interessiert.

»Dieses Jahr war halt mein Glücksjahr«, sagt sie nur.

Rosemary sieht sich mit einem Gefühl des Unwohlseins in ihrem schönen Zimmer um. Glück. Pech. Was hieß das? Mußte denn für alles ein Preis gezahlt werden? Sie war alt genug, um Billies Mutter sein zu können. Billie selbst hatte das gesagt oder jedenfalls etwas sehr Ähnliches.

»Wie geht's der Kleinen?« fragt Alan mit einem Schmunzeln, das er wahrscheinlich als Lächeln bezeichnen würde. Kann er ihre Gedanken lesen?

Draußen auf der Straße werden Autotüren zugeschlagen, und auf den Stufen wird geplaudert. Hier gibt es gleich eine Party.

»Los geht's«, sagt Alan und läßt den ersten Sektkorken des Abends knallen.

Rosemary hat ihr erstes graues Schamhaar entdeckt. Sie entfernt es mit der Augenbrauenpinzette, geht zum Fenster, öffnet es und läßt das Haar fliegen, das in Richtung des Cafés zwei Häuser weiter schwebt und sanft auf einem italienischen Weißbrot mit eingelegten Artischockenherzen, Salami, Olivencreme und den allgegenwärtigen sonnengetrockneten Tomaten landet, das dort auf einem der Tische steht.

Der Tag poltert zur Tür herein. Durchdringender Straßenlärm und Meeresgeräusche. Das Meer ist groß an diesem Morgen. Die Wellen überschlagen sich, sind so groß wie Wohnhäuser. Am Horizont sind Containerschiffe wie Ziele an einem Schießstand aufgereiht. Die langen, hohen Wellen werden von Surfern zerfetzt, eine Regenbogengischt hinter sich herziehend. Rosemary schaut ihnen zu, wie immer erfreut über die Verwandlung dieser schrecklichen Muskelprotze in eine ganz eigene, graziöse Rasse, wenn sie wie Krieger in ihren vielfarbigen Gummianzügen an den Strand kommen und ihre heiß gewachsten Bretter durch die stampfenden Wasser feuern und sich ihren Weg durch die Gischt hinauspeitschen.

Es war eine gute Party. »Die beste überhaupt«, wie Alan, der als erster kam und als letzter ging, gesagt hatte, als er mit ihnen beiden im Arm über den Bürgersteig auf das wartende Taxi zutanzte. Rosemary war froh, daß Alan und Billie sich so gut verstanden hatten, entgegen Alans Behauptung, daß er eigentlich niemanden, der in den Siebzigern geboren war, ernst nehmen könne. Rosemary hatte amüsiert festgestellt, daß Alan sich auf einen neueren Stand gebracht hatte; sonst waren die entsprechenden Leute in den Sechzigern und noch davor in der zweiten Hälfte des zwanzigsten Jahrhundert geboren worden.

»Übrigens, Mädels«, hatte Alan gebrüllt und den Kopf aus dem Fenster gesteckt, als das Taxi abfuhr, »ich kaufe mir ein Auto. Gerade entschieden, Neujahrsbeschluß! Tschüß!«

»Ich nehme mir nichts für das neue Jahr vor«, hatte Billie gesagt. »Wenigstens nicht, bis ich zurückkomme.«

In der Telefonzelle vor dem Haus hatte ein sehr großer und verschwitzter Südseebewohner »Frohes Neues Jahr« ins Telefon gegrölt.

»Zurück?«

»Kaputt. Kaputt. Kaputt«, hörte man den Insulaner schluchzen. Rosemary fragte sich, ob er sich auf das Telefon bezog oder auf sein Herz. Er übergab sich in den Hörer, und Rosemary verlor sofort jegliches Interesse am Zustand seines Herzens. Und sie schwor sich, nie wieder dieses oder irgendein anderes öffentliches Telefon zu benutzen.

»Von wo zurück?«

»Ich weiß, ich hätte es dir früher sagen sollen. Ich wollte es ja, aber ich wußte nicht, wie.«

»Macht ja nichts, sag's mir jetzt.«

»Ich gehe fort. Für ein paar Wochen. Solange, wie ich brauche. Ich bin mir nicht sicher.« Kakerlaken, so groß wie Parkbänke, hielten im Rinnstein eine Versammlung ab.

»Mit wem?«

»Mit niemandem. Ich gehe weg, um darüber nachzudenken, was ich als nächstes tun soll. Die beiden letzten Jahre waren für mich etwas durcheinander, das heißt, ich hatte eine gute Zeit. Eine großartige Zeit eigentlich. Aber ich muß über die Zukunft nachdenken, weißt du.«

»Ich werde dich vermissen.«

»Ich dich auch. Das weißt du doch.«

»Du rufst doch an, oder? Schreibst mir eine Karte?«

Billie zog Rosemary an sich heran. Sie küßten sich.

»Verfluchte, dreckige Lesben«, schrie der Mann in der Telefonzelle.

Rosemary hätte weinen wollen. Sie hielt die Augen geschlossen, um die Tränen zurückzuhalten. Sie hatte den Mann in der Telefonzelle um sich schlagen hören. Sie hatte gehört, wie die Tür aufgesprungen war, und gesehen, wie er auf Billies Motorrad zutorkelte, das am Bordstein geparkt war. Er hatte die Hand ausgestreckt, um es zu berühren. Schlechter Zug. Billie hatte ihn innerhalb von Sekunden auf den Rücken geworfen, mit dem Stiefel sein Handgelenk auf den Boden festgenagelt, so daß seine Finger sich auf der anderen Seite wie abgetrennte Spaghetti wanden. »Ahhh«, hatte er geschrien. »Aaaaahhh!« Und dann hatte Rosemary die Augen geöffnet, und was sie sah, war etwas ganz anderes. Der Mann taumelte über die Straße zur Bushaltestelle. Billie sah ihm nach.

»Der arme Kerl«, hatte sie nur gesagt, und Rosemary hatte sich geschämt. Wo sie bloß ein niederträchtiges Scheusal in einem geschmacklosen Hemd erblickt hatte, hatte Billie einen Mitmenschen gesehen, haltlos in einer gnadenlosen Welt, eine Marionette, die von Kräften herumgeschleudert wurde, die so weit außerhalb seines Einflußbereichs lagen wie der Planet Jupiter. Ein Mann, der dank Leuten wie Rosemarys Vorfahren ein zerrüttetes Opfer der nachkolonialen Verhältnisse war. Aber was, hatte Rosemary wie so oft innerlich gerufen, was kann *ich* daran machen?

An diesem schönen Morgen jedoch sitzt sie auf der breiten Fensterbank und schaut auf die orangen Dächer der Telefonzellen. Auf der anderen Seite der Straße zum Strand liegt der Park mit seiner Miniatureisenbahn und den Münzgrills und diesen verrückten Schutzhütten mit den Kegeldächern, die überall auf der Rasenfläche verstreut sind. Am Rand trennt eine niedriger liegende Fahrspur den Park von der Straße, auf der die Busse ihre Reise vom Hauptbahnhof beenden und dort solange warten, bis es an der Zeit ist zurückzufahren.

Die Hautkrebsleute stellen am Strand ihr Informationszelt auf. Der Typ von der Strandwache, den Rosemary flüchtig kennt, weil er im Café oben an der Straße herumsitzt, wenn er nicht gerade den Verschmutzungsgrad des Ozeans mißt, schlendert mit seinem Glasbehälter, der an einer Schnur hängt, den Strand entlang, bleibt hin und wieder stehen, um mit dem einen Ende seines Kulis im Sand zu stochern und dann mit dem anderen etwas auf sein Notizbrett zu schreiben. Rosemary hofft nur, daß er nie das falsche Ende in den Mund nimmt. Sie hat ihn einmal gefragt, wonach er denn sucht.

»Schmierige Klümpchen, Kondome und Slipeinlagen.«

Das hätte eigentlich reichen sollen, es ihr und allen anderen bis ans Lebensende zu verleiden, im Meer zu schwimmen, aber irgendwie tat es das nicht.

Die mobile Polizeistation fährt gerade auf das Parkgelände und bezieht ihren Standort neben dem Surfclub. Der Strand ist heutzutage ein komplizierter Ort, denkt Rosemary, während sie ihren Orangensaft nippt und hofft, daß der leichte, bohrende Kopfschmerz hinter dem linken Auge, mit dem sie aufgewacht ist, sich bis zum Nachmittag von selbst geben würde. Schwimmen würde vielleicht helfen. Billie ist schon zum Strand gegangen. Rosemary beschließt, daß Schmerzmittel einfacher sind, und dann fallen ihr die Tabletten ein, die ihre Ärztin ihr letztes Jahr gegen Rückenschmerzen verschrieben hat. Sie sucht nach der Flasche und nimmt die zwei übriggebliebenen Pillen plus drei Panadolkapseln, was eigentlich eine gewisse Wirkung haben müßte.

Wo blieb Billie? Rosemary hofft, daß sie nicht in die Strömung geraten, auf eine Nadel getreten oder auf einer Slipeinlage ausgerutscht ist. Für Rosemary ist die Welt, über der sie thront, heute voller Unbehagen. Die Telefonzelle ist voller Erbrochenem, das Meer voller Dreck, der Park voller Leute, und Billie geht fort. Sie beobachtet, wie mitgliederreiche Großfamilien sich über den Rasen zu den Grills vorkämpfen; sie haben, so scheint es, ihren halben Möbelbestand dabei und jede Menge Dinge zu essen und zu trinken, die Rosemary für ausgesprochen ungesund hält.

Genau unterhalb ihres Fensters, neben dem Fußgängerübergang, machen zwei Autofahrer Anstalten, für den letzten unerlaubten Parkplatz in der Straße zu sterben. Die Insassen des Wagens, der den Platz ergattert hat, bleiben darin kauern, während der Fahrer des erfolglosen Fahrzeugs und seine Mitfahrer hinausdrängen und beginnen, gegen das andere Auto zu treten und es zum Schaukeln zu bringen. Drei Kinder plärren auf dem Rücksitz. Rosemary fragt sich, woher diese Leute kommen und warum sie bereit sind, die geistige Gesundheit ihrer Kinder wegen eines Parkplatzes aufs Spiel zu setzen. Durch den Schmerz in ihrem Kopf lammfromm geworden, fragt sie sich, was aus der Idee von einem gottgefälligen Leben geworden ist.

Tim, ihr Nachbar, der halbtags Bootsdesign an der Volkshochschule unterrichtet, kommt aus dem Haus und geht mit seinem kleinen, krummbeinigen Sohn Sam über die Straße in den Park. Tim hatte eine Kampagne für Anwohnerparkplätze ins Leben gerufen. Rosemary hielt das nicht für eine gute Idee. Sie war nicht zu dem Treffen der besorgten Anwohner gegangen und hatte auch nicht die Petition an den Gemeinderat unterschrieben, weil sie nicht glaubte, daß das die Leute davon abhielte, dort zu parken, wo sie wollten, und dann wären alle nur doppelt entrüstet, wenn jemand auf ihrem Platz parkte. Sie hatte mit den ansässigen Ladeninhabern gesprochen, und die hatten es auch nicht gewollt. Sie waren davon abhängig, daß die Strandbesucher in der Nähe ihrer Läden parken konnten. Sie konnten nicht nur von den

Anwohnern als Kunden leben, die ihren Großeinkauf in den Supermärkten erledigten, auch wenn die kleinen Läden praktisch für die Morgenzeitung waren oder wenn die Milch ausgegangen war. Die besucherreichen Sommerwochenenden und die Schulferien bildeten nun einmal ihre Existenzgrundlage.

Rosemarys Zunge erspürt die merkwürdige Stelle an der Unterlippe, die ihr von Zeit zu Zeit Sorgen macht: einen kleinen, rauhen Fleck, der nicht weggehen will. Zweifelsohne ein Erbe ihrer endlosen Kindheitssommer zu einer Zeit, als Sonne gut für dich war, wie die ständige, müde Ermahnung ihrer Mutter geklungen hatte: »Warum spielt ihr Kinder denn nicht *draußen*?«, und Hüte etwas waren, das Erwachsene lediglich zu Pferderennen und Hochzeiten trugen. Sie mußte die Lippe untersuchen lassen. Sie verstand nicht, warum sie es ständig aufschob. Es sah ihr gar nicht ähnlich, die Wahrheit nicht wissen zu wollen. Für so eine Selbstvernachlässigung gehörte sie zur falschen sozioökonomischen Schicht.

Jetzt kommt Billie vom Strand zurück, durchquert den Park, läuft leichtfüßig durch die Flut der Beladenen. Sie verschwindet zwischen den Bussen, die an der Endhaltestelle parken, taucht dann wieder auf, steigt die Stufen zur Straße hinauf, und jetzt ist sie hier, feucht und salzig, und küßt Rosemary auf den Hals.

Morgen würde Billie aufbrechen und die Küste hinauffahren, um ihre Mutter zu besuchen, die in einem Ort namens Bundagen wohnte, von dem Rosemary noch nie gehört hatte. Dann würde sie weiterfahren nach Byron Bay, um bei einer Freundin, die dort eine Ferienanlage betrieb, zu bleiben und vielleicht sogar eine Zeitlang dort zu arbeiten. Diese Freundin schien eine Art Vorbild für Billie zu sein, auch wenn sie sie bisher noch nicht erwähnt hatte. Es bestand auch die Möglichkeit, daß Billie noch weiter in den Norden fuhr, vielleicht sogar bis nach Cairns. Nichts stand fest. Alles hing von den Reiseplänen eines holländischen Mädchens ab, der Kusine eines Jungen, mit dem Billie sich während eines Schüleraustauschs in Holland angefreundet hatte.

»Mußt du heute etwas Bestimmtes tun?« fragt Billie. »Kommt jemand vorbei? Müssen wir jemanden besuchen? Oder können wir den ganzen Tag im Bett verbringen?«

Das Telefon klingelt. »Hätte ich bloß nichts gesagt.«

Der Anrufbeantworter schaltet sich an, aber der Anrufer entscheidet sich, keine Nachricht zu hinterlassen. Rosemary fällt ein, daß sie gestern abend mit Sara und Susan verabredet hat, heute nachmittag ins Kino zu gehen. Sie wird sie anrufen und es verschieben, bis Billie fort ist. Rosemary nimmt abrupt die Hand von Billies Brust.

»Was ist los?« Aber Rosemary kann Billie nicht erzählen, daß sie Angst hat, alleine zu sein, nicht unbedingt in der unmittelbaren Zukunft, aber auf lange Sicht. Alt und alleine. Krank und einsam. Heute morgen will ihr scheinen, daß Leute, die sie immer als bemitleidenswert abgetan hatte, womöglich recht hatten. Bleib verheiratet und lebe länger. Bleib zusammen und lebe. Demnächst werden sie es auf Autoaufkleber drucken. Nun hör schon auf, sagt sich Rosemary. Du schaffst dir eine Katze an, und du schaffst es schon. Oder einen Hund, wenn's sein muß. Ein Hund freut sich immer so, wenn du von der Arbeit nach Hause kommst. Sie braucht einen Drink. Sie weiß, daß Alkohol ein Sedativum ist, aber ehrlich gesagt, auf kurze Sicht erfüllt er durchaus seinen Zweck. Glücklicherweise gab es noch eine Flasche Sekt im Kühlschrank. Sie öffnet sie und reicht Billie ein Glas.

»Auf deine Reise«, sagt sie und trinkt.

»Prost, Geliebte«, sagt Billie. Und Rosemary erinnert sich daran, daß sie lieber tot wäre, als in Handschellen und als Zweiergespann zum Grab zu tapsen.

Rosemary ruft Sara und Susan an, und Billie geht ins Bett, um auf sie zu warten. Als sie den Badeanzug auszieht, breiten sich überall Spuren vom Strand aus. Billie bemüht sich, sie, so gut es geht, wieder einzusammeln. Rosemary wird es bestimmt merken, aber sie tut es nicht, oder jedenfalls beklagt sie sich nicht, denn Sand im Bett ist gar nichts verglichen mit dem Dorn des Selbstzweifels, der an ihr nagt. Statt dessen denkt Rosemary, als sie die Beine spreizt, daß sie einen Krebsabstrich machen lassen sollte, denn der letzte ist schon lange her. Billie schaut auf und lächelt ihr strahlendes Lächeln, bei dem Rosemary immer das Herz stehenbleibt.

»Es ist weg: dein kleines, silbernes Haar. Es war so hübsch, ich mochte es sehr.«

Rosemary fragt sich, warum Billie es wohl mochte. Sie möchte wissen, ob es sie auch an ihre Mutter erinnert, will aber nicht fragen.

Am Ende der Siebenuhrnachrichten auf ABC schauen sie sich den Wetterbericht an, und Rosemary wünscht sich insgeheim, daß es nirgendwo auf der Landkarte Regen gäbe, denn ihr Kopf ist voll von Bildern tragischer Schleudermanöver und dem verbeulten Chrom von Motorrädern, die im Regen herumwirbeln.

Billie braust die gebührenpflichtige Autobahn nach Norden entlang und denkt über gestern nachmittag und die letzte Nacht und Rosemary nach. Ihr fallen all die öden Schwärmereien ein, die ihre Freundinnen für ältere Frauen hatten und sogar immer noch haben, alle heiß, unerwidert und letztlich beschämend, und hier war sie: angebetet, akzeptiert, sexy und sicher in den Armen der Erfahrung. Nicht, daß es immer leicht wäre. Manchmal fühlte sich Billie unsicher. Wie etwa auf der Party, kurz bevor sie der Abordnung von Rosemarys Freundinnen gegenübertreten sollte: den Vorsitzenden von Untersuchungskommissionen – von denen gab es jede Menge – den Ärztinnen, Anwältinnen, Künstlerinnen, Akademikerinnen und dergleichen, und sie nur auf den Haufen Kleider vor sich starren konnte und in Panik geriet, was sie anziehen sollte. Was würden sie tragen? Die von den Kommissionen, zum Beispiel. Trugen sie ihre Schulterpolster auch auf Partys oder nur zum Mittagessen? Wahrscheinlich trugen sie sie auch im Bett. Sie konnte sich vorstellen, wie sie alle zahnlos murmelnd auf der Veranda irgendeines zukünftigen Altersheims für verwelkte Feministinnen aufgereiht waren und die dürren Arme weit auseinanderwarfen, um ihre bebende Behauptung zu untermalen, daß sie einmal Schulterpolster getragen hatten, die *so* groß waren.

Billie hatte schließlich einen schwarzen Minirock und ein Oberteil aus ihrem Stapel gezogen, ihr einziges Paar geile Pumps gefunden, das Haar mit Gel zurückgekämmt, den Nasenstecker wieder eingesetzt und sich unter die Partygäste gesellt. Nur um sofort von zwei kalten Augenpaaren bemerkt, herausgefordert zu werden – einem grünem und einem blauen, und welches Susan und welches Sara gehörte, war Billie scheißegal. Sie hatten in der Küche herumgeturtelt und dabei die blauen Terrazzoarbeitsflächen bewundert, als Rosemary mit Billie hinübergegangen war, um sie einander vorzustellen. Ihr vereinter Blick, dachte Billie, hatte besagt, daß Rosemarys neue Küche ein Traum, ihre neue Geliebte aber ein schwerer Geschmacksverstoß war.

»Billie. *Billie*? Ist das eine Abkürzung von Wilhelmina?«

Billie war nach einer englischen Schauspielerin benannt worden, die ihre Mutter bewundert hatte. Billie fand es einen ausgezeichneten Namen, obwohl sie zuweilen Schwierigkeiten damit gehabt hatte, in der Schule zum Beispiel. Mit solch offenem Gerede konnte sie umgehen, aber der eisige Müll, den die beiden hier austeilten, war nicht so einfach. Wie hätte Rosemary es wohl verkraftet, wenn sie begonnen hätte, ihre dürren Freundinnen in altbewährter Spielplatzmanier durch die Küche zu schleudern?

Billie hatte ihnen erzählt, daß ihre Mutter den Namen in dem Augenblick ausgesucht hatte, als Billie in die Welt gepurzelt kam und der Arzt sie hochgenommen und gesagt hatte: »Herzlichen Glückwunsch, es ist eine prächtige, stramme Lesbe!« Billie hatte beobachtet, wie die feinen Linien der Verwirrung auf Saras und Susans Gesichtern sich langsam zu einem knappen und ordentlichen Lächeln arrangierten, bevor sie sich höheren Dingen zuwandten: Ob es wirklich notwendig sei, ein Bidet zu installieren, und sie kamen zu dem Schluß, daß es, ja, absolut notwendig war. Gespräche über Inneneinrichtung langweilten Billie. Rosemary hing immer über Heften von *Vogue Living* oder *Interiors*. Einmal hatte Billie Rosemary in der Badewanne gefunden, wie sie eine Ausgabe von Vogue Interiors las samt einer Sonderbeilage über Küchen.

»Oho, Hausporno!« hatte sie geflüstert, ihren Rock gehoben und sich gerieben, um das Gesagte zu erläutern, und Rosemary hatte sie zu sich ins Bad gezogen und die Sache zu Ende geführt, während um sie herum europäische Herdplatten und Eismaschinen baden gingen.

Billies Mutter, die am Ende dieser langen Straße auf sie wartet, hat kein Geld, und auch Billie hat noch keines, aber sie beabsichtigt, das zu ändern. Billies Mutter klammert sich törichterweise, obwohl sie diesem Alter längst entwachsen ist, noch immer ans Hippiedasein und hat kein Geld, aber sie hat einen zerbeulten Holden-Kingswood-Lieferwagen. Außerdem hat es in ihrem Leben eine Reihe von Männern gegeben, von denen sie jeweils als »mein Alter« sprach, was für Billie einst merkwürdig geklungen hatte, aber jetzt auf diese alten Männer mit ihren mickrigen, grauen Pferdeschwänzen wörtlich zutraf.

Billie läßt sich die Frage des Geldes und die Haltung ihrer Mutter dazu durch den Kopf gehen. Es genügte einfach nicht, so lässig mit Geld umzugehen. Billie konnte nicht verstehen, wie irgendeine Frau so bereitwillig Machtlosigkeit akzeptieren konnte, aber ihre Mutter schien beinahe stolz darauf. »Ich bin nunmal ein Kind der Sechziger«, pflegte sie dann zu sagen, so als ob das etwas wäre, dessen sie sich rühmen könnte.

Geld ist gleichbedeutend mit Macht und Freiheit, glaubt Billie, aber es mußte andere Wege geben, an Geld zu kommen, als sich seinen Weg dem Licht entgegenzukrallen, das durch die Glasdecke im oberen Stockwerk irgendeiner männlichen Institution schien. Billie will keine Gleichberechtigung, Billie will eine andere Welt.

In ihren letzten beiden Schuljahren waren unter intelligenten, jungen Frauen zwei Krankheiten weit verbreitet:

Magersucht und der brennende Wunsch, Anwältin zu werden. Jura gehörte nicht zu Billies längerfristigen Ambitionen, aber als ihr Abschlußzeugnis gut genug war, um die Wahl zu haben, hatte sie sich doch dafür entschieden und das Studium als leicht und mechanisch empfunden, nachdem sie einmal den Dreh heraushatte.

In ihrem zweiten Studienjahr war sie überhaupt nicht mehr zu den Vorlesungen gegangen. Statt dessen war sie mit ihrer Geliebten Robin, die einen Dokumentarfilm über Aids drehte, nach Uganda gereist. Dort waren sie in einem Dorf im Norden des Landes auf eine alte Frau mit magischen Kräften gestoßen, die ein großes Loch in den Boden gegraben und dort ein Aids-Behandlungszentrum aufgemacht hatte. Die Kranken bekamen eine Handvoll Erde und wurden wieder fortgeschickt. Auch nicht so viel anders als bei uns, denkt Billie. Sie legt eine Madonna-Kassette ein und dreht die Lautstärke auf. Billie liebt es, Madonna in ihrem Helm zu haben.

Keine Bullen weit und breit. Sie gibt Gas. Wrrumm, saust sie davon. Der Wind peitscht das Lachen von Billies Lippen. Auf geht's, Billie, auf!

Rosemary ruft die Schädlingsbekämpfungsfirma an und verabredet einen Termin für die kommende Woche. Beim Saubermachen nach der Party hatte sie im Mikrowellenherd eine ganze Familie von kleinen, hellbraunen Kakerlaken gefunden.

»Deutsche Kakerlaken sind das«, sagt der Mann am Telefon, und Rosemary ist noch eifriger darauf bedacht, sie auszurotten.

Dann fährt sie zur Universität hinaus, nicht weil sie unbedingt müßte – Rosemary hat sich entschieden geweigert, in diesen Ferien einen Sommerkurs zu unterrichten –, sondern um ihren Stuhl abzuholen und zu sehen, was ihre Freundin Daphne so treibt.

Sie nimmt den kleinen, übelriechenden Lift ins Souterrain des Soziologie-Instituts und geht den Korridor entlang. Wie immer ist die Hälfte der Lampen aus, weil die Birnen entweder kaputt sind oder fehlen. In diesem Verlies geht nicht viel vor sich, obwohl der Parkplatz fast voll war und sie die Autos einiger Kollegen erkannt hatte.

Ein starker Geruch nach Zigarettenqualm, der unter einer fest verschlossenen Tür hervorkommt, verrät, daß Daphne in ihrem Zimmer an der fensterlosen Seite des Korridors arbeitet. An der Tür hängt ein Schild mit der Aufschrift: *Überall erkennen Frauen aufs neue die Göttin.* Hatte ihr das jemand zu Weihnachten geschenkt? War Daphne zu Weihnachten aus ihrem Büro hervorgekommen? Rosemary war sich da nicht so sicher. Zu Neujahr kam sie nie hervor; Rosemary fragte sie jedes Jahr, und jedes Jahr weigerte sie sich. Jemand könnte den Flur entlanggeschlichen sein und das Schild als Überraschung angebracht haben. Nun, denkt Rosemary, während sie nach dem Schlüssel zu ihrer Bürotür sucht, wenigstens braucht sich Daphne nie Sorgen über Hautkrebs zu machen.

Ihr Büro ist stickig und in dickes, gelbes Licht getaucht. Die Bücherregale quellen über. Kisten mit Büchern und Papieren, die an der Wand gestapelt sind, warten darauf, daß sie etwas mit ihnen anfängt. In der Ecke, teils durch die Tür verdeckt, liegt ein Haufen internationaler Zeitschriften: bröcklig und vergilbt, ungelesen.

Sie überfliegt ihre Post, aber nichts Wichtiges ist dabei. Dann verstellt sie die Jalousien, um das grelle Licht abzublenden, schiebt ihren Stuhl ans Fenster, setzt sich eine Minute hin und starrt auf die staubigen, einheimischen Pflanzen in den unansehnlichen Betonkübeln, die die erbärmliche Fläche umsäumen, die von jenen Schwachköpfen, die das Gebäude entworfen hatten, als unterer Innenhof bezeichnet wurde. Rosemary dreht sich auf ihrem Stuhl um, um die Feuergefahr hinter der Tür ins Auge zu fassen. Was sollte sie damit anfangen?

Früher einmal hatte Rosemary all diese Zeitschriften gelesen, jede einzelne und Wort für Wort, aber sie hat es aufgegeben, denn je mehr sie liest, desto mehr bekommt sie das Gefühl, daß ihr alles schon einmal begegnet ist. Soviel zu den Leuten, die die Vergangenheit nicht kennen und daher dazu verdammt sind, sie zu wiederholen – was war aber mit denen, die die Vergangenheit nur allzu gut kannten und dennoch dazu verdammt waren, sie zu wiederholen? Dort hinter der Tür lugten all die alten Themen hervor: Gleichberechtigung, Lohngleichheit, Abtreibung, Zensur, Todesstrafe, Rassismus, Sexismus. Warum sollte Rosemary das, was ihr noch verblieb vom Leben – und danach, wie die komische Stelle an ihrer Lippe sich auszubreiten schien, war das womöglich gar nicht mehr so lang – damit verbringen, diesen Leuten zuzusehen, wie sie durch das ausgetretene Dickicht des Déjà-vu trampelten, um einen Wald von Schlußfolgerungen, die von vornherein feststanden, zu erreichen? Besser war es, einfach ihren Stuhl zu nehmen und zu gehen.

Aber zunächst noch Daphne.

Rosemary geht zu ihrer Tür. Klopft. Ein polterndes Geräusch, dann Stille. Rosemary öffnet die Tür. Daphne kauert grau und unwirsch zwischen überquellenden Aschenbechern.

»Was willst du?«

Eigentlich hätte Rosemary sie gerne um Hilfe mit ihrem Stuhl gebeten, aber sie wußte, daß einer solchen Bitte nur Mißerfolg beschieden wäre.

»Nichts.«

»So, und was machst du dann hier?«

»Nun, ich dachte nur ... wenn es irgend etwas – du weißt schon – irgend etwas gibt, das ich tun kann, einfach ...« Rosemarys Stimme wird immer leiser beim Aufzählen einer ganzen Liste von wenig wahrscheinlichen Dingen, die sie für Daphne tun könnte.

»Aha, verstehe. Nun, es gibt nichts. Danke.« Letzteres sehr unwirsch. Ach, hol dich doch der Teufel, denkt Rosemary, lächelt höflich, als sie die Tür zuzieht, nimmt ihren Stuhl und fährt nach Hause, um zu sehen, wie die Kakerlaken ihre letzten Tage verbringen.

Billie steht auf dem Parkplatz eines K-Marktes. Mitten im Kreisverkehr vor der Raststätte zur »Big Banana« in Coffs Harbour ist sie mit ihrem Motorrad gestürzt, was ihr einen ziemlichen Schrecken eingejagt hat. Während sie im Sitzen ruhiger zu atmen versucht und die Leute an ihr vorbeiströmen, schweifen ihre Gedanken ab zu der besorgniserregenden Menge Unterwäsche, die es auf der Welt geben mußte und zu der Frage, wo die wohl alle endete.

Ihre Großmutter, erinnerte sich Billie, kochte ihre abgetragenen Unterhosen immer aus und benutzte sie als Staubtücher. Machten die Leute so etwas noch? Billie war sich sicher, daß heutzutage niemand mehr darauf wartete, bis die Unterwäsche fadenscheinig war, bevor sie ausrangiert wurde, obwohl ihre Kenntnis dieses Themas lückenhaft war. Ihre Mutter hatte keine Zeit für Unterwäsche und Billie ebenso wenig, abgesehen von einer kleinen Sammlung, die sie eigens für verführerische Zwecke ausgewählt, aber nun zuhause gelassen hatte.

Womöglich hatte Billies Mutter nie staubgewischt, weil sie nie die Unterwäsche hatte, mit der sie es hätte tun können, und deshalb immer sagte, daß ein bißchen Staub noch nie jemandem geschadet hätte und daß die Staubmenge nicht mehr anwüchse, sobald sich einmal eine bestimmte Stärke in einem Haus angesammelt hätte. Irgendwie mochte Billie diese Staubschicht und das damit verbundene Gefühl einer weichen Landung, das ihre Mutter aufgrund dieser Praktiken umgibt. Bevor sie zu Rosemary gezogen war, hatte Billie gelegentlich staubgewischt und dazu meist ihre Ärmel oder schmutzige T-Shirts benutzt, die auf den Ausflug zum Waschsalon warteten, oder was sonst zur Hand war. Rosemary benutzte einen Staubwedel aus Federn für ihre Bücher und die Zederjalousien in ihrem Arbeitszimmer sowie »Meister Proper« und verschiedene weiche, gelbe Tücher für alles andere, den Eßtisch ausgenommen, für den sie ein spezielles Wachs benutzte, das in Tasmanien hergestellt wurde.

Rosemary behauptete, daß Hausarbeit für sie eine Art Meditation sei. Billie fand das eine ziemlich unerträgliche

Bemerkung. Durch eine Anzeige in einer lesbischen Zeitschrift war Rosemary auf »Die schmutzigen Mädchen« aufmerksam geworden, die ins Haus kamen und sich um Fenster, Böden und das Badezimmer kümmerten. Rosemary hatte entschieden, daß es in Ordnung war, Frauen die Schmutzarbeit für sich machen zu lassen, solange sie Lesben waren, weil sie es vermutlich nicht aus einer Position der Unterdrückung heraus machten. Wenn sie in Betracht zog, wieviel sie dafür verlangten, schien es Billie, daß Rosemary recht hatte.

Sie nimmt ihren Helm, steht auf und reckt sich. Kauflustige Alte beäugen sie neugierig. Billie versucht ihr Bestes, nicht hinzusehen. Sie kann den Anblick nicht ertragen: Männer, die wie abgewrackte Kunstledersessel entlangknarren in Shorts über O-Beinen, die mit Venen und verwachsenen Knorpelkringeln überzogen sind. Knorrige Zehen wie von einem Greif, die Gummilatschen erdrosseln. Billie vermeidet es, in die wässrigen Augen zu schauen und versucht, die blutroten Glühwürmchenäderchen, die sich auf Wangen und Nasen drängen, zu übersehen.

So alt werde ich nie, schwört sich Billie. Mir kann das nicht passieren. Eher sterbe ich. Die Frauen anzusehen wagt Billie nicht. Die Männer waren schlimm genug, aber schließlich waren es nur Männer und somit nicht so wichtig.

Billie schämt sich bei diesen Gedanken. Sie sagt sich, daß mehr dahintersteckt als der bloße körperliche Verfall, der ins Auge springt, daß diese alten, gebrechlichen Leute ein reiches Innenleben haben. Aber sie glaubt es nicht.

An den Sommerabenden am Strand berührt für eine Stunde ein bestimmtes Licht alles, läßt die Welt erstrahlen und die Schönheit ist schwer zu übersehen, was immer ihr im Wege stehen mag. Der Abend breitet sich vollendet bis zum Horizont aus, und eine hohe, süße Stimme in der Straße beginnt zu singen:

»... to love mankind is our duty,
but I adore your simple beauty.«

Rosemary hört auf zu lesen, und Kristeva, die unaufhörlich die Bücherregale entlanggepirscht ist, bleibt stehen, um zuzuhören und sich zu strecken.

Rosemary geht zum Fenster, aber entdeckt keine Spur der ungewöhnlichen Sängerin, sondern nur einen vorbeirasenden Skateboardfahrer, einen von diesen Jungen, die sich nur am Strand oder in einer alten, australischen Karikatur finden lassen, diese rauhe, sommersprossige Spezies mit dem orangen Haar und ohne Augenwimpern, die noch nie sonderlich amüsant war. Rosemary überkommt ein seltener Moment von Penisneid: Hätte sie einen, würde sie ihn jetzt zücken und auf diesen Kopf pissen, der selbstvergessen wie ein Geschoß daherkam. Statt dessen füttert sie die murrende Kristeva, zieht ein Kleid an, das sie sich zur Aufmunterung gekauft hatte, als sie vor zwei Jahren aus irgendeinem nicht mehr erinnerten akademischen Grund eine Woche in Wagga Wagga festsaß, stellt Alarmanlage und Anrufbeantworter an, geht zu ihrem Auto hinunter und fährt auf der Suche nach etwas Farbe und Bewegung und um ein wenig einzukaufen in die Oxford Street. Sie kauft zwei World-Music-CDs bei Folkways Records und mehrere Liliensträuße beim Loyal Florist. Sie legt die Blumen vorsichtig auf den Rücksitz und fährt zum Taylor Square.

Billie hält an, tankt und beschließt, die Toilette aufzusuchen. Igitt. Ein Fehler. Sie hätte einfach an der Straße halten und in die Büsche gehen sollen. Sie dreht sich um, um wieder hinauszugehen, als die Tür sich öffnet. Eine Frau steht vor ihr, will eintreten, zögert. Ihre Augen wandern von Billie zum Damenschild an der Tür und wieder zurück. Sie vergleicht diesen gezeichneten Klecks mit Rock mit Billie, auf die dieses Erkennungsmerkmal des weiblichen Geschlechts nicht paßt. Da die Frau jedoch auch etwas trägt, das sie wohl Hosen nennen würde, muß es für ihren Zweifel mehr Gründe geben als Billies Kluft.

Sie schließt daraus, in der falschen Toilette zu sein und geht. Billie wäscht sich die Hände und erinnert sich an eine ähnliche Szene – in der Toilette auf dem Flughafen von Singapur: Eine Frau mit einem aufsässigen Kind auf der Hüfte fing im Spiegel ihren Blick auf und erwiderte ihn. Ihre lüsternen, lässigen Blicke, die sich im Spiegel trafen und denen zu folgen weder sie noch Billie imstande waren, aber die beide verstanden hatten.

»Sich zu zeigen bedeutet, es ihnen zu zeigen«, sagt sie zu ihrem Gegenüber in dem verzogenen, fliegenverklebten Spiegel und obwohl sie nicht genau weiß, was sie meint, ist sie zufrieden damit.

Rosemary steht vor einer Reihe Lesbenbücher am hinteren Ende des Ladens. Die Schwulenbücher befinden sich näher am Eingang. Schwule, als eine Männerspezies, haben mehr Geld, und daher ist es vielleicht angemessen, daß sie nicht so weit laufen müssen, um es auszugeben.

Rosemary ist sich nicht sicher, was sie von den Büchern halten soll, vor denen sie steht. Billie kaufte ständig diese Bücher, von denen Rosemary ein paar gelesen hatte. Sie waren schlecht geschrieben und schmalzig, und die Lesben, die sie kennt, sind nicht wie die, die über diese Seiten stolzieren. Sie ziehen nicht durch die Stadt, um Mörder aufzuspüren oder Geheimnisse aufzuklären, und das in erster Linie, so nimmt Rosemary an, weil ihnen nicht so viele Geheimnisse über den Weg laufen, und darüber hinaus, weil jede zurechnungsfähige Lesbe – oder, genau betrachtet, jede zurechnungsfähige Frau überhaupt – wußte, daß es wahrscheinlicher war, daß ein Mörder sie aufspürte als umgekehrt.

Dabei fallen Rosemary Enid Blytons »Fünf Freunde« ein und wie sie während ihres letzten Schuljahres selbst ein »Fünf-Freunde«-Buch mit dem Titel »Fünf nehmen die Pille« geschrieben hatte. Sie hatte das Manuskript in Melbourne in der Straßenbahn liegenlassen, wohin sie an einem Wochenende wegen einer Abtreibung gefahren war; sie hatte ihrer Mutter erzählt, daß sie bei einer Freundin übernachte und ihrem Freund überhaupt nichts. Sie hatte es von dem Geld bezahlt, daß sie mit ihrem Job in den Sommerferien verdient hatte. Jahrzehnte später kann Rosemary sich nicht erinnern, warum sie das Manuskript überhaupt mit nach Melbourne genommen hatte.

Billie, die nie von den »Fünf Freunden« gehört und es auch nie für nötig befunden hatte, sich mit Verhütungsfragen auseinanderzusetzen, hatte gesagt, daß die Qualität der Bücher nicht zur Diskussion stehe. Es sei gut für das Selbstbewußtsein, diese Bücher zu lesen, weil sie eine positive Einstellung gegenüber dem Lesbischsein vertraten, die der ganzen negativen Polemik entgegenwirkte, die sie sonst von allen Seiten zu spüren bekamen. Als sie in ihrer heterosexistischen Schule festsaß, habe das Vorhandensein solcher Bücher sie davor bewahrt zu glauben, daß sie irgend jemandem etwas beweisen müsse, indem sie einen Freund hatte und versuchte, als normal durchzugehen.

»Hallo Rosemary.«

Wer war das bloß? Rosemary, wie immer hoffnungslos mit Namen, mogelte sich höflich durch. Es war Valentine Smith, die Geliebte von Lauren, der Elektrikerin, die letztlich doch zu Rosemarys Party gekommen war.

»Gute Party«, sagt Val. »Gutes Buch«, fügt sie hinzu, zieht eines aus dem Regal und gibt es Rosemary.

Rosemary schlägt das gute Buch auf, während Valentine jegliche Veröffentlichungen einsammelt, die umsonst zu haben sind, denn sie ist auf dem Weg zu einem Freund in der Aids-Station von St. Vincent und hat kein Geld, ein unanständiges Buch zu kaufen, weil sie arbeitslos ist.

Blaize sah noch einmal in den Rückspiegel. Das rote Mercedes-Kabriolett war ihr meilenweit gefolgt. Es hatte sich hinter ihr in den Verkehr eingefädelt, als sie ihr Büro in Hollywood verlassen und auf dem Sunset Boulevard in Richtung Strand gefahren war.

Blaize schätzte die Frau am Steuer auf Anfang Zwanzig. Sie hatte kurzgelocktes, blondes Haar, trug eine Ray-Ban-Sonnenbrille und hatte eine hochmoderne Stereoanlage in ihrem Wagen, die Blaize hören konnte, wenn sie an der

Ampel standen. Lippenstift und Nagellack der Frau paßten zu ihrem auf Hochglanz polierten Auto.

Das war alles an Information, nach der sie gehen konnte, aber sie war so daran gewöhnt, Frauen zu taxieren, daß sie sich automatisch vorstellte, was für einen Körper diese hier wohl hätte, und er gefiel ihr.

»Folge mir nicht, wenn du es nicht ernst meinst, Süße«, sagte Blaize.

Rosemary malt sich aus, wie sie vom Parkplatz an der Universität losfährt und lüstern die Augen auf den Wagen vor sich richtet. Sie reiht sich neben dem Auto ein und inspiziert die kurzhaarige Fahrerin mit den Ray Bans – die coole Rosemary mit den schweren Lidern, dem abschätzenden Blick und der Friß-oder-Stirb-Haltung. Und in diesem Fall, läßt Rosemary bedauernd ihre Vision enden, wäre es ein Fall von »Stirb«, denn der Wagen würde sich aller Wahrscheinlickeit nach als ein weißer Volvo herausstellen, der einen von diesen »Baby-an-Bord«-Aufklebern am Rückfenster prangen hätte.

»Gehst du am Samstag zu Max' und Annies Partnerschaftszeremonie?«

Max und Annie sind Mitglieder der Mountain-Lesbian-News-Gruppe. Rosemary hatte sie kennengelernt, als sie zu einem der vierzehntägig stattfindenden Indy Garland-Freundinnen-Abende gegangen war, für die ein Flugblatt warb, das sie eines Freitagabends, als sie spät aus der Stadt zurückgekommen war, in einem einfachen, braunen Umschlag unter ihrer Tür vorgefunden hatte. Max hatte Rosemary auf der Straße gesehen und beschlossen, sie aufzuspüren.

»Ich irre mich nie«, hatte sie sich gebrüstet, als Rosemary zögernd das Frauenzentrum in Katoomba betreten hatte, in dem die Treffen stattfanden.

»Nein, ich glaube nicht ...« Rosemary fällt die goldgeprägte Karte ein, die sie zu der Zeremonie einlud und die unbeantwortet auf dem Küchentisch oben in Leura liegt. »Ich kenne Max und Annie eigentlich gar nicht.«

»Ich finde, du solltest kommen. Ich finde, wir alle sollten so einen affirmativen Anlaß unterstützen. Es ist wichtig für unsere Gemeinschaft. Und du hast doch ein Haus da oben, oder nicht? Dann bist du doch sowieso dort.«

Obwohl Hochzeiten nie zu Rosemarys bevorzugten Partys gehört haben, fühlt sie sich durch ihre unbestreitbare Nachbarschaft zu dem unbestreitbar affirmativen Anlaß jeglicher Ausflüchte beraubt und hört sich sagen, daß sie kommen wird. Eine gewisse Schüchternheit, auf die eine Frau in ihrem Alter nicht mehr stolz sein konnte, bereitet ihr dieses flaue Gefühl in der Magengrube, schon als sie zusagt. Sie fragt sich, wie eine solche Zeremonie wohl aussehen würde.

»Gut, dann sehe ich dich ja dort«, sagt Valentine, lädt den *Sydney Star Observer* und *Capital Q* auf ihren Stapel von Freiexemplaren und verläßt den Laden, bevor Rosemary daran denkt, sie zu fragen, ob sie denn Max und Annie ein Partnerschaftsgeschenk mitbringen sollte. Aber sie würde das ohnehin tun. Rosemary hat Hunger, und ihre Gedanken schweifen naturgemäß in Richtung Kochbücher und Abendessen ab. Sie stellt das Buch, das sie in der Hand hält, aufs Regal zurück, aber da sie doch wissen möchte, wie Blaize mit der Frau im Auto zurechtkommt, nimmt sie es wieder heraus.

»Gutes Buch«, sagt das Mädchen an der Kasse.

»Das habe ich gehört«, sagt Rosemary.

»Sexy«, sagt das Mädchen, und Rosemary merkt bestürzt, wie sie rot wird. Was ist bloß los mit ihr, und warum ist die Welt plötzlich voller beunruhigender Sechzehnjähriger, die Riemchen aus feingeflochtenem Leder verführerisch um ihren schmalen Hals tragen? Als Rosemary so alt wie dieses Mädchen war, war sie in einer dicken und unvorteilhaften Schuluniforn verkleidet und unweigerlich jede Nacht um halb elf alleine im Bett gewesen. Rosemary seufzt ob der Ungerechtigkeiten im Leben, fixiert die Beunruhigende mit zusammengekniffenen Augen und verlangt eine Quittung für ihren Einkauf.

Rosemary saust den Sid Einfeld Drive entlang; Bondi Junction, schwer in der Nacht wie eine verschmähte, schwerfällige Gemahlin auf ihrer rechten, und der helle und rastlose Ausblick zum Hafen hinunter auf ihrer linken. Ein Blitz peitscht durch die Luft, aber den Donner kann sie bei dem Motorenbrummen nicht hören. Rosemary schaltet von der ernsten Monotonie von Radio National, das noch von der nachmittäglichen Fahrt eingestellt ist, um auf 2JJJ und »*You, you've got the right stuff baby and I love the way you turn me on*«, was natürlich dazu führt, daß sie daran denkt, wo Billie sein mochte und was sie wohl tat.

Als sie um die Kurve und den Hügel nach Bondi Beach hinunterfährt, sieht Rosemary das Blitzen über dem Meer. Sie kurbelt das Fenster herunter, schaltet die Klimaanlage aus und riecht das trockene Knistern der Elektrizität in der Luft und spürt die dringliche, ruckartige Erregung, die sich auch auf die radschlagenden Jugendlichen auf der Campbell Parade überträgt.

Im Nirvana Liquor Store holt sie sich einen Sechserpack Cascade-Bier und fährt zum Ploy-Thai-Restaurant weiter.

Im Restaurant ißt sie Yam Pla Goong, trinkt ihr Bier und tagträumt von dem großen, blauen, stumpfnasigen Gebäude gegenüber. Rosemary würde es gerne besitzen. Sie würde es gerne mit einer Gruppe von Freunden und Freundinnen kaufen und in ein Altersheim für Schwule und Lesben verwandeln. Der Krabbensalat ist hervorragend. Rosemary hat versucht, ihn selbst zu machen, und das Resultat war gut gewesen, aber nicht hundertprozentig. Etwas hatte gefehlt. Sie vermutet, es war die Chilimarmelade; damit wird sie es beim nächsten Mal versuchen.

Der Sturm ist herangezogen. Von der heißen Straßenoberfläche steigt Dampf auf, und der heftige Sommerregen überflutet in Sekundenschnelle die Rinnsteine. Rosemary steht im Eingang und schaut zu, wie die dicken Tropfen herunterströmen und wie Kugeln aus purem Silber vom Bürgersteig zurückfedern. Rosemary liebt das alles übertönende Prasseln dabei. In diesem Moment ist sie in sich vollkommen ruhig und glücklich. Sie weiß, daß sie es ist. Es ist einer von diesen Augenblicken.

Billie ist nicht glücklich. Dafür gibt es zwei Gründe.

Der erste ist, daß sie viel zu lange ohne Pause gefahren ist, ihre Augen daher trockener sind und mehr Staub enthalten als die Great Sandy Desert, und ihre Augenlider von rostigen Scharnieren offengehalten werden, die sich nicht schließen lassen.

Der zweite ist ihre Mutter. Billie gibt sich selbst ein wenig die Schuld dafür, was heute abend geschehen ist. Sie hätte sich eine weniger strapaziöse Fahrt hier herauf gönnen sollen, so daß sie in einem entspannteren, ausgeglicheneren Zustand angekommen wäre, anstatt völlig gestreßt und staubig. Zuerst war es wie üblich gewesen, Billie und Heather hatten sich umarmt, sich unterhalten, einander erzählt, was passiert war, und waren froh gewesen, sich zu sehen. Aber es hatte nicht lange gedauert, bis sich ein gewisser gereizter Ton eingeschlichen hatte.

Als erstes hatte Billie bemerkt, daß das Haus leicht, aber nichtsdestotrotz eindeutig nach Abwässern roch. Sie konnte nicht umhin, es zu bemerken. Jeder normale Mensch würde es riechen, aber alle hier leugneten es, oder vielleicht waren sie schon so daran gewöhnt. Das kleinste Nasenrümpfen jedoch versetzte Heather sofort in die Defensive und ließ sie lospalavern, was für ein verseuchtes Höllenloch Sydney sei, wo die Luft zu schlecht zum Atmen war, die Straßen zu unsicher, das Wasser zu giftig zum Trinken. Billie konnte es nicht ertragen, die festen Linien der Enttäuschung zu sehen, die sich in diesen Augenblicken um die Augen ihrer Mutter bildeten.

Billie wünscht sich, sie fände die richtigen Worte oder die richtige Geste, um sie wegzuglätten, aber sie kann es nicht.

Ihre Beziehung ist nicht einfach. Billie nimmt ihrer Mutter immer noch übel, daß sie ständig andere Leute in den Arm genommen hatte – schmuddelige Fremde, die dafür zahlten, am Wochenende zu Workshops in ihr Haus zu kommen, die heulenden Teilnehmer entsetzlicher Psychodramen, die Billies Kindheit durchlöchert hatten – aber nie eine Umarmung für Billie übrig gehabt hatte, und wenn, dann hatte es sich unbehaglich angefühlt.

Ihr Bruder Simon empfand das genauso, aber ihm machte es nicht so viel aus, besonders seit er nach Westaustralien gezogen war und selbst ein Baby hatte, das er in einem Tragetuch mit sich umherschleppte.

Der Gedanke an Simons Baby, das sicher in seinem Tragetuch saß, löst in Billie das Verlangen aus, mit Sachen um sich zu werfen und zu weinen, aber sie will jetzt nicht darüber nachdenken, da sie in einer feuchten Jurte in der Mitte einer morastigen Weide gefangen sitzt, pissen muß und zu fertig ist, um aufzustehen. Billie will auf keinen Fall weinen, aber nach einem anfänglichen Brennen stellt sie fest, daß die Tränen ihren Augen guttun, und so weint sie weiter.

Währenddessen kommt ihr der Gedanke, daß ihre Mutter zweifelsohne auch hoffte, daß es diesmal anders wäre und sie entspannt miteinander umgehen könnten, anstatt daß sich schon nach fünf Minuten diese stacheldrahtähnliche Spannung um sie wand.

Billie versucht, auch die guten Dinge in Bundagen zu sehen. Dazu gehört, daß das Land, wenn die Aktionäre es nicht gekauft hätten, längst aufgeteilt und an Spekulanten verkauft worden und mittlerweile mit Sicherheit in Beton versunken wäre und damit die ganze Ostküste im Stil der »Big-Banana«-Geschmacklosigkeiten unwiderruflich verschandelt hätte. Dann fällt ihr ein, wie schön der Strand ist und daß sie hier außerdem keinen Badeanzug tragen muß und es sich fantastisch anfühlt, ohne etwas anzuhaben, eine Welle zu reiten.

Billie versteht nicht und wird möglicherweise nie verstehen, daß das, was ihre Mutter von ihr will, nichts mit der Billigung der Wahl ihres Wohnortes zu tun hat. Heather will nur, daß ihre Tochter sie liebt und endlich aufhört, an allem herumzumeckern. Sie würde nur gerne das Zusammensein mit ihr genießen.

Morgen früh wird alles anders aussehen. Die Sonne wird hell scheinen, der Wind wird die Richtung gewechselt und den fauligen Geruch mit sich genommen haben, und Billie wird zufrieden in einem bunten Sarong ihrer Mutter durch die kleine Bananenpflanzung und die Mangobäume und über die grasigen Kliffkuppen zum Strand laufen. Der einzige Schandfleck in der Landschaft würde der örtliche Polizist mit seinen Kumpeln sein, die in ihrem Vierradantrieb-Fahrzeug den Strand entlangfegen und schreien und rufen und sich in einer Art und Weise betragen würden, auf die Billie gerne verzichten würde.

Das Hauptproblem des Tages, wenn sie zur Mittagszeit nach Hause kommen würde, würde sein, daß Crispin auftaucht, denn Billie und Crispin verstehen sich nicht. Billie sagt sich, daß sie sich viel Mühe mit ihm gibt, obwohl sie es nicht tut, während Crispin, der homophobische Hippie, keinerlei Anstrengung in dieser Hinsicht unternimmt und als Amerikaner auch erstaunt wäre, wenn es ihm irgendwer vorschlagen würde.

»Neue Untersuchungen zeigen, daß die Zahl der Hautkrebsfälle in New South Wales sich in sieben Jahren verdoppelt hat.«

Rosemary ist früh aufgewacht, aber nun wünscht sie sich, sie wäre es nicht. Sie hat jedoch Glück, daß sie nicht in Queensland lebt, denn »die Zahl der tödlichen Hautkrebsfälle ist in Queensland um horrende 50% höher als in New South Wales.«

Rosemary beschließt, dankbar dafür zu sein, was ihr gegeben ist, und mit dem Zeitunglesen aufzuhören; sie macht sich eine Kanne Earl-Grey-Tee, nimmt sie mit zum Fenster und setzt sich, um zu beobachten, wie der Tag Gestalt annimmt.

Gail, die Psychotherapeutin, die im Nachbarhaus in der obersten Wohnung wohnt, überquert mit einer Tasche voller Spielzeug, das sie in ihrer Sandspieltherapie verwendet, die Straße. Und dort ist auch die rastlose Frau wieder. Rosemary hat sie seit über einem Monat nicht mehr gesehen und nimmt an, sie war in einer Nervenklinik und holt jetzt die verlorene

Zeit wieder auf. Hager, ruhelos und jenseits jeder Therapie wuselt diese hastende, einer Gespensterheuschrecke ähnelnde Frau von Sonnenaufgang bis Sonnenuntergang und womöglich, denkt Rosemary, auch noch nachts entlang am Horizont der Strandvororte in Sydneys Osten. Gail stellt vorsichtig ihr Spielzeug im Sand auf und wird dabei von einem Haufen selbstzufriedener Möwen beobachtet. Die Besessenheit der rastlosen Frau erinnert Rosemary an Daphne, die in ihren grauen, zerschlissenen Wollsachen im Souterrain des Soziologie-Instituts sitzt, obwohl Daphne weiß Gott nie in ihrem Leben auch nur eine Minute Sport getrieben hat. Rosemary erinnert sich an ihre Absicht, diesen Sommer einige Zeit darauf zu verwenden, fitter zu werden. Sie wird heute damit anfangen, zum Pool hinübergehen und ein paar Bahnen schwimmen.

Sie geht zur Kommode und zieht ihren Badeanzug hervor. Eine Kakerlake kommt dabei zum Vorschein. Sie sieht ein bißchen benommen aus, aber für bloße Benommenheit hat Rosemary nicht bezahlt. Daher ruft sie die Leute von der Schädlingsbekämpfung an, die ihr erzählen, sie brauche sich keine Sorgen über noch übriggebliebene Kakerlaken zu machen, da die Chemikalien, die sie benutzt hätten, einen besonderen Bestandteil beinhalteten, der verhindere, daß sie die Geschlechtsreife erreichten und brüteten. Rosemary hat das Gefühl, daß sie dagegen nichts sagen kann, obwohl sie es gerne täte.

So, wo ist nun die Sonnencreme?

Als sie sie findet und sich einzucremen beginnt, klingelt das Telefon: »Guten Morgen, Rose. Hier ist Fiona.«

Himmel! Fiona! Das war Jahre her, seit sie sich zuletzt gesprochen hatten. Fiona war natürlich zurück, um für ihre Bücher zu werben, ihre Mutter zu besuchen und Freunde zu treffen, aber nicht Rosemary, warum also rief sie jetzt an?

»Weil meine Mutter im Sterben liegt, ich sitze bei ihr zuhause ... das heißt, ich habe nichts zu tun, die Krankenschwestern machen alles Notwendige, es ist nur so, weißt du, daß sie nach mir verlangt hat. Hier bin ich nun also, und ich bin mir nicht sicher, ob sie weiß, daß ich da bin, denn sie ist bis zur Nasenspitze vollgepumpt mit Drogen, und ihr Geist wandert, wie sie sagen – obwohl es in ihrem Fall nicht so sehr ein Wandern ist, als vielmehr ein Nachholen verlorenener Zeit und das im Galopp. Sie bittet immer wieder jeden, der zuhört – und das ist natürlich jeder, denn jeder in diesem Mausoleum wird dafür bezahlt zuzuhören – bittet sie immer wieder, ihre wertvollen Kinder nach Hause zu schicken. Nun, wie wir alle wissen, bin ich das einzige Kind und auch nicht besonders wertvoll als solches. Wie dem auch sei, ich bin gerade durch den Garten geschlendert und habe über alles nachgedacht, und dann habe ich das Telefonbuch genommen und deine Nummer nachgeschaut, und da habe ich dich nun.«

»Du bist in Woollahra?« Rosemary hat sofort das Gefühl, daß das eine dumme Frage ist, aber schließlich ziehen Leute ja zuweilen um, und das Haus in Woollahra war zu groß, als daß nur eine Frau darin sterben sollte. In ihrem Hinterkopf kämpft sich beschämt der beunruhigende Gedanke durch, daß sie eigentlich, endlich, froh ist, daß ihre Mutter früh und in recht guter Verfassung gestorben war, so daß Rosemary nicht dem letzten Stadium elterlichen Zerfalls ins Auge sehen mußte, was ihre Freundinnen immer häufiger mitansehen mußten.

Rosemary fällt ein, daß Cyril, Fionas Vater gemeinhin als schillernde Rennbahnpersönlichkeit verschrieen, tot ist. Sie erinnert sich, wie sie die Nachricht über den Gedenkgottesdienst im *Sydney Morning Herald* gelesen hat und wie alle Kriminellen Sydneys erschienen waren – froh, ihn zu überleben, dachte Rosemary, oder auch nur, um absolut sicherzustellen, daß er nicht zurückkam. Zu seinem Begräbnis war Fiona nicht nach Hause gekommen.

»Woollahra, ja. Ja. Und es ist außerdem sehr merkwürdig. Ich meine, das Haus ist ... nun, du wirst es ja sehen. Wenn du kommst. Du kommst doch, oder?«

»Ja. Wann?«

»Tja, wie wäre es jetzt? Ich nehme an, du hast nicht viel vor?« Vor einem Augenblick noch war Rosemary sehr zufrieden mit ihrem Müßiggang gewesen. Jetzt kam sie sich schuldbewußt vor, weil sie sich nicht um die Probleme der Welt kümmerte. Rosemary erinnerte sich an Fionas Talent, jeden in ihrer Umgebung zu entnerven. Sie hatte gute Lust, nicht hinzufahren.

»Was zum Teufel ist *Act Up*?« erkundigt sich Crispin, der rückständige Widerling, als er durch Billies T-Shirt, auf dem diese Worte stehen, auf ihre Titten starrt. Crispin weiß, was *Act Up* ist, und Billie weiß, daß er es weiß, aber sie erzählt es ihm trotzdem, denn sie hatte das Gefühl, daß die Dinge, je öfter sie laut gesagt wurden, desto mehr Macht gewannen, auch wenn sie meistens auf taube Ohren stießen. Sie stellt sich vor, wie sich die unbeachtete Weisheit am Rand der Welt aufstaut und für den bevorstehenden Sturm bereithält, in dem diese Worte herunterstürzen und die ganze Scheiße hinwegfegen werden. Crispin hingegen stellt sich gar nichts vor und hält sie schlichtweg für verrückt. Crispin sehnt sich nach der guten alten Zeit. Er hätte gerne ein nochmaliges Abspielen der sechziger Jahre arrangiert, als die Mädchen noch ihre Stellung im Leben kannten.

Während er an all die verschiedenen Mädchen denkt, die er in jede Stellung gebracht hatte, die ihm gefiel, hört er kaum, was sie sagt. Eine Aids-Koalition, die Macht entfesseln soll? Ketten aus Anfangsbuchstaben strömen an ihm vorbei: AZT D4T GM-CSF ddl. Zu seiner Zeit gab es keine Unschicklichkeit, die sich nicht mit einer oder zwei Spritzen Penicillin wieder hätten ausbügeln lassen. Crispin kommt sich alt und ausgeschlossen vor, während doch erst vor einer Minute er und seine Belange geradewegs im Mittelpunkt der Welt gestanden hatten.

Er kann Billies Besuche nicht ausstehen, sie machen ihn verrückt. Und sie regen ihre Mutter auf. Und wo ist Heather währenddessen? Sie ist in dem Raum, den man als Küche bezeichnen würde, und denkt über Billie nach. Auf der einen Seite bewundert sie sie. Heather weiß, daß es wichtig ist, gegen veraltete Einstellungen vorzugehen. Es mochte wie Schattenboxen sein, aber es war eine Runde, die gekämpft werden muß. Auf der anderen Seite sind die Vorurteile ihrer Tochter nicht bewundernswert, und wenn es um sie selbst geht, furchtbar fehl am Platz. Billie weiß so gut wie gar nichts von Heathers Leben in dieser Gemeinschaft, und doch nimmt sie sich die Freiheit, sich darüber zu lustig zu machen. Heather sieht sich nicht veranlaßt, sich Billie gegenüber zu rechtfertigen, aber der Hohn ihrer Tochter schmerzt sie. Wenn sie sich zum Beispiel ihr Zuhause ansieht: Billie mag es verachten, aber diese Jurte ist ihre, und es ist nicht so einfach für eine Frau, überhaupt einen Teil dieser Welt zu besitzen. Sie hört, wie Billie, unter Crispins abgewürgtem Protest, das Konzept des Sichbekennens zur Homosexualität verteidigt. Zu was für einer arroganten jungen Frau ihre Billie sich entwickelt hat. Die Welt war nicht so einfach, wie sie einem Mädchen erscheinen mochte, das auf dem Weg in irgendeine Chefetage ist, ob sie es nun glaubt oder nicht. Aber sie wird es schon noch lernen, denkt Heather wie so manche Mutter vor ihr. Heather bedauert, daß einige der Lektionen, die Billie würde lernen müssen, hart sein würden. Heather war immer betrübt über die Härte der Welt, während Billie dabei zu gedeihen schien, die Dinge von sich abprallen ließ und Zwietracht säte, wohin sie nur ging. Die Liste der Themen, gegen die sie seit ihrem ersten Atemzug Partei ergriffen hatte, war endlos. Wie zum Beispiel Männer.

»Du kannst sie haben«, brüllt Billie, während sie in die Küche und wieder hinausstürmt, um frische Luft zu schnappen, doch erst muß sie sich aus den Muschelsträngen befreien, die an einer Stelle aufgefädelt sind, wo in einem ordentlichen Haus eine Tür zu erwarten war. Billie schwört sich, daß sie nie in einem Haus leben wird, das nicht eine anständige Tür zum Zuschlagen hat.

Heather, die ein Mangolassi zum Trost für Crispin macht, der in der Ecke schmollt und droht, nach Nimbin zurückzuziehen, fragt sich, warum sich Billie so sehr über jemanden wie Crispin erhitzt. Er war schließlich nur ein weiteres

Mitglied des Stammes der verlorenen Jungen, die unseren Teil der Erde bevölkerten und die ruhig gehalten und gelegentlich besänftigt werden mußten, aber sicherlich nie so ernstgenommen werden durften, wie Billie es tat. Heather mochte Crispin, aber sie behielt die Perspektive. Sie reicht ihm sein Lassi und erhält dafür von Crispin ein widerwilliges Lächeln. Er verspürt oft das dringende Bedürfnis, einfach auszubrechen, aber er nimmt Kräuter dagegen.

Heather schaut auf das Foto, das ihr Sohn Simon in seinen Weihnachtsbrief gelegt hat und das jetzt am Korknotizbrett über der Sitzbank hängt. Simon, seine Frau Patrice und das Baby Jake. Heather lächelt. Simon ist so einfach, verglichen mit seiner Schwester. Ist das ein Witz? Nein, es ist wahr.

Billie, für die nichts einfach ist und nie sein wird, so hofft sie, springt in großen Sätzen durchs Gebüsch in dem Bestreben, sich daran zu erinnern, wer genau sie ist und in welche Welt sie gehört, und zu diesem Zweck muß sie die Telefonzelle finden, die mit Sicherheit hier irgendwo hinter einem Baum verborgen liegt. Billie stellt fest, während sie durch den Busch tappt und versucht, eine Verbindung mit der Außenwelt herzustellen, daß sie ein Handy braucht. Sie findet die Telefonzelle und beantragt ein R-Gespräch zu Rosemary, aber das bringt sie nicht weiter, denn Rosemary ist nicht zuhause, und die Vermittlung läßt sie nicht umsonst eine Nachricht auf den Anrufbeantworter sprechen. Deshalb versucht sie es bei JoJo in Glebe und einigen anderen, aber alle sind außer Haus.

Vor der halb verfallenen Villa namens Lullsworth steigt Rosemary aus ihrem Wagen. Sie hat keine Idee, woher der Name des Hauses kommt. Sie bemerkt die grünstichigen Streifen auf der dunkelbraunen, bröckelnden Fassade. Der Garten knirscht und tröpfelt um sie herum, voller Schnecken und Bleiwurz. Unkraut stürmt die Stufen zur Haustür hinauf. Ein spindeldürrer, alter Hund wackelt heran, um sie zu begrüßen. Er scheint sich zu freuen, Rosemary zu sehen und seine drei gelben Zähne verrutschen seitwärts, als er über ihren Schuh sabbert.

Irgendwo hier war einmal ein Tennisplatz. Da ist er. Er liegt hinter dem Haus, eine große Schüssel voll Unkraut, über die ein weiter Schutzbezug aus violetten Winden geworfen ist.

»Verpiß dich, Deborah ...« Fiona reißt die Haustür auf, und der Hund taumelt davon. »Du bist eine Bestie. Die letzte aus einer langen Reihe von Mutters abscheulichen Bestien. An einem der nächsten Vormittage geht's zum Tierarzt, das kann ich dir sagen«, und zu Rosemary: »Du erinnerst dich doch bestimmt an Mutters Flohsäcke?«

Rosemary ist sich nicht sicher. Aber sie erinnert sich daran, daß Fiona sich immer über alles gleichermaßen erhitzte, so daß die kleinste Kleinigkeit ebensoviel Leidenschaft erweckte wie das größte Problem. Es war beeindruckend, und es war anstrengend. Fiona ist groß, hager und grau, ihre Gliedmaßen sind in scharfen Winkeln arrangiert. Rosemary findet, sie ist genau, wie sie immer war, nur noch mehr. Fionas beunruhigend grüne Augen mustern Rosemary, die sich vorkommt, als ob sie gegen ihr Auto gepreßt und gründlich nach versteckten Waffen durchsucht würde.

»Wie geht's dir?« fragt sie.

»Wie soll's mir schon gehen?« fragt Fiona, die es nicht weiß, und wie sollte sie auch?

Was für Worte gibt es für die Übel des Alterns: die Runzeln und Falten, das rauhreiffarbene Haar, das Welken, das Sterben, die Leichentücher, die Gräber und die Würmer und den allerletzten Sturz in den Verfall? Wie sollte es ihr schon gehen angesichts dessen? Abgesehen davon haben sich Fiona und ihre Mutter nie verstanden.

Fiona nimmt Rosemarys Arm und geht mit ihr entschieden die Stufen hinauf und durch die Haustür die sich hinter ihnen schließt und dabei mit einem lauten Krachen aus den Scharnieren fällt. Fiona beginnt zu lachen und ebenso Rosemary, nachdem sie festgestellt hat, daß sie sich nicht verletzt hat.

»Ehrlich«, keucht Fiona, »da sprechen sie vom Fall des Hauses von Usher. So ist es, wie? Genau so?«

So ist es, denkt Rosemary, und nickt nur zustimmend, denn durch das heftige Lachen hat sie Seitenstiche. Sie läßt sich auf die untere Stufe der prachtvollen Treppe fallen, die sich hinter ihr im Schatten verliert, und bemüht sich, wieder zu Atem zu kommen.

Über ihrem Kopf steigen zwei vernünftige Schuhe aus der Düsterkeit ins Licht herab, gefolgt von zwei dicken, aber liebenswerten Knöcheln.

»Es ist Mittagszeit«, verkündet eine Stimme aus dem Reich der Dunkelheit. »Und Ihre Mutter ist recht aufgeweckt.«

»Okay, Bridget, danke.«

»Ich bin spätestens um halb zwei zurück«, sagt diese Bridget, und als sie den Abstieg der Treppe beendet, findet Rosemarys Kopf sich intim in fremde Röcke verwickelt, was nicht unangenehm ist. Bridget geht, ohne einen Blick auf die Haustür zu werfen oder einen Kommentar über ihren Zustand abzugeben. Vielleicht ist sie in Gedanken schon beim Mittagessen, oder vielleicht hat sie es alles schon einmal gesehen.

»Es sind immer Irinnen, weißt du«, sagt Fiona, »alle Krankenschwestern und Sozialarbeiterinnen und Krankengymnastinnen und was es sonst noch so gibt. Sie sind wunderbar, die hier ist es jedenfalls. Mutter hängt scheinbar ganz schön an ihr. Wenigstens benimmt sie sich besser, wenn Bridget in der Nähe ist. Nun, am besten gehen wir hoch und sehen nach, wie's steht.«

Fionas Mutter liegt alleine wie schon seit Jahren, und entgegen dem Gesagten scheint sie zu schlafen, eine zusammengefaltete leichte Baumwolldecke stützt ihr spitzes Kinn. Oder ist sie bewußtlos, fragt sich Rosemary, denn sie vermag den Unterschied nicht zu erkennen. Ein beunruhigendes Büschel des stumpfen, orangefarbenen Haars ist ihr ins Gesicht gefallen und hebt und senkt sich mit jedem Atemzug. Rosemary wartet darauf, daß Fiona es beiseite streicht, aber Fiona scheint nicht gewillt, etwas zu unternehmen, also tut Rosemary es. Die Augen der alten Frau springen auf.

»Was haben ein Terminkalender und eine Klitoris gemeinsam?«

Rosemary weiß nicht einmal, wie sie darüber nachdenken soll. Vielleicht weiß Fiona es, aber Fiona steht drüben am Fenster und hat ihnen den Rücken zugewandt.

»Ich weiß es nicht.«

»Dann fragen Sie mich besser.«

»Was haben sie gemeinsam?«

»Was hat was gemeinsam?«

Fiona kämpft damit, das Fenster zu öffnen. Sie hämmert und klopft auf mehrere Generationen Farbe ein.

»Was haben ein Terminkalender und eine Klitoris gemeinsam?«

»Sie hört nicht eher auf, bis sie das Haus um mich herum abgerissen hat. Sehen Sie sie sich an, sie ist verrückt, meine verrückte Tochter. Vor einer Minute hat sie die Haustür eingetreten, ich habe sie gehört.« Die alte Frau ist von ihren Kopfkissen gerutscht. Sie versucht vergeblich, sich wieder aufzusetzen. Rosemary tut ihr möglichstes, sie aufzurichten, aber sie ist nervös und linkisch, und die Decke rutscht auf den Boden und bringt eine unerwartete Nacktheit zum Vorschein. Rosemary bringt die Decke wieder in Ordnung. Sie will etwas sagen, aber sie kann sich nicht an ihren Namen erinnern. Mrs. Henty, ja, aber was war ihr Vorname? Lillian, war es das? Rosemary ist sich ziemlich sicher, daß es etwas mit L war. Es scheint ihr besonders absurd, in diesem Moment keinen Namen parat zu haben. Rosemarys Augen füllen sich mit Tränen. Die alte Frau sieht es und lächelt. Es ist ein freundliches Lächeln, und es erinnert Rosemary an den alten Hund.

»Ich erinnere mich an Sie«, sagt die alte Frau zu ihr. »Ja, Sie sind doch die Ernste, die immer um ihre Hoheit herumgestrichen ist. Nicht, daß es gut für Sie gewesen wäre. Mit der alten Eisenunterhose da drüben kommen Sie nicht weit. Sie sind doch Lehrerin, nicht wahr?«

Rosemary nickt. Das umschreibt wahrscheinlich mehr oder weniger, was sie macht.

»Dachte ich mir. Sie waren der Typ dazu. Ich habe mein ganzes Leben lang nichts gemacht. Hatte nie das Gefühl, daß ich es müßte. Ich hatte Geld, und nichts kam mir so wichtig vor, als daß ich tagein, tagaus mein Leben damit hätte zubringen wollen. Immobilien waren meine Leidenschaft.«

Jetzt dreht Fiona sich um und beobachtet ihre Mutter und ihre Freundin, die, wie sie findet, in einer eher schäbigen Dickens'schen Szene arrangiert sind. »Nicht wie einige, die glauben, sie könnten mit ihren Tiraden die Welt verändern. ›Das Leben ist wirklich, das Leben ist ernst, und das Grab ist nicht das Ziel.‹« zitiert die Frau ihre Tochter in einer recht guten Imitation ihrer schlechtesten Zeilen.

Fiona nimmt den Telefonhörer am Bett ab und ruft jemanden an, um die Haustür sichern zu lassen.

»Nein«, sagt sie, »es muß nicht so sorgfältig sein. Sie können sie einfach vernageln und absichern. Keiner geht da rein oder raus.«

»Sie will mich durch die Küche hier hinausbringen. Sie war seit Jahren hinterher, daß ich das Haus verkaufen und in etwas Vernünftiges ziehen sollte, wie sie es nennt, aber ich habe ihr immer gesagt: ›Nein, du wirst mich hier in einer Kiste hinaustragen müssen.‹ Hätte aber nicht gedacht, daß ich durch die Hintertür gehen würde. Nicht der großartige Abgang, den ich mir vorgestellt hatte. Das wird ihr gefallen. Deshalb hat sie natürlich die Haustür, eingetreten.«

»Sie hat sie nicht eingetreten, es war ein Unfall. Sie ist einfach aus den Angeln gefallen. Ich nehme an, sie war eben schon alt.«

Rosemary kommt sich töricht vor wie als Kind, wenn sie keinen festen Boden unter den Füßen hatte, aber sich gezwungen sah, für ihre Freundin einzutreten. Damals wie heute erwartete sie nicht, daß ihr geglaubt würde. Aber warum zum Teufel sagte Fiona nichts?

»Ich habe sie regelmäßig geschlagen, wissen Sie. Aber anstatt die Schlechtigkeit aus ihr herauszuprügeln, ist es mir nur gelungen, noch mehr davon hineinzuprügeln.«

Fiona und ihre Mutter sehen sich an. Rosemary spürt den Funken boshafter Komplizenschaft, der zwischen ihnen knistert, und fühlt sich ausgeschlossen. Furchtbare Kinderspiele wie Blindekuh fallen ihr ein, bei denen sie sich abgerackert hatte und doch ausgetrickst worden war. Was machte sie hier überhaupt? Sie und Fiona standen sich nicht nahe, weder in der Schule noch danach, als Fiona schon starräugig vor Ehrgeiz war, und dann war sie nach England gegangen, und das war's dann gewesen.

Rosemary war auch nach Europa gegangen und hatte einige Jahre in London gelebt, unberührt von Fionas wachsender Berühmtheit. Sie hatten in einem Stadtteil nur zwei Straßen voneinander entfernt gewohnt, während Fiona schrieb und Rosemary mit der Zeit das brillante Buch las, aber das war eine andere Geschichte.

Während Rosemary hier im Kreuzfeuer gefangen sitzt, denkt sie an diese andere Geschichte. Oder ist es nur das Fragment eines Gedankens? Ein Scheibchen einer Geschichte, als eine Tür sich öffnet und in ihr diese Frau steht, aber Rosemary schaut nicht auf, sie arbeitet weiter an ihrem Tisch, auf dem sich Bücher und Papiere stapeln, denn sie will nicht, daß sie spricht, weil ihr Name Miriam ist und nicht Sapphire, nach der es sie verlangt. Miriam trägt einen violettgrauen Schal, ein blaßlila Twinset. Sie konnte entkleidet werden. Wie lange war es her, daß man solche BH trug? Sie hatte die pflasterfarbene Unterwäsche vergessen, aber jetzt erinnerte sie sich besser daran als an den Körper darunter, der eine Übertreibung von Brüsten und Schamhaar ist, ganz in schwarz und weiß, als dieses letzte Bild sich seinen Weg aus der Dunkelheit hochboxt und sie nun hier überrascht, wie sie in diesem Schlafzimmer sitzt und den Kopf schüttelt, denn sie will dieses alte, scharfe Stückchen Geschichte hier nicht haben. Sie will so erwachsen bleiben, wie die Jahre sie gemacht haben. Und da ist immer noch dieser Blick, der sich wie ein Stolperdraht zwischen den beiden Frauen spannt. Fiona und Lillian. Rosemary glaubt, daß die Frau Lillian heißen muß. Es gibt nicht so viele Namen, die mit einem L beginnen. Sie ist sie alle durchgegangen, und Lillian hört sich richtig an.

»Sie haßt mich. Und sie hat recht damit.«

Rosemary sieht Fiona an. Los, Fiona, sag etwas, bitte. Fiona sagt ihrer Mutter, sie solle nicht albern sein.

»Albern? Ich mag weltlich gesinnt und käuflich gewesen sein, mein Mädel, aber Gott sei Dank war ich nie albern.«

Dann herrscht ein langes Schweigen, und Rosemary bemerkt, daß es auf dem Wecker am Bett zwölf Uhr ist, aber daß er wohl nachgehen muß, und dann, daß Lillians Blick weggeglitten ist, sich nach innen gewandt hat. Fiona greift nach einer der Einwegspritzen in der nierenförmigen Schale aus rostfreiem Stahl auf der Kommode, und Rosemary findet sich draußen auf dem Treppenabsatz wieder. Süßlicher und mottiger Staub steigt aus den faserigen Überresten des Täbrisläufers unter ihren Füßen auf. Sie war immer ein hoffnungsloser Fall, wenn es um Spritzen ging.

Der Engel des Herrn brachte Maria die Botschaft.

Im Schlafzimmer nimmt Fiona ein Fläschchen mit einer klaren Flüssigkeit aus einem viereckigen Lederkästchen, in dem viele davon liegen, bricht das Siegel,

Und sie empfing durch den Heiligen Geist.

sticht mit der Nadel in die Spitze, zieht die Spritze auf,

Gegrüßest seiest du, Maria, voller Gnade, der Herr

injiziert ihrer Mutter sanft die Flüssigkeit ins linke Gesäß und

sei mit dir, gebenedeit seiest du …

läßt die Spritze in den Papierkorb fallen.

»Ich habe an Pampelmusen geübt, Spritzen zu geben«, sagt Fiona, als sie zu Rosemary auf den Treppenabsatz tritt. Wenn Rosemary früher den Angelus rezitierte, liefen die

Sätze in ihrem Kopf unabhängig von Unterbrechungen weiter, aber das war lange her, und jetzt funktionierte es nicht mehr.

Jetzt schläft Lillian bestimmt. Fiona schlägt vor, sich etwas zu essen zu machen. Sie führt Rosemary nach unten und durch die modernden Räume, in denen die meisten Möbel grünlich wirken, in die Küche. Rosemarys Stimmung sinkt weiter, aber zum Glück ist die Küche einigermaßen in Ordnung und sonnig und enthält mehrere Köstlichkeiten aus David Jones' Lebensmittelabteilung.

Rosemary nimmt sich einen ganzen Löffel Lachsrogen und verzehrt ihn genüßlich. Sie liebt diese vollkommenen, orangen Perlen, die wie Billie schmecken, über alles. Aber wo ist Billie? Und was soll Rosemary mit dem heutigen Tag anfangen, und warum hat Fiona sie hier herausgebeten? Rosemary denkt sich, daß Fiona Gesellschaft braucht, jemanden, mit dem sie sprechen kann, aber daß sie auch ein Image aufrechtzuerhalten hat. Diese Szenen, das verrottete Haus kann sie nicht vor jemandem bloßlegen, den sie für wichtig hält, und daher hat sie Rosemary angerufen. Rosemary weiß das nicht mit Sicherheit, aber sie nimmt es an. Inzwischen nimmt Fiona einen silbernen Cocktailmixer aus dem Kühlschrank.

»Hast du mich wirklich so gemocht, als wir Kinder waren?«

Rosemary weiß nicht genau, wovon sie redet, dann erinnert sie sich daran, daß Lillian oben im Schlafzimmer so etwas Ähnliches gesagt hat. Mehrere Mädchen in der Schule hatten ihr gefallen, besonders solche wie Fiona, die älter und kühner waren als sie, daher muß sie einen Moment nachdenken.

»Nein, habe ich nicht.«

»Und heute?«

Rosemary schüttelt den Kopf. Sie beschließt, über diesen Unsinn aufgrund der Tatsache, daß Fionas Mutter oben im Sterben liegt, hinwegzusehen, aber Fiona will offenbar wirklich darüber reden.

»Das ist schade. Ich habe Männer schon vor Jahren aufgegeben. Die sind alle emotional wie Zweijährige. Ich wünschte, ich wäre lesbisch. Ich meine, ich mag Frauen mehr, als ich Männer mag ... tja, ich habe es ausprobiert, du weißt schon ... im Bett, aber es funktioniert einfach nicht. Ich wünschte, es würde funktionieren.«

Rosemary verwöhnt sich mit einem weiteren Löffel Kaviar. Sie fragt sich, was passiert wäre, wenn sie gesagt hätte, daß sie Fiona mochte. Hätte Fiona dann Frauen noch einmal eine Chance gegeben? Hätte sie sie zu einem verschimmelten Bett im Ostflügel geführt? Rosemary kann es durchaus verstehen. Ein guter Fick kann sehr tröstend sein.

Fiona schenkt zwei Drinks ein und schiebt einen über den Tisch. Rosemary drückt ein paar spritzige Kaviarkügelchen mit der Zunge gegen ihre Vorderzähne.

»Prost«, sagt Fiona.

Sie trinken. Das Getränk stellt sich als Martini heraus und ist eine sehr willkommene Ablenkung. Aber Fiona läßt sich nicht ablenken.

»Sogar wenn ich Affären mit verheirateten Männern hatte, mochte ich am Ende ihre Frauen immer lieber als sie.«

Rosemary schnuppert an ihrem Drink. Der frische, reinigende Duft durchbricht die Spuren von Tod und Staub und Schimmel, die in ihrer Nase nisten. Sie widersteht dem Impuls, sich einen Tropfen hinters Ohr zu tupfen. Wenn sie stirbt, kann sie dann bitte in einen großen Glasbehälter mit dieser angenehmen Mischung eingelassen werden und darin schweben wie eine große, kühle Olive im Angesicht der Ewigkeit?

»Ich war ein unglückliches Kind.«

Rosemary ist nicht überrascht. Sie denkt an die alte Frau, die oben stirbt, an das morsche Haus, den schwärenden Garten. Ein Bulldozer wäre eine gute Idee. Sie würde gerne das Thema wechseln und öffnet zu diesem Zweck den Mund, aber es ist zu spät.

»Mein Vater war gar nicht mein Vater. Sie hat das immer behauptet, und ich habe es geglaubt. Ich weiß nicht, was er geglaubt hat. Aber ich weiß, daß ihm klar war, daß er es nicht war. Er hatte eine Menge Spuren zu verwischen.«

»Wer ist es dann? Ich meine ... wer ist dein Vater?«

»Wer war mein Vater, meinst du. Er ist tot. Und ich kann dir nicht sagen, wer er war. Noch nicht. Ich hätte es nie herausgefunden, wenn ich nicht eines Morgens im Britischen Museum auf dieses Stück Papier gestoßen wäre.«

»Himmel«, sagt Rosemary, da ihr nichts Besseres einfällt.

»Du kannst dir meinen Schock vorstellen.«

»Durchaus«, sagt Rosemary, aber eigentlich stellt sie sich vor, wie dieses ungewöhnliche Stückchen Papier im Britischen Museum umherschwebt und darauf wartet, daß Fiona es aus der Luft pflückt und die Wahrheit über ihre Vorfahren entdeckt.

»Aber deine Mutter muß es doch wissen?«

Fiona schlägt auf den Tisch. Die Martinis tanzen. »Sie sagt es mir nicht, es ginge mich nichts an. Sagt, ich dächte es mir aus, weil da irgendwo ein Buch drinstecke. Aber ich denke es mir nicht aus. Und da steckt irgendwo ein Buch drin. Und ich beabsichtige, es zu finden.«

Rosemary glaubt, das trockene Zittern alter Knochen in Baumwipfeln zu hören; von jenem Ort, an dem alle lieben, toten Väter in Deckung gehen.

Ein Hämmern vom Hauseingang macht darauf aufmerksam, daß jemand gekommen ist, um die Tür abzusichern. Fiona geht hinaus, um die Arbeit zu beaufsichtigen. Rosemary ißt den Kaviar auf und beschließt zu fahren. Erst geht sie aber nach oben, um sich von Lillian zu verabschieden.

Sie klopft an die Tür, die sich sofort öffnet. Bridgets Kopf erscheint dahinter. Furze und zischende Geräusche zucken an ihren Ohren vorbei in die bodenlose Dunkelheit des Treppenhauses.

»Oh jehmineh«, sagt Bridget, »wir sind heute nachmittag im schrecklichsten Tumult und nicht in der Lage, Besuch zu empfangen, fürchte ich.«

Rosemary geht wieder nach unten und sucht Fiona. Der Arbeiter glaubt, sie ist mit dem Hund spazierengegangen. Rosemary geht zu ihrem Wagen, steigt ein und läßt den Motor an. Soll sie abfahren, ohne sich zu verabschieden? Sie tut es. Als sie aus der Einfahrt fährt, sieht sie Fiona und den Hund die Straße hinunterkommen. Rosemary verlangsamt die Fahrt und hält neben ihnen an. Fiona befiehlt dem Hund zu sitzen und kommt an die Fahrerseite. Rosemary kurbelt das Fenster herunter.

»Danke, daß du gekommen bist«, sagt Fiona.

»Es tut mir leid mit deiner Mutter«, sagt Rosemary, die gerne mehr sagen würde, aber Fiona läßt sie nicht. »Wenn es irgend etwas gibt, das ich tun kann …?« Aber es gibt nichts. Rosemary tätschelt Fionas Hand, die im Fensterrahmen liegt. Fiona lächelt und zieht die Hand zurück.

Rosemary fährt davon. Fiona und der schiefe Hund werden im Rückspiegel kleiner und bleiben im schattigen Nachmittag zurück. Zu spät merkt Rosemary, daß sie immer noch nicht weiß, was ein Terminkalender und eine Klitoris gemeinsam haben.

Auf dem Anrufbeantworter ist keine Nachricht von Billie, statt dessen die Bitte einer Frau, die Rosemary nicht kennt, sie am Samstag zu dieser Partnerschaftszeremonie mitzunehmen. Rosemary ist nicht erfreut darüber. Wer ist sie, woher hat sie ihren Namen und ihre Nummer, und warum kann sie nicht mit dem Zug fahren?

Als nächstes kommt ein unartikuliertes Murmeln von Daphne, die klingt, als bräuchte sie eine Bluttransfusion. Es hört sich an wie: »Schick Anwalt, Waffen und Geld«, aber das kann unmöglich stimmen. Ah, jetzt wird's besser: ein klarer, munterer Anruf von Alan, der für heute abend Kino und Abendessen vorschlägt. Gut. Rosemary kann es nicht erwarten, jemandem von Fiona zu erzählen, und Alan ist gerade richtig dafür, obwohl sie sich erst durch einen ganzen Film sitzen muß, bevor sie die Gelegenheit dazu bekommt. Wenn Alan auch immer leugnete, Klatsch zu mögen, so gab er doch zu, Interesse an Details zu haben.

Rosemary ruft ihn in seinem Büro in der Juniper Hall an, und sie vereinbaren, sich zur Siebenuhrvorstellung im

Academy Twin zu treffen und anschließend essen zu gehen.

Sie denkt über Daphne nach. Sie sollte sie zurückrufen. Daphne rief fast nie jemanden an, also mußte es wichtig sein. Aber hat sie andererseits jetzt Lust, damit umzugehen, was immer es sein mochte? Eigentlich nicht. Sie wird sie als erstes morgen früh anrufen. Nein, wird sie nicht. Sie wird sie jetzt anrufen, ansonsten wird sie sich den ganzen Abend lang schuldig fühlen. Rosemary wählt Daphnes Apparatnummer an der Universität. Niemand da. Sie sieht Daphnes Privatnummer in ihrem Adreßbuch nach. Daphne wohnt in Lilyfield in einer Sozialwohnung. Dort ist auch keiner, aber wenigstens hat sie es versucht.

Rosemary nimmt den *Spectator* zur Hand, den sie auf dem Heimweg im Zeitungsladen gekauft hat, und geht zum Lesen in ihren kleinen Garten. Kristeva begleitet sie, um einige Eidechsen einen Kopf kürzer zu machen.

Sie wünscht, Billie würde anrufen.

Das Motorrad legt sich tief und eng in die Kurve. Als sie wieder geradeaus fahren, reißt Crispin die Arme hoch, wirft den Kopf zurück und jauchzt. Billie lacht und kneift die Augen zusammen, denn die Sonne steht jetzt tief, da die Straße sich von der Küste abwendet und sie nach Westen führt.

Sie sind auf dem Weg nach Nimbin, wo Crispin sein Wasabi-Meerrettichfeld hat. Billie möchte es sich ansehen. Crispin will nur auf ihrer Harley mitfahren, also ist es ihm recht, obwohl er sich insgeheim wünscht, daß sie ihn fahren lassen würde. Vielleicht läßt sie ihn auf dem Rückweg fahren, vielleicht aber auch nicht. Umgekehrt würde er sie mit Sicherheit nicht fahren lassen, aber Mädchen waren viel netter, daher rechnete er sich eine Chance aus, wenn er den Augenblick gut wählte und nett fragte.

Billie will morgen aufbrechen. Im Augenblick bewundert sie Crispins Wasabifeld, das in der Tat bewundernswert ist. Vor einigen Jahren hatte Crispin, nachdem er die wachsende

Beliebtheit der japanischen Küche in Australien sowie die Tatsache beobachtet hatte, daß der grüne Meerrettich, den es dazu gab, stets eingeführt wurde, begonnen, ihn anzubauen. Seine Idee hatte funktioniert. Er belieferte die besten japanischen Restaurants mit frischem und einwandfreiem Wasabi, und jetzt plante er zu expandieren. Er hatte schon die Fühler ausgestreckt. Jetzt schien es, als stünde Crispin kurz davor, seinen Wasabi nach Japan zu exportieren, und das gefiel ihm sehr. Etwas von seiner Begeisterung springt auf Billie über, als er neben ihr steht und von seinem nächsten Projekt spricht: Bonsaigemüse.

Billie sieht Crispin an. Er ist ein kleiner, dünner Mann. Mit seinem silbernen Ohrring und dem blauen Arbeitshemd in den weichen, hellen Jeans, die von einem geflochtenen Gürtel gehalten werden, sieht er eigentlich ganz gut aus. Billie lächelt ihn an. Ohne darüber nachzudenken, beantwortet Crispin das Lächeln der Person, von der er hinter dem ärgerlichen *Act Up*-T-Shirt einen Blick erhascht.

Die untergehende Sonne hinterläßt ein Glühen über den Regenwaldhügeln, die den Ort umgeben. Crispin beobachtet das Schauspiel.

»Hast du schon einmal *le rai en vert* gesehen?«

»Nein.«

Sie hat auch nie davon gehört. Was ist es? Er erklärt ihr, daß es grüne Lichtstrahlen sind, die in seltenen Momenten kurz nach Sonnenuntergang hinter dem Horizont aufflackern. Jeder, der Zeuge dieses Phänomens werde, könne mit großem Glück rechnen; er selbst hatte sein Leben lang danach Ausschau gehalten und es nie gesehen.

»Tja, jetzt hast du es«, sagt Billie und nickt gegen den Horizont. Und sie hat recht. Da ist es.

»Aber ich warte seit Jahren darauf!« schreit Crispin, der manchmal, obwohl in fortgeschrittenem Alter, von der Welt und ihrer Ungerechtigkeit betroffen ist.

»Anfängerglück«, zuckt Billie die Schultern.

Nun ja. Er muß zugeben, daß Glück Glück ist, egal, wer es hat. Er kann sich glücklich schätzen, in seiner flüchtigen

Gegenwart zu sein. Crispin ist wieder obenauf. Sein Wasabifeld und seine zukünftigen Bonsaigemüse werden erfolgreich sein.

»Ich glaube nicht an Glück«, sagt Billie.

»Nun, das solltest du aber«, sagt er ihr.

»Willst du fahren?« fragt sie und wirft ihm die Schlüssel zu.

Daphne sitzt an ihrem Schreibtisch und klopft mit einem langen, lackierten und gesplitterten Fingernagel auf den obersten Pappordner aus einem Stapel mit zehn Notizbüchern. Die Notizbücher sehen alle gleich aus, alle hübsch, *made in France* vor dem Zweiten Weltkrieg. Dieser Stapel ist einer von zehn auf ihrem Schreibtisch, zehn Stapel, die zehn Jahre von Ethel Daintrees Notizen enthalten, und das ergibt einhundert Notizbücher, die alle gleich und alle in derselben unergründlichen Kurzschrift geschrieben sind, die einmal für eine winzige Zeitspanne in Neuseeland benutzt wurde; unergründlich jedenfalls bis heute morgen, als ein Wörterbuch bei ihr eintraf, das von einem alten Mann in Arkansas gesandt worden war, der eine Kapazität in frühen Formen der Kurzschrift war und eine besondere Vorliebe für die barocke, komplizierte und infolgedessen unbeliebte Schrift hatte, die Daphnes Jagdbeute für ihre Tagebücher gewählt hatte. Daphne hatte diesen Mann durch ihre amerikanische Agentin aufgespürt, und jetzt hält sie in ihrem rauchigen Verlies in Sydney den Schlüssel zu diesem höchst mysteriösen Text sicher in Händen.

Dies ist ein großer Moment. Sie kostet ihn aus. Sie seufzt, zündet sich eine Zigarette an, bedenkt ihren zerkratzten Nagellack, seufzt noch einmal. Fragt sich, ob es sich lohnt, mit dem Transkribieren der Notizbücher noch heute abend zu beginnen. Sie ist aufgeregt, sich sicher, daß endlich Licht auf die Geschichte ihrer Mutter, der Schriftstellerin Isobel McGuinness, fallen wird. Ihr liegt viel daran, gleich anzufangen, aber zugleich ist sie nervös. Isobel liegt wirklich heute abend in der Luft. Daphne kann beinahe ihren kalten, toten

Atem im Nacken spüren. Dieses sie immer wieder heimsuchende Gefühl ist einer der Gründe, warum Daphne so erpicht darauf ist, Isobel auf die Seiten einen Buches zu bannen, das dann zugeschlagen und auf einem Bücherregal plaziert werden kann: aus den Augen, aus dem Sinn. Ein anderer Grund ist das Verlangen, ihrem vernachlässigten Elternteil die Anerkennung zu verschaffen, die dieser sich so sehr gewünscht und eigentlich zu Lebzeiten verdient hätte.

Ethel Daintree war Isobels älteste und engste Freundin gewesen. Es hatte damals Gerede über eine Affäre gegeben, was zu Ethels langem Exil in Übersee in den Jahren geführt hatte, die von den Tagebüchern erfaßt wurden.

Daphne nimmt ihr eigenes Notizbuch zur Hand und schreibt diesen und einige andere Gedanken auf, die mit der praktischen Zuweisung der begrenzten Gelder zu tun haben, die sie von der Literaturförderung für diese Arbeit bekommen hat. Sie schreibt in einfachem Englisch, denn nicht nur hat sie nichts zu verbergen, sondern dies ist auch Teil des Prozesses.

Sie versucht noch einmal, Rosie anzurufen. Diesmal ist niemand da und auch kein Anrufbeantworter an: Offensichtlich ist Rosemary ausgegangen, um sich herumzutreiben, und hat vergessen, ihn anzustellen.

Daphne knipst die Schreibtischlampe an, zündet sich eine Zigarette an und inhaliert tief, zieht den Rauch in die Lungen so weit sie kann, bis es kratzt und sie auf angenehme Weise daran erinnert, daß sie lebt. Sie könnte sich ebenso gut fest kneifen, und manchmal tut sie das auch.

Sie findet ihre Scotchflasche, aber kein sauberes Glas, und daher muß sie, wenn sie nicht den langen Korridor zur Toilette entlanggehen will, um es auszuspülen, und das will sie nicht, dasselbe benutzen, das sie heute morgen hatte und wohl auch gestern abend und wahrscheinlich auch schon gestern morgen. Daphne gießt den Scotch in das verschmierte Glas, und so bewaffnet öffnet sie den Pappdeckel und schlägt die erste Seite des ersten Tagebuchs auf.

Alan hat diese sehr britischen Kostümfilme nie gemocht, aber Rosemary gefallen sie, und so hat er sie bis jetzt ihr zuliebe mit angesehen. Heute abend kann er die spöttische Langeweile, die er oft heraufbeschwört, um sich zu amüsieren, nicht aufbringen. Dasselbe könnte über sein Leben gesagt werden. Gelegentlich sieht Alan selbst, daß er weniger tolerant mit allem geworden ist. Seinen Freunden ist es aufgefallen, und sie sprechen darüber, wenn er nicht dabei ist. Tatsächlich will Rosemary beim Abendessen heute versuchen, mit ihm über seine zunehmende Gereiztheit zu sprechen, wenn sie das Gefühl hat, daß sie es wagen kann. Es bereitet ihr Sorgen, wie unbeweglich ihr Freund in seinen Eigenheiten wird und sich allem Neuen verschließt. Hat dieses intellektuelle Verhärten der Arterien mit dem Altern zu tun, und wird ihr dasselbe passieren, fragt sie sich, als sie es sich im Restaurant gemütlich machen.

Es ist keines, das sie ausgesucht hätte, aber nachdem sie sich bei dem Film durchgesetzt hatte, hat sie beschlossen, in dieser Frage nachzugeben. Als sie sich an einen anderen Tisch setzen, nachdem Alan darauf bestanden hat, daß sie sich von dem für sie reservierten wegsetzen, weil er zu nahe an einem Lautsprecher steht, der musikalisches Gesülze ausspuckt – und Rosemary muß zugeben, daß er in diesem Fall absolut recht hat –, nimmt er sein Glas in die Hand.

»Wir hatten gestern nacht einen Dreier«, sagt er und hebt das Glas. »Prost.«

Rosemary weiß, wer ›wir‹ ist.

»Ich dachte, du hättest zugestimmt, daß es damit ein Ende hat.«

»Tja, schon. Habe ich auch eigentlich. Ich glaube nicht, daß es noch einmal vorkommt. Aber gestern abend kamen sie zum Essen zu mir, und danach wurde Kurt sehr – nun, Kurt wollte es, also was sollte Tristram schon machen – ich meine, er wird schließlich nicht hinausstürmen und Kurt und mich alleine lassen, oder?« Alan lacht.

»Na, dann Prost.« Rosemary trinkt auf Alans Dreier, weil er sich darüber zu freuen scheint.

»Ich meine«, fügt Alan noch hinzu, »mir macht es nichts aus, aber ich wette, sie waren die ganze Nacht auf und haben sich gestritten. Deshalb wird es wahrscheinlich nicht noch einmal vorkommen.«

»Du klingst ein bißchen wehmütig.«

»Wehmütig? Glaube ich nicht. Nein. Und wie geht's der jungen Billie?«

»Gut, nehme ich doch an.«

Sie beginnen, sich um die Essensbestellung zu kümmern, was Rosemary schwierig findet, weil ihr Sehvermögen sich plötzlich verschlechtert hat. Es geht jedoch besser, wenn sie die Speisekarte auf Armeslänge entfernt hält. Alan nimmt seine Brille ab und gibt sie ihr.

»Besser?«

»Ja.«

»Dachte ich mir. Ist mir vor einem halben Jahr auch so ergangen. Volltreffer! Genau zum richtigen Zeitpunkt, sagte der Optiker. So ist es nun einmal in unserem Alter.«

Es ist nicht angemessen, in einem vollen Restaurant zu schreien, nur weil sie die Welt wie einen Sarg über sich schließen sieht, also schreit Rosemary nicht. Statt dessen sucht sie ihr Essen aus und gibt Alan seine Brille zurück.

»Ich konnte den Film nicht ausstehen.«

»Ich weiß.« Sie hatten es schon auf dem Weg zum Restaurant diskutiert. »Ich fand ihn recht unterhaltsam. Entspannend, du weißt schon.«

»Nein, weiß ich nicht. Ich hasse diese ausgestopften Filme. Es macht mir nicht soviel aus, wenn ich sie im Fernsehen sehe. Dann kann ich wenigstens dabei bügeln.«

»Tut mir leid. Beim nächsten Mal suchst du aus.«

»Allerdings.«

Ihre Augen funkeln sich an. Unwillkürlich sehen beide weg und werden vom Herannahen des Kellners erlöst. Beide spüren, daß sie besser vorsichtig sein sollten. Freunde sind wichtig. Wobei Rosemary einfällt, daß sie sich immer noch nicht bei Sara und Susan gemeldet hat. Sie wird sie morgen anrufen.

Sie sitzen in einem dieser extrem lauten Sydneyer Restaurants mit den vielen harten Ecken. Wenn Messer oder Gabel auf Porzellan treffen, klingt es wie Kanonenfeuer.

»Nun«, sagt Alan und wirft einen kritischen Blick auf den Teller Antipasti, den der Kellner zwischen sie knallt, »was hast du so getrieben?« Rosemary spießt eine sonnengetrocknete Tomate auf, läßt angesichts ihrer eigenen Reizbarkeit den Plan fallen, Alan wegen seiner anzusprechen, und erzählt ihm statt dessen von Fiona.

Am nächsten Morgen faxt Alan ihr die Todesanzeige aus dem *Sydney Morning Herald.* Lillian war gestern am späten Nachmittag gestorben, während ihre Tochter den Hund spazierenführte. Rosemary ruft in Woollahra an. Besetzt, besetzt und dann geht niemand heran. Kristeva sitzt miauend auf dem Küchenschrank. Rosemary nimmt sie hoch und geht zum Fenster. Arme Fiona.

Auf dem Sand am Nordende des Strandes liegt ein kurzer, fetter Körper, der offenbar angespült wurde. Ein Polizeiauto rast auf zwei Rädern den Hügel herunter und an einer Gruppe johlender Jungen vorbei, die an einem Automaten vor dem Waschsalon das Straßenkämpferspiel spielen. Die Jungen rennen ihm durch den Park hinterher und lassen das schreckliche Spiel sein, sich selber zuzubellen, anzublinken und anzubrüllen. Zwei Polizisten steigen aus und stapfen über den Sand. Die Jungen tanzen um sie herum. Rosemary läßt Kristeva hinunter, springt zu ihrem Fernrohr und führt es an die Augen.

Die kreisrunde Welt des Fernrohrs, bestürzend im Detail, kollidiert mit einer Mülltonne im Park, schlingert in einen Baum und schwenkt am Schild *Gefährliche Strömung* vorbei, bevor sie ins Meer abdreht, um von einem russischen Containerschiff, das am Horizont klebt, abzuprallen, und nachdem sie eine Bahn durch die Surfer vor Tamarama geschnitten hat, wendet sie sich ihrem Ziel zu und landet auf dem glatten, gefleckten Bauch eines Seeleoparden. Rosemary dreht an der Schärferegulierung herum und schwenkt in dem Augenblick wieder zurück, als die Polizei das Gebiet absperrt und Leute durch den Park eilen. Rosemary rennt ebenfalls hinaus.

Ein tristgrauer Lieferwagen fährt in den Park ein, ignoriert die Zufahrtsstraße aus Beton und wirbelt über den Rasen auf sie zu. Auf eine Seite des Lieferwagens ist ein verwirrt blickender Pandabär gemalt.

»Ich bin von Orca«, verkündet der Fahrer des Lieferwagens, ein finsterer Typ in einer kompostfarbenen Uniform.

»Was ist das denn für'n Planet?« erkundigt sich Theresa, die in der Wohnung neben der Pommesbude wohnt. Der Ventilator des Ladens blies in Theresas Schlafzimmer, und sie roch oft selbst wie alte Pommes frites. Eigenartigerweise klebte in Theresas Gesicht oft Glitzerstaub. So wie heute.

»Hallo, Kumpanin«, schreit Theresa, als sie Rosemary neben sich stehen sieht. Sie klopft ihr auf die Schulter, wie es ihre Art ist.

Rosemary und Theresa pflegten einmal frühmorgens zusammen schnorcheln zu gehen und fliehenden Fischen durch den versunkenen Einkaufswagenfriedhof hinter den Felsen am Südende des Strandes zu folgen. Als sie an einem besonders strahlenden Morgen über die Felsen hinauskletterten und Theresas Gesicht wieder einmal wie ein Weihnachtsbaum glitzerte, hatte Rosemary die Hand ausgestreckt, um es zu berühren, war aber auf einer von Theresas großen Brüsten gelandet. Sie hatte es getan, ohne nachzudenken, ohne Absicht, soweit ihr bewußt war. Theresa war zurückgetreten und hatte ein verschlossenes und vorsichtiges Gesicht aufgesetzt. Rosemary hatte eine Grenze überschritten, die sie nicht hätte überschreiten dürfen, und schlimmer noch, sie wußte nicht, warum sie es getan hatte. Sie hatte sich geschämt: eine sexuelle Belästigung, eine abwegige Lesbe.

Sekunden später war Rosemary jedoch, abgelenkt durch ihr dummes Verhalten, ausgerutscht um nicht das Risiko eines weiteren Verstoßes einzugehen, hatte sie es vorgezogen, nicht nach Theresa zu greifen, um das Gleichgewicht wiederzuerlangen. Statt dessen war sie gefallen, hatte sich die Beine von hinten aufgescheuert und den Ellenbogen an den scharfen Muschelstücken, von denen es auf den Felsen wimmelte, aufgeschnitten. Das Blut floß. Theresa hatte der erschütterten Rosemary auf die Füße geholfen, ihr den Arm fest um die Taille gelegt und an den Strand zurückgeholfen. Dort hatte Theresa mit ihrem Handtuch das Blut abgewischt und erklärt, daß das nur ein paar Kratzer waren und kein Grund zur Sorge bestünde. Rosemary war froh gewesen, das zu hören, obwohl sie sich Sorgen wegen der Infektionsgefahr machte. Schließlich würde niemand, der halbwegs vernünftig war, die Muscheln essen, die dort draußen wuchsen, also würden sich doch bestimmt, wenn man sich daran schnitt, wer weiß was für Giftstoffe ins Blut ergießen?

»Wird schon werden, Kumpanin«, sagte Theresa, die zweifellos vorhatte, Rosemary zurückzulassen und wieder auf die Felsen hinauszustapfen, um ihre Ausrüstung zu bergen und an ihrem morgendlichen Plan festzuhalten.

»Danke«, sagte Rosemary.

»Keine komischen Geschichten mehr, ist das klar?« hatte Theresa gesagt. Entgegen der steigenden Betonung war dies keinesfalls als Frage gemeint. Verletzt und töricht hatte Rosemary genickt. Theresa hatte zurückgenickt und war wieder in Richtung Wasser aufgebrochen. Bevor sie im blendenden Morgenlicht verschwand, hatte sie sich umgedreht und gab Rosemary mit dem Daumen zu verstehen, daß alles in Ordnung war, und Rosemary hatte dies als eine Geste des Vergebens interpretiert. Rosemarys Arm hatte zu schmerzen angefangen. Sie war nach Hause gehumpelt, wo noch ein Rest Papayasalbe in dem Glas war, die sie benutzt hatte, als sie im Centennial Park vom Fahrrad gefallen war. Sie hatte sich damit eingerieben und den Bluterguß herausgezogen.

»Ich wette, es ist krank«, sagt Theresa, wieder in der Gegenwart, und sie beobachten diesen Orca-Menschen, der unter der Absperrung durchschlüpft und auf den Seeleoparden zuschleicht, während er gleichzeitig in sein Handy spricht. »Und wenn nicht, dann wird es bald krank werden.«

»Es ist eine Sie«, sagt weise einer der Bullen.

»Woher will der das denn wissen?« knurrt Theresa, aber Rosemary sieht die weiche, süße Kurve des Bauchs und glaubt, es müsse so sein. »Was glauben Sie, Kumpel?« brüllt Theresa dem Orca-Menschen zu, der offensichtlich nicht bereit ist, etwas von seiner Sachkenntnis weiterzugeben, als er ein Stahlmetermaß aus der Tasche zieht und sich daran macht, den schläfrigen Seeleoparden zu vermessen und die Ergebnisse demjenigen mitzuteilen, der am anderen Ende der Leitung lauscht.

Der Seeleopard niest, atmet keuchend aus und setzt dabei einen dunklen Sardinengeruch frei. Dann dreht er sich um und begräbt den Typen von Orca unter sich. Die kleinen Jungen lachen und ebenso Rosemary und Theresa, als die Polizisten vorstürmen und den Seeleoparden zurückrollen. Der Mann von Orca steht auf und klopft sich ab. Er sieht mißtrauisch sein Telefon an, bevor er es scharf gegen den Absatz seines Schuhs klopft. Er drückt die sandigen Tasten, hält es ans Ohr, grimassiert entrüstet und stapft über den Sand zu seinem Panda-Lieferwagen zurück. Der Seeleopard rollt sich auf den Rücken und schlägt mit den Flossen in die Luft. Diese Geste ruft wilden Jubel hervor. Die anwachsende Menschenmenge ergreift augenscheinlich Partei für den Seeleoparden gegen seinen Wohltäter.

Storm und seine Zwillingsschwester Skye, die den Surfshop betreiben, trotten über den Sand. Skye hat ihren Fotoapparat dabei. Sie schlüpft unter der Absperrung durch und geht ruhig auf den Seeleoparden zu.

»Armes Mädel«, flötet sie, »armes, müdes Mädel.«

»Tja nun, sie muß es ja wissen«, sagt Theresa.

»Hey! Kommen Sie zurück. Das dürfen Sie nicht machen«, ruft der Mann von Orca. Er hat ein neues Telefon dabei, einen Eimer und ein Stück Seil.

Storm fragt, warum nicht, aber der Mann von Orca antwortet nicht. Skye kniet neben dem Seeleoparden und tätschelt ihm den Kopf. Der Seeleopard schnieft. Die Menge seufzt: als ob ihr kollektiver Atem den Seeleoparden beruhigen und retten könnte, ihn anheben und ins Meer tragen, in die grauen, weichen Wellen zurückbringen könnte. Sanfte, seeleopardenförmige Wolken bilden sich über ihren Köpfen.

Die Polizisten – ihre dicken Pobacken scheuern aneinander, die Pistolen holpern auf den Hüften – schleppen sich zum Park zurück, um sich bei dem libanesischen Imbiß Hamburger und Milchshakes zu holen. Die Seeleopardenwolken drängeln. Die Menge drängelt auch und schließt die Reihen um den Mann von Orca. Es wird bald regnen. Skye beginnt, Fotos zu machen.

»Hey, das dürfen Sie nicht.«

»Warum darf sie das nicht, Kumpel?« fragt Storm noch einmal mit wachsender Wut in der Stimme.

»Sie stört das Tier.«

»Wie soll das denn gehen, eh?«

»Wessen Seeleopard ist das überhaupt?« will jemand wissen.

Ein Blitz reißt den Himmel entzwei. Ist das eine Antwort? Ein rumpelnder Donner am Parkrand. Ein weiteres Fahrzeug kommt über den Rasen auf sie zugefahren.

»Sie wollen nur, daß wir alle fortgehen«, wirft Strom ihm vor, »so daß Sie im Dunkeln wieder herkommen und mit ihr schlafen können.«

Der Mann von Orca denkt, daß ihm noch nie in seinem Leben ein Haufen dermaßen verrückter Leute über den Weg gelaufen ist. Er braucht sich aber keine Sorgen machen, denn Verstärkung ist eingetroffen. Gleich hinter dem Zoolastwagen hält ein Wagen mit einem Nachrichtenteam von der ABC.

»Menschenskind! Muß ein Saurer-Gurken-Tag bei den Nachrichten sein«, sagt Theresa.

Der Sturm murmelt in der Ferne weiter. Ein paar platte Regentropfen fallen, aber lassen es dann bleiben. Die Hoffnung auf ein göttliches Eingreifen schwindet. Eine Tragbahre wird ausgepackt und eilig über den Sand zum Seeleoparden gebracht. Der Mann von Orca füllt seinen Eimer und schüttet dem Seeleoparden Meerwasser ins Gesicht. Dann tritt er mit dem Seil in der Hand zurück. Der Seeleopard richtet sich auf und öffnet den Mund, um müde zu brüllen. Da wirft der Mann von Orca das Lasso, rennt rückwärts, um die Schlinge zuzuziehen, und reißt dadurch den Seeleoparden um, der so auf die Trage gerollt werden kann. Eine Plane wird darübergelegt, und der Mann von Orca ist wieder mit seinem Seil zugange. Als der Seeleopard gründlich verschnürt ist, hieven sie ihn auf Schulterhöhe und laufen rasch den Strand zum Lastwagen hinauf, heben dabei schwungvoll die Knie und wenden die Köpfe mit einem breiten Lächeln dem Kameramann zu, der neben ihnen herläuft. Auf Wunsch des Kameramanns machen sie die ganze Sache noch einmal. Als sie beim zweiten Mal an Rosemary vorbeieilen, sieht sie die Augen des Seeleoparden, heiß und trocken mit einem Schimmer Angst.

Storm verfolgt sie den Strand hinauf und steckt den Kopf zwischen den Seeleoparden und die Kamera, um zu fragen, warum sie den Seeleoparden nicht in Ruhe lassen können, so daß er schlafen und alleine seinen Weg ins Meer hinaus finden kann. Die Zooleute sagen, daß der Seeleopard wahrscheinlich unter einer Virusinfektion leidet und nur sie ihn retten können. Außerdem wollen sie eine Blechmarke am Seeleoparden anbringen und für den Rest seines Lebens seiner Spur folgen. Storm greift sich den Mann von Orca und fragt ihn, wie ein schleimiggrüner Ökofaschist wie er sich wohl fühlen würde, wenn ein verdammt großer Seeleopard ihm ein Schild ins Ohrloch steckte. Rosemary findet, daß Storm recht haben könnte. Sie beschließt, einen Leserbrief an den *Herald* darüber zu schreiben.

»Es ist besser so«, beharrt eine ältere Griechin. »Diese Männer, sie wissen am besten.«

»Diese Männer wissen einen Scheiß«, sagt Theresa.

»Sie lassen ihn frei, sobald es ihm besser geht«, sagt das Mädchen, das im Waschsalon bügelt, zu ihr.

»Warum sollten sie? Ein Seeleopard ist eine wertvolle Angelegenheit. Sie können einen schönen Mantel daraus machen.«

Der Seeleopard wird auf der Ladefläche des Lastwagens festgebunden. Storm, der seinem Namen alle Ehre macht, wirft zu einer letzten Umarmung die Arme um ihn, bevor er sich abwendet und, begleitet von seinem Zwilling und seinem Hund, einem weißen Bullterrier mit einem schwarzen Straßlederhalsband und den häßlichsten Eiern, die Rosemary je an einem Lebewesen gesehen hat, weiter den Strand entlangstolziert. Rosemary hat gelesen, daß weiße Hunde mit rosa Nasen, die am Strand leben, große Gefahr laufen, Hautkrebs zu bekommen. Sie widersteht der Versuchung, die komische Stelle an ihrer Lippe mit der Zunge zu berühren. Rosemary will nicht an jeder Ecke Krebs sehen, aber sie kann nichts dagegen machen. Vielleicht hat der Seeleopard Krebs. Vielleicht ist Krebs dazu ausersehen, sich als eine alternative Lebensform breitzumachen.

Der Zoolastwagen fährt ab. Das Nachrichtenteam packt zusammen und verläßt den Strand. Der Mann von Orca nimmt seinen Eimer, macht einen letzten Telefonanruf und folgt den anderen geschwind. Zurück bleiben nur die Fläche von seeleopardengeplättetem Sand und das Absperrungsband, das im Wind flattert. Für die Menge gibt es nichts anderes zu tun, als sich aufzulösen, aber ein Rest des Dramas liegt noch in der Luft und läßt sie nur zögernd gehen.

»Tja, Leute«, sagt Theresa und schließt sie alle mit ein, »ich finde, wir sollten jeden Tag den Zoo anrufen, um zu hören, wie es ihm geht. Das wäre doch was, oder nicht?«

»Das finde ich auch«, stimmt das Mädchen, das im Waschsalon bügelt, zu.

Theresa und Rosemary wandern zusammen den Strand in Richtung Felspool entlang. Zwei Jungen spielen Tauziehen mit einem Surfanzug.

»Letztes Mal habe ich gesagt, daß du ihn anziehen kannst«, sagt der Besitzer, während sich der Anzug wie ein knalliger Kaugummi zwischen ihnen dehnt, »aber du furzt immer darin.«

Der so Angeklagte bricht vor Lachen zusammen und läßt den Anzug los. Dadurch schnellt er seinem Besitzer entgegen und schlägt ihn zu Boden. »Furzt in meinen Anzug«, singt er und erstickt bald vor Lachen, »furzt in meinen Anzug.«

Rosemary fragt sich, genauso wie mit fünf oder sechs oder sieben, und wie sie sich mit fünf-, sechs- oder siebenundsechzig immer noch fragen wird und ebenso mit hundertundfünf, wenn es sich als notwendig erweisen sollte, was wohl genau Sache war mit Jungen. Aber es wäre jedenfalls schön, soviel über Nichtigkeiten lachen zu können.

»Und wie geht's so?« Theresa stupst Rosemary mit der Hüfte an. »Wie geht's deiner kleinen Freundin oben im Norden? Schon was von ihr gehört?«

Rosemary erzählt Theresa, daß Billie noch nicht angerufen hat, was der anderen solch einen mitleidigen Blick entlockt, daß sie sofort wünscht, sie hätte gelogen.

»Sie wird anrufen, sobald sie kann.«

»Ich bin mir sicher, daß sie das tun wird«, flötet Theresa in einem Ton, der wohl tröstend gemeint ist. »Was hast du denn da an der Lippe, Darling? Einen Herpes, oder was?«

»Ja.« Ja, natürlich, das war es. Ein Herpes, und das war alles. Schon geheilt und ohne zu überlegen, berührt Rosemary Theresa am Arm. Theresa tritt zurück und sagt: »Nicht.«

»Nicht was?«

»Mich anfassen. Du sollst mich nicht anfassen.«

»Aber, ich wollte doch nicht ... ich meine, ich ... hör mal zu, Theresa, es tut mir leid wegen damals. Ich wollte dir nicht zunahetreten.« Theresa weint. Was hatte das zu bedeuten? Was konnte es bedeuten? »Es tut mir leid. Die Sache ist nur die, daß du mir einen Riesengefallen erwiesen hast. Ich dachte nämlich, ich hätte Krebs, dabei habe ich gar keinen. Es ist einfach nur ein Herpes.«

»Ich würde mich nicht darauf verlassen. Ich bin keine Ärztin.«

»Nein. Aber du hast recht, ich bin mir sicher. Ich bin nur in der letzten Zeit ziemlich neurotisch. Billie ist eben so viel jünger als ich, und ...« Sollte sie Theresa diese Dinge anvertrauen? »... das macht mir sehr bewußt, daß ich alt werde.«

»Das tut es wohl, das kann ich verstehen. Ich glaube nicht, daß das neurotisch ist. Es scheint mir eine normale Reaktion, das steht zu erwarten.« Theresa, die Verständnisvolle, Theresa, die Weise. Warum weint sie?

»Was ist los?« Rosemary würde gerne den Arm um sie legen, aber sie wagt es nicht.

Theresa dreht sich weg. »Ich gehe nach Hause«, sagt sie und geht.

Rosemary betritt die Passage neben dem Imbiß und weicht den großen Tonnen Pflanzenöl aus, die dort gestapelt liegen. Ein Ausrutscher, und sie würde darunter festgenagelt und tagelang nicht entdeckt, und die Kakerlaken würden Nester in ihren Augen bauen. Theresas Tür ist angelehnt. In der Wohnung verhüllen fettige Vorhänge die Fenster. Es ist dunkel, unheimlich geradezu, und dann bemerkt Rosemary, daß sie nicht alleine ist. Eine ganze Menge Leute stehen still und schweigend im Raum. Als sich ihre Augen an die Dunkelheit gewöhnt haben, findet Rosemary sich in der Gesellschaft von Heiligen wieder.

Rosemary erkennt die heilige Martha, Rita, Theresa, Katharina und Klara von Assisi. In der Ecke lauert die heilige Rosa von Lima; ihr Gesicht mit dem bösartigen Ausschlag ihrer Hautkrankheit ist glücklicherweise zur Wand gedreht. Aber wo ist Unsere Liebe Frau? Rosemary hätte es raten können: Unsere Liebe Frau ist im Schlafzimmer bei Theresa, die auf ihrem Bett in eine Decke eingewickelt liegt und sich vor- und zurückwiegt, in einen geheimen Schmerz versunken. Es liegt ein komischer Geruch in diesem Zimmer, nicht unmittelbar mit Fisch und Pommes verwandt.

Rosemary setzt sich neben Theresa auf das Futonbett. Rosemary hält Futons für einen Witz; das mußten sie doch sein, oder etwa nicht? Rosemary hatte sehr wohl bemerkt, daß die Leute, die einen haben, ihn ernst nahmen, aber sie änderte ihre Meinung trotzdem nicht. Sie streckt die Hand aus und tätschelt Theresas sich hin und her wiegende Schulter. Theresa platzt wie ein Geschwür.

»Was?«

»Woher soll ich das wissen. Das mußt du mir sagen.« Rosemary wird langsam sauer. Ihr Leben ist plötzlich voller uneinsichtiger, jämmerlicher Gestalten: Daphne, Alan, Fiona und jetzt Theresa. Midlife-Crisis, denkt Rosemary. Die Schwerkraft siegt. Sie zieht dich herunter, also paß auf.

Sie schaut zu Unserer Lieben Frau um Rat, aber die ist auch nicht besonders hilfreich, was Rosemary nicht weiter überrascht.

»Ich habe dich nicht hergebeten, also verschwinde.«

»Nun, wenn du meinst. Du weißt, wo ich zu finden bin, falls du mich brauchst«, fügt Rosemary hinzu und fragt sich, warum sie sich gezwungen fühlt, so etwas Offensichtliches zu sagen. Sie sollte etwas tun. Ihr fällt ein, daß es einen Bruder von Theresa gibt.

»Gibt es jemanden, den ich für dich anrufen soll? Deinen Bruder vielleicht? Um ihm zu sagen, daß du dich nicht wohl fühlst?«

Theresa springt vom Bett, teilt einen Hieb aus, ohne Rosemary zu treffen, und scheint dann abgeneigt, es noch einmal zu versuchen, und das ist Rosemarys Glück, denn sie ist an so etwas nicht gewöhnt und hat keine Ahnung, wie sie sich verteidigen soll.

Wo war Billie? Billie könnte die Sache in Ordnung bringen. Als sie einmal in Balmoral am Strand spazierengingen, war sie gezwungen gewesen, eine Bande homophobischer Collegejungen wieder zur Vernunft zu bringen.

»Schwuchteln«, hatte der größte und entschlossenste von ihnen gerufen und sie von hinten angegriffen. Nachdem Billie ihn sanft in den Sand geworfen hatte, hatte sie sich neben ihn gekniet und ihn ruhig darauf hingewiesen, daß er die falsche Schmähung benutzt hatte. Während er mit den Tränen gekämpft und überraschend süß und unterwürfig zu ihr aufgeschaut hatte, hatte sie eine so starke Vision von seiner Zukunft aus Panik, Flucht, Schmerz und Verleugnen gehabt, daß sie ihn umarmt und dann freigelassen hatte. Er war im Gefolge seiner flüchtenden Freunde davongehumpelt, und dann hatte er sich umgedreht und ihr in einer obszönen Geste zwei Finger entgegengestreckt.

»Lesbe!«

»Nur weiter so, Junge«, hatte Billie gelacht. Sie mochte Jungen, die lernwillig waren und Kampfgeist bewiesen, besonders wenn sie auf dem besten Wege waren, Ärger zu bekommen.

Sogar Crispin hat es erwischt, dabei ist er Amerikaner und versteht das Spiel überhaupt nicht. Australien braucht einen Lauf, um gleichzuziehen, und zwei, um zu gewinnen. Der Schlagmann schwitzt in der Mitte des großen Stadions, niedergedrückt von der Last der überzogenen Erwartungen seiner Landsleute.

»Wette zehn Dollar, daß er beim nächsten Ball raus ist«, sagt Billie.

»Da halte ich gegen«, sagt ihre Mutter.

»Ssst«, macht Crispin unerwartet. Billie sieht ihn an und lacht. Das ist schade, denn deshalb verpaßt sie den nächsten Ball, der in der Tat so ausfällt, wie sie vorhergesagt hat.

»Ach, der Arme«, sagt Heather.

»Was für ein Versager«, sagt Crispin.

»Nun, er hat's versucht, das ist die Hauptsache.«

»Nein, das ist es nicht«, sagt Billie, die gelangweilt ist vom tapferen, kleinen australischen Mann.

»Gewinnen ist nicht alles.«

»Doch, ist es«, sagt Crispin.

Auf dem Bildschirm wimmelt es von karibischen Spielern, die überschwenglich herumtollen. Billie spürt die Tränen kommen. Sie findet Erfolg unerklärlich rührend.

»Was bist du, Kleine? Eine Hexe oder was?« will Crispin wissen, während Heather in ihrer Handtasche mit den Wildlederfransen herumwühlt, einen Zehndollarschein findet und ihn Billie gibt. »Du hast den armen Kerl doch mit Sicherheit verhext. Woher hast du es gewußt?«

»Nervenversagen«, sagt Billie. »Cinderella-Komplex. Auf

einer gewissen Ebene wollte er verlieren. Ich habe es ihm an den Schultern angesehen.«

»An den Schultern.« Crispin strafft die seinen.

Heather könnte sich an diesem Punkt sehr aufregen. Sie beschließt, es nicht zu tun, weil sie sich danach immer so zerschlagen fühlt. Eine neue Brutalität scheint sich in der Welt auszubreiten.

Heute abend ist im Long House ein Gemeinschaftstreffen, bei dem Teams gebildet werden sollen, um die Lantana-Büsche zu attakieren, die alles überwuchern und ersticken, was gut und natürlich und einheimisch ist. Heather hatte darüber nachgedacht, es zu schwänzen, aber jetzt überlegt sie es sich anders. Irgend jemand muß schließlich für Australien eintreten.

Die erfolgreiche, opportunistische Lantana ist eigentlich eine Metapher, denkt Heather, während sie ihren beiden eigenen Lantanas zuhört, die munter in der Ecke vor sich hinplaudern. Sie tritt sozusagen einen Schritt zurück, was nicht einfach ist, da es um jemanden geht, den sie geboren hat. Mit zusammengekniffenen Augen entwirft sie eine Zukunft, in der Billie über den Globus schreitet, als wäre er ein gigantischer Spielplatz, nur zu ihrem Amüsement und ihrem materiellen Vorwärtskommen geschaffen. Wenn sie es sich recht überlegt, war auch ihre eigene Mutter so gewesen, versessen auf die Anschaffung von automatischen Toastern, Stehgrills und anderen kleineren elektrischen Gerätschaften. Vielleicht ein engerer Bezugsrahmen, aber dieselben Symptome. Es wird doch gesagt, daß Charaktereigenschaften oft eine Generation überspringen.

Auf dem Bambusregal steht ein Foto von Heather, das vor einem Vierteljahrhundert auf einer Anti-Vietnam-Demonstration aufgenommen und im *Toowoomba Chronicle* abgedruckt worden war. Darauf trägt sie ein T-Shirt mit der Aufschrift: *Make Love, Not War*. Heather ist stolz auf das Bild und was es repräsentiert, aber als Billie es sah, hatte sie nur gesagt: »Gott, du bist soviel älter geworden. Es ist erstaunlich.« Und kein Wort über die Themen.

Heather erinnert sich an einen Streit, den sie einmal hatten, als sie bei Billie in Sydney zu Besuch war. Der Golfkrieg war gerade vorbei. Sie hatten um Mitternacht in Glebe hinter dem Haus gestanden und sich über die Mülltonne gestritten. Heather hatte wissen wollen, warum Billie nicht die Flaschen, Dosen und Zeitungen getrennt für die Müllabfuhr herausstellte. Billie hatte gemurmelt, daß ihr das zuviel wäre.

»Warum denn bloß?« hatte ihre Mutter sie angeschrien.

»Was soll das schon?«

Heather hatte zu einer Abhandlung über die Notwendigkeit des Recyclings angehoben, aber Billie hatte das meiste davon schon in einer Broschüre der Gemeinde gelesen, die sie im Briefkasten vorgefunden hatte. Sie hatte es wirklich nicht alles noch einmal hören wollen.

»Mum«, hatte sie geklagt, »in Kuweit lodern fünfhundert Ölquellen, und du regst dich immer noch darüber auf, ob ich nun die Flaschen herausstelle. Die Welt ist so dumm, und du bist so ... so ...« Unfähig zu verhindern, daß sie sich anhörte und benahm wie eine Zwölfjährige, gab sich Billie keine Mühe mehr, sich zurückzuhalten, »... und du bist auch dumm, Mum. Mach dir doch nichts vor, Mum. Die ganze Welt ist im Arsch. Es ist nicht meine Schuld.«

Damals war Heather zum Weinen zumute gewesen, und ebenso geht es ihr jetzt. Warum konnte sie nicht eine Tochter haben, die sich etwa freiwillig meldete, um nach, nach ... – nun, es standen schließlich genug Orte zur Wahl – zu gehen, anstatt einer, deren Hauptanliegen es war, nach Byron Bay zu kommen, um zu surfen und mit ihren Freundinnen herumzuziehen, und die in nächster Zukunft, nämlich jetzt, beabsichtigte, Crispin zu überreden, mit ihr nach Bellingen in die Kneipe zu gehen. Crispin, so stellt sie fest, war sofort zu überreden.

»Du kommst doch auch mit, Babe, oder? Wir nehmen den Lieferwagen.«

»Nein, danke«, sagt Heather und erhebt sich von den Sitzkissen – oh Gott, wie furchtbar steif sie sich in letzter Zeit fühlt, vielleicht sollte sie die Sitzkissen durch etwas ersetzen, was Billie einen ordentlichen Stuhl nennen würde – »gleich ist ein Gemeindetreffen, zu dem ich gehen sollte.«

Heather sieht zwar nicht die aufflackernde und schnell unterdrückte Amüsiertheit zwischen Crispin und Billie, aber kann sie sich genau vorstellen. Sie ist traurig und geht.

»Sieht wohl so aus, als ob wir dein Motorrad nehmen müssen«, sagt Crispin munter. Seine Worte schweben durch die offene Tür zu Heather hinaus. Sie hebt die Augen gen Himmel und fühlt sich gleich bestätigt. Es ist eine schöne, samtene Nacht, daran besteht kein Zweifel; so samten in der Tat, daß man sie in die Hand nehmen und sich ihre Sanftheit durch die Finger gleiten lassen könnte; so fein, daß Heather eine Handvoll nehmen und sie durch ihren Ehering fädeln könnte, wenn sie einen hätte. Das Mondlicht fließt wie Milch aus einer Flasche und verteilt sich über die Jurte. Nun, man brauchte die Welt doch nur anzuschauen, um sie für wert zu befinden, gerettet zu werden, oder etwa nicht?

In der Kneipe diskutiert Billie genau dieses Thema mit einer Koalabärin, die einen Eimer voller Geld umkrallt hält, den sie während des Tages in der Einkaufspassage gesammelt hat. Die Unterhaltung klingt grün. Die Koalabärin sagt, sie will die Welt für ihre Kinder retten und für deren Kinder.

Billie glaubt, daß sich innerhalb dieser Masse unechten Fells eine feige und konservative Person versteckt, bar jeder Phantasie und ohne jegliche natürliche Neugierde darauf, was als nächstes kommt. Diese blöde Bärin hätte wahrscheinlich selbst das Rad abgelehnt, wenn sie bei dessen Erfindung dabei gewesen wäre.

»Schon mal was von Evolution gehört?«

»Ja«, sagt Mama Bär.

»Nun, vielleicht ist grün nicht die geeignetste Farbe. Was ist schon so großartig an grün? Vielleicht ist grün nicht die Farbe, die zum Überleben bestimmt ist. Warum nicht umdekorieren?«

»*Tangerine people and marmalade skies*«, singt Crispin, der sich an eine Zeit erinnern kann, als die Welt viel bunter war. Die Koalabärin beschließt, daß Crispin passé ist, und sagt, sie macht sich Sorgen um ihre Kinder und muß nach Hause. Billie bietet ihr an, sie nach Hause zu bringen, was die Bärin dankend annimmt, denn sie ist den ganzen Tag auf den Beinen gewesen. Weil sie ein bißchen getrunken hat und weil sie glaubt, die Geste würde ihrer Mutter gefallen, schmeißt Billie die zehn Dollar, die sie von Heather gewonnen hat, in den Eimer, ergreift ihn dann und macht noch eine schnelle Runde durch die Bar, bevor sie gehen.

Als sie zur Bärin nach Hause kommen, bietet sie Billie eine Tasse koffeinfreien Kaffee an, und Billie akzeptiert. Sobald sie drinnen sind, zieht die Bärin ihren Anzug aus und stellt sich als eine junge, untersetzte Frau namens Amber heraus, die sich ihren Weg durch einen Haufen Spielzeug bahnt, um den Kessel aufzusetzen. Während sie darauf warten, daß das Wasser kocht, leert Amber den Eimer auf dem Tisch aus und zählt die Tageseinnahmen. Zwei kleine Jungen in der Ecke versuchen, sich gegenseitig umzubringen. Einer boxt den anderen in den Bauch, ein Tiefschlag, den der Empfänger für unakzeptabel hält.

»Warum hast du das gemacht?«

»Weil du einfach nie hinsiehst. Du kapierst es einfach nicht, oder?«

Billie fragt sich, ob womöglich die ganze Familie verrückt ist. Und ob es nicht eine gute Idee wäre, alle Leute, die gerne Nachwuchs möchten, einer Prüfung zu unterziehen.

»Nicht schlecht«, sagt Amber. »Wenn du es dir ausrechnest, dann sind das etwa zehn Dollar die Stunde, steuerfrei.«

»Die Bären werden dankbar sein.«

»Zum Teufel mit den Bären. Das ist für mich und die Kinder. Schon mal versucht, als alleinstehende Mutter von der Sozialhilfe zu leben?«

»Nein.«

»Nein. Tja, dann wüßtest du nämlich, wie man sich fühlt, eine vom Aussterben bedrohte Art zu sein.«

Die Jungen in der Ecke beißen sich gegenseitig. Billie würde am liebsten ihr Geld zurückfordern. Theoretisch weiß Billie, daß sie nicht werten sollte, aber sie stellt fest, daß sie es nun einmal tut, und so trinkt sie hastig ihren Kaffee aus und geht.

Billie ist auf dem Rückweg zur Kneipe, um Crispin abzuholen, und stellt sich folgendes vor: Wenn wir die Welt bis zu dem Punkt versaut haben, daß die Meere violett werden, die Flüsse zu fließen aufhören und die Sterne herunterfallen, könnte eine gedrungene, knurrende, vielzahnige, androgyne Kreatur aus einer dunklen Spalte schlüpfen und die Welt übernehmen. Bevor sie dies weiter vertiefen kann, sieht sie Crispin vor sich auf der Hauptstraße, an eine Telefonzelle gelehnt und ruhig rauchend. Als sie die Fahrt verlangsamt, schnippt er den Zigarettenstummel in einem Funkensalto auf die Straße und lächelt. Auf seine Art, denkt Billie, sieht er gut aus, wie aus einem Schwarzweißfilm. Sie kann verstehen, was ihre Mutter an ihm findet. Was Heather wohl von Rosie halten würde, sollten sie sich einmal treffen? Heather mußte sie einfach mögen, sie akzeptierte jeden. Billie fühlt sich noch immer auf unklare Weise um eine Erfahrung gebracht, da ihre Mutter kein Theater gemacht hatte, als sie ihr sagte, daß sie lesbisch war. Angesichts der Dramen, die ihre Freundinnen beschrieben, wenn sie ihr Coming-out hatten, kam Billie sich immer farblos und unwichtig vor.

Crispin schwingt sich aufs Motorrad, und sie fährt mit ihm nach Bundagen zurück, wo sie feststellen, daß Heather noch aus ist, und so spazieren sie in der hellen Nacht durch die kleine Bananenpflanzung und die Mangobäume und über die grasigen Kliffkuppen an den Strand und tanzen im Mondlicht Hand in Hand am Wasser.

»Ich wünschte, ich hätte einen Schweif«, sagt Billie. »Ich wollte immer einen haben, solange ich denken kann«, und sie drapiert ihren Phantasieschweif elegant über den Arm, damit er im Wasser nicht naß würde.

»Wer hätte das gedacht«, sagt Crispin. Er und Heather stehen Seite an Seite und sehen zu, wie Billie auf dem staubigen Weg davonfährt.

»Was gedacht?«

»Daß ich traurig sein könnte, wenn sie fährt.«

Heather wischt sich eine Träne weg. Sie verbucht diesen Besuch als Erfolg, obwohl sie sich nach wie vor wünscht, daß sie Billie nicht so schwierig fände. Crispins Rat war, sich zu entspannen und es nicht so ernst zu nehmen, aber das ist sein Rat in allen Angelegenheiten, dem er selbst nie folgt.

Crispin erzählt ihr die Geschichte von der alleinstehenden Mutter im Koalaanzug.

»Ich glaube, die Kleine war ziemlich schockiert«, sagt er, und Heather hört das gerne und nimmt es als ein gutes Zeichen, daß sie in Billies Erziehung wenigstens etwas richtig gemacht hat.

»Immerhin«, fügt Crispin hinzu, »es ist eine schnelle Methode, ein paar Dollar zusammenzubekommen, wenn's hart auf hart kommt.«

Heather stimmt zu. Es hatte in ihrem Leben Zeiten gegeben, in denen sie sich gewünscht hätte, soviel Nerven zu haben.

Crispin meint, er sollte zurückfahren, um sich um seinen Wasabi zu kümmern. Er hat nicht die Absicht, in einen womöglich anstehenden Kampf gegen die Lantana-Büsche hineingezogen zu werden. Sie sind ja verrückt, es ist viel zu heiß. Heather lächelt, legt den Arm um seinen Hals und küßt ihn.

»Dann fahr nur, Liebster«, sagt sie. Er kommt sich entlassen vor. Normalerweise schmollt sie ein bißchen, besonders wenn sie vermutet, daß er sich drücken will, aber heute ist sie so heiter. Er schreibt es Billies Abreise zu, aber die Wahrheit ist, daß Heather und ein Neuankömmling in diesem Lande, ein reizender Junge namens – sie hat vergessen, wie er heißt, wodurch es ihr irgendwie noch besser geht – sich gestern abend, kaum ein paar Meter von Billie und Crispin entfernt, auf die feine, unberührte Matratze einer Sanddüne gelegt und geliebt hatten.

Diesen gesunden und muskulösen Körper zu spüren, der den ihren hielt, und diese wunderbar junge Haut einzuatmen, hatte sie so erregt wie schon seit Jahren nicht mehr. Dieser Junge hatte nach Honig und Thymian und, ja, nach der anderen Zeit gerochen. Er hatte alle Zeit der Welt für die Liebe gehabt und sie mit ihr geteilt und eine Aura der Lust zurückgelassen, die anhielt. Sie hatte diesen Jungen wie Medizin genossen, wie ein Elixier. Nicht, daß sie sich danach sehnte, ihre eigene Jugend zurückzuhaben. Das Leben war eine Reise mit einem Beginn, einer Mitte und einem Ende, ohne Bedauern, ohne Hormonbehandlung und, sollte dieses Unglück ihr widerfahren, auch ohne Chemotherapie. Heather war eine starke Frau. Es mochte Mut verlangen, sanft zu sein, aber wie Heather sagen würde, jede andere Herangehensweise wäre lärmende Zeitverschwendung.

Nach der Beerdigung geht Rosemary vom Friedhof in Waverley, der nur einen Steinwurf entfernt ist, zu Fuß nach Hause, doch an diesem Nachmittag ist ihr Gang merklich bleiern. Warum werden wir geboren, warum leben wir, wie wir leben, verhalten uns, wie wir uns verhalten, arbeiten, wie wir arbeiten, lieben, wie wir lieben, und sterben zuletzt, wie wir sterben?

Diese trüben Warums und Wozus kreisen in Rosemarys Kopf, und die Antworten sind so fern wie stets in diesen Fällen, sofern nicht das Göttliche eingreift. Der Nachmittagshimmel ist herrlich, aber er trägt kein Zeichen von Offenbarung. Sie bleibt auf einem Felsvorsprung stehen, einer gefährlichen Ansammlung ausgewaschener Felsbrocken, und schaut auf den Ozean, der unter ihr in großen, weißen Blüten aufbricht. In der Hand hält sie ein beunruhigend dickes Buch, ein Leseexemplar der *Hexenstunde* von Fiona Faraday, und es handelt von den Wechseljahren. Fiona hatte es ihr heute morgen im Haus vor der Beerdigung gegeben, und Rosemary hat es den ganzen Tag mit sich herumgeschleppt. Auf einer Beerdigung ein Buch über die Wechseljahre zu erhalten kam ihr genauso vor wie bei einer Hochzeit den Brautstrauß zu fangen – du bist die nächste. Sie ist versucht, das Buch in die Wellen zu schleudern, aber der lästige Respekt, den sie für das geschriebene Wort hat, hindert sie daran. Sie weiß, daß sie es lesen wird, weil sie das Gefühl hat, daß sie muß, genauso wie sie weiß, daß sie eine höfliche Glückwunschkarte an die Autorin schicken wird, wenn sie es gelesen hat.

Die Jungen drängen sich immer noch um das Videospiel vor dem Waschsalon. Rosemary bleibt stehen und schaut einen Moment zu.

»Ja«, schreien die Jungen, hüpfen auf und ab und bejubeln Siege, die sie nicht sehen kann, und ihre Stimmen klettern die Tonleiter hinauf: »Ja, ja, ja, ja, ja, jaaa!«

Wo sind die Mädchen, was machen sie, und wo verbringen sie ihre Zeit? Von ihrem Fenster sieht Rosemary auf den Park, sie sieht den Strand und das Meer, und sie sieht, wie die Jungen an diesen öffentlichen Plätzen den Raum mit ihren Spielen und ihrem Streben einnehmen, aber selten nur sieht sie Mädchen.

Heute abend sollte sie eigentlich zum Square-Dance ins Imperial Hotel in Erskine gehen, aber sie ist nicht in der richtigen Stimmung, und außerdem ist sie schon so lange nicht mehr dort gewesen, daß sie fürchtet, sie hat vergessen, wie es geht. Statt dessen ruft sie die Betreffenden an, entschuldigt sich und begibt sich, nur mit einem Wischtuch bewaffnet, auf die Suche nach Verfall.

Sie putzt die Fenster und scheuert dann das Bad, die Toilette und das Waschbecken mit einem kratzfreien Schaumreiniger. Von ihrer Sterblichkeit getrieben, putzt Rosemary die Fußböden und wachst sie, macht den Kühlschrank sauber, ordnet sämtliches Besteck in den Schubladen und setzt sich dann auf die hübschen, blaßblauen Dielen ihres Küchenfußbodens und mustert die verstörte und erstaunte Kristeva, die ahnt, daß etwas im Gange ist. Rosemary nimmt sie auf, greift nach dem Tiershampoo und taucht sie unter Protest ins Badewasser.

Daphne hatte Rosemary einmal erzählt, wie die Psychotherapeutin, bei der sie in Behandlung war, ihr geraten hatte, viel Sport zu treiben, weil körperliche Aktivität das Gehirn dazu veranlaßt, eigene Antidepressiva zu produzieren. Rosemary weiß jedenfalls, daß es ihren Geist mit Sicherheit beeinflußt, wenn ihr Haus in Ordnung gebracht ist, und als sie sich aufs Bett fallen läßt und die feuchte, versöhnliche Katze kommt, sich auf ihren Bauch setzt und sie mit diesen stacheligen, kleinen Pfoten zu kneten beginnt, kommt es Rosemary in der Tat so vor, als hätte sie die schwarzen Abgründe ein wenig zurückgedrängt.

Die *Hexenstunde* zwinkert ihr vom oberen Bücherregal zu. Sie schiebt Kristeva auf den Boden, nimmt das Buch herunter, hält es auf Armeslänge von sich, sammelt ihr schwindendes Augenlicht und beginnt. Das Telefon klingelt. Billie. Es mußte Billie sein. Jedenfalls sollte es Billie sein. Sie ist es nicht. Es ist Daphne, die ihr erzählen will, daß sich die Notizbücher als Enttäuschung erwiesen.

»Hör dir das an«, gebietet Daphne. »›Noch ein warmer Tag. Im Büro viel zu tun. Blieb lange dort, nachdem die anderen schon alle gegangen waren – wie sie lahm vor sich hintrödeln und Ausflüchte machen –, und las die Zeitung, um die überfüllten Busse zu vermeiden. Fuhr nach Hause.‹ Und dann am nächsten Tag, einem Samstag: ›Wachte früh auf. Hoffte auf schönes Wetter. Regen. Das Vogelbad ist voller Kot. Muß es säubern. Mutter liest laut die Todesanzeigen aus der *Times* vor, die sie die ganze Woche aufspart. Briet uns Koteletts.‹ So geht es Seite für Seite. Tage, Wochen, Monate, Jahre. Was hat uns das zu sagen?«

»Daß sie viel zu tun hatte, einsam und gelangweilt war. Hört sich für jede von uns manchmal so an.«

»Manchmal, ja, okay. Aber Jahrzehnt um Jahrzehnt und obendrein verschlüsselt. Warum? Und in all dem erwähnt sie nur einmal meine Mutter. Dabei schrieb sie der verdammten Ethel die ganze Zeit, und ich bin mir sicher, daß die alte Kuh auch zurückgeschrieben hat. Nun ja, einigermaßen sicher. Wie du weißt, nahm Isobel jeden Fetzen Papier, den sie zu greifen bekam, mit sich, als sie in Flammen aufging.«

»Wie hat sie sie erwähnt?«

Langes Schweigen.
»Daphne?«
»Moment. Ja, hier: das ist das einzige Mal in ihren ganzen öden Notizen. Hör zu. ›Ein Aerogramm von meiner jungen Vagabundin heute, das ans Büro geschickt wurde. Die Vagabundin ist auf Abwege geraten und hat wohl vor ein paar Monaten eine Tochter geboren. Was soll aus ihnen werden? Sie kann kaum darauf hoffen, sich selbst und ihr Kind durch ihr Schreiben zu ernähren, und sie hat es geschafft, sich mit jedem zu zerstreiten, der womöglich hätte überredet werden können, ihr zu helfen.‹ Dann geht's zurück zu den verbrannten Koteletts und der Vogelscheiße.« Daphnes Stimme ist aufgewühlt.
»Es tut mir leid. Ich wünschte, du wärst hier. Du hörst dich wirklich an, als könntest du eine Umarmung gebrauchen.« Und das, denkt Rosemary, galt auch für Isobel: Feuerschluckerin, Trapezkünstlerin, Schriftstellerin, Mutter und Außenseiterin.
»Danke. Ich habe einfach das Gefühl, daß die ganze Sache eine Zeitverschwendung war.«
»Was gibt es noch, das etwas Licht auf die Sache werfen könnte?«
»Tja, da ist das alte Haus von Edith Black in den Blue Mountains. Haben sie daraus nicht ein Literaturhaus oder so etwas gemacht? Vielleicht findet sich dort ein Hinweis. Dabei sind einige von Blacks Tagebucheintragungen genauso bedauerlich. ›Habe den ganzen Nachmittag damit zugebracht, die Küchenschränke zu putzen‹ zum Beispiel. ›Um vier Uhr nachmittags kam Nebel auf. Schrieb einen Brief an Mutter und brachte ihn zur Post. Arg müde.‹ Isobel hat mich im Sommer oft mit dorthingenommen, als ich klein war. Ich habe vage Erinnerungen an Frauen mit Hüten unter Bäumen und ein Stimmengewirr wie von Bienen. Es ist nicht weit von deinem Ferienhaus, weißt du.«
Rosemary weiß das. Sie weiß auch, was als nächstes kommt, und es kommt. »Wann fährst du denn hoch?«
»Samstagmorgen.«

»Das ist zu früh für mich.«

»Nun, dann komm doch nach, wenn du fertig bist.«

»Großartig, werde ich tun. Es wird gut sein. Wir können ein bißchen herumwandern, ein Gefühl für die Gegend bekommen.«

»Ein paar Nachmittage damit zubringen, die Küchenschränke zu putzen.« Das gehörte wirklich zu Rosemarys Plänen. Sie behält ihren jüngsten Putzanfall für sich.

»Arg lustig. Ich komme mit dem Zug, und ich bringe mein Fahrrad mit. Wie wär das?«

Rosemary, die die überraschende Tatsache auf sich wirken läßt, daß Daphne überhaupt so etwas wie ein Fahrrad besitzt, sagt eine Sekunde lang nichts.

»Okay?« hilft Daphne nach.

»Ja, prima.« Und das wird es wahrscheinlich. Eigentlich mag Rosemary Daphne sehr gerne, und sie kommt nicht umhin zu denken, daß es gut für sie sein wird, ein bißchen an die frische Luft zu kommen. Rosemary schiebt den Gedanken beiseite, daß es sehr unwahrscheinlich ist, daß die Luft um Daphne lange frisch bleibt.

Lorraine hat ihr Bein in San Franciso gelassen, und das war, wie sie heute gerne sagt, letztlich ein Segen, denn dadurch hat sie aufgehört, zu trinken, sich herumzutreiben und den Frauen hinterherzulaufen. Es brachte sie auf den Weg zu Weisheit und finanziellem Erfolg und wies sie in Richtung ökologischen Landbau. Kurzum, denkt Lorraine, während sie an der hübschen, nackten Aufseherin des Nationalpark- und Wilddienstes herumfingert, die auf ihrem großen Schoß seufzt und sich windet: Die Wege der Göttin sind unergründlich, et cetera. Lorraine war immer verrückt nach Mädchen in Uniform, und dieses hier ist etwas Besonderes, dieses Mädchen ist hinreißend: Dieses Mädchen rasiert sich, und Lorraine liebt Mädchen, die das tun, Mädchen mit samtigen Spalten, sauber und süß wie Mandeln, und diese hier ist kurz davor, sich zu spalten und weich sich darzubieten, aber heilige Mutter Gottes, wer kommt da auf einer Maschine, die so schön ist, daß es Lorraine einen Schauer von der Spitze ihres kurzgeschorenen Kopfes bis zu den Zehen ihres Phantomfußes jagt und ihre Finger langsamer werden läßt, so daß die Blondine auf ihrem Schoß tiefer seufzt und leise schluchzt und bettelt, daß Lorraine nicht aufhören soll, aber das muß sie, denn ihre alte Freundin Billie ist zu einem Besuch eingetroffen.

»Geh nicht fort, Mädel«, flüstert Lorraine, während das Motorrad vor der Veranda anhält, der Motor ausläuft und sich das Metall mit einem heißen, klickenden Geräusch auf die warme Nacht einstellt. »Bitte, bitte geh nicht weg, bis ich dir gegeben habe, was du brauchst. Geh in meinen Bungalow und leg dich hin, denn ich werde kommen und mich um dich kümmern, wie sich noch nie jemand um dich gekümmert hat.« Geht sie, geht sie nicht? Sie geht. Die Puppe, der Darling. Als nächstes wird es ernstlich rauhe Worte und Brustwarzenringe geben.

»Billie. Billie, ach Billie. Oh, Kleine, es ist so gut, dich zu sehen.« Und die Freundinnen kommen zueinander, ein ruhiges Aneinanderschlagen von Leder in der Nacht. Als sie zur Ruhe gekommen sind und sich mit ein paar Bier und einem

Joint auf der Veranda niedergelassen haben, gibt es viel zu erzählen. Es ist so lange her.

»So lange, wirklich so lange. Du hast dich ein wenig verändert, sehe ich. Wo ist der Nasenring?«

»In meiner Tasche.« Billie hatte ihn den ganzen Tag wieder anstecken wollen, aber sie war nicht dazu gekommen. Sie wußte, daß Lorraine sie sofort darauf ansprechen würde. Schließlich hatte sie ihn ihr geschenkt. Sie nimmt ihn heraus und hält ihn Lorraine entgegen. »Hier, setz du ihn mir ein.« Lorraine tut es. »Besser. Du fingst beinahe an, ein bißchen normal auszusehen. Läßt dein Haar wachsen, aha. Wer ist sie?«

Billie zieht den Rauch ein, lächelt und antwortet nicht. Später.

»Sind meine Gäste nicht prima? Alle im Bett. Nun, der in Nummer 4 ist immer im Bett, aber sein Krankenpfleger sagt, daß er schläft.« Napoleon, der besagte Krankenpfleger, kommt aus dem Bungalow, in dem sein Patient liegt und schläft, und gleitet nackt ins Schwimmbecken. Seine Bahnen und Spritzer untermalen ihre Unterhaltung.

Lorraine betreibt »Wagon Wheels« mit ihrer Partnerin Liz. Sie wechseln sich Monat für Monat ab, so daß sie sich beide nicht verausgaben. Wer frei hat, geht jeweils weit weg und vergißt das Ganze. Es ist ein anspruchsvoller Ort. Letzte Woche ist hier jemand gestorben.

»Ich hasse das. Es ist ein guter Ort, um zu sterben, und ich freue mich darüber, aber dennoch, ich bin nicht Mutter Theresa, Leiden bereitet mir kein Vergnügen. Es macht mich jedesmal fertig, wenn es geschieht. Bleibst du lange, oder was hast du vor?«

»Weiß nicht.«

»Hey, das ist in Ordnung. Für die nähere Zukunft ist kein Tod vorgesehen. In den nächsten Wochen haben wir sogar einige einfache Lesbenbuchungen. Flitterwochen und so. Alle heiß und glücklich. Du kannst jeden Morgen umherstolzieren und ihnen Frühstück ans Bett bringen. Das wird dir gefallen.«

»Ich müßte mal telefonieren.«

»Klar doch. Im Büro.«

Billie steht auf und geht durch die Tür hinter ihnen zum Telefon. Sie wählt Rosemarys Nummer. Es ist besetzt. Sie drückt zweimal die Wiederwahltaste, aber es bleibt besetzt. Billie legt den Hörer auf und schaut sich in dem Raum um. Immer noch Poster mit Motorradmädchen, das uralte mit Marianne Faithful und den Rosen einbegriffen. Oh Scheiße, nein. Billie sieht sich selber, mit Hafties an die Wand geklebt, und schon ist sie wieder sechzehn, und es ist in den Sommerferien, sie treibt sich mit ihren Freundinnen herum, und es ist ein besonderer Tag, der Tag, an dem sie sanft von Lorraine umkreuzt wurde, während sie an einer Bushaltestelle wartete. Billie hatte genau gewußt, was diese Frau im Sinn hatte, ihre Freundinnen hatten den schnellen, wortlosen Kontakt nicht bemerkt, den Billie für später bewahrte.

Lorraine hatte in jenem Sommer, bevor sie nach Amerika ging, in einer Straßenbaukolonne gearbeitet, und sie hatte den ganzen Tag in abgeschnittenen Jeans und einer leuchtend orangen Weste in der Sonne gestanden und ein lutscherförmiges Schild mit der Aufschrift *Langsam* auf der einen und *Stop* auf der anderen Seite hin- und hergewendet. Langweilige Arbeit, viel Zeit zum Nachdenken, aber Lorraine wußte, daß es nicht klug war, zu viel über geile Schulmädchen nachzudenken, die ihr überallhin folgten, denn die Welt war dem nicht freundlich gesonnen, obwohl es ihr ein Rätsel war, warum es die Welt kümmern sollte, solange beide Beteiligte willens waren. Bei einer Gelegenheit hatte Lorraine jedoch Billie in ihren Babydoll-Pyjama gesteckt, sie auf ihre schnittige Maschine gesetzt und ein paar Fotos gemacht. Babydoll. Billie konnte sich nicht vorstellen, daß Lorraine jemals so ein Kleidungsstück besessen haben könnte, aber das mußte sie wohl, denn der Beweis hing gleich hier an der Wand.

Lorraine hatte Billie erzählt, daß sie zum Schwulen- und Lesbenkarneval nach Sydney herunterführe. Billie hatte gebettelt, mitkommen zu dürfen, und Lorraine hatte gesagt:

»Nur, wenn du eine schriftliche Erlaubnis von deiner Mutter bekommst.« Billie hatte gesagt: »Kein Problem«, und so war es auch gewesen.

Das Problem war später aufgetaucht, als Billie am Beginn der elften Klasse in die Schule zurückkam und man munkelte, daß sie unter dem Banner: *Raus aus dem Versteck, rein ins Klassenzimmer* in der Parade mitmarschiert war. Da begannen sie, über sie zu flüstern und ihr aus dem Weg zu gehen. Das elfte Schuljahr war die reine Hölle, ein Lichtblick war nur eine Postkarte von Lorraine von einem Ort gewesen, an dem Billie nie gewesen war, aber an den sie sicherlich eines Tages käme. Es hatte eine Menge Dinge gegeben, die Billie eines Tages tun würde, und Sex war eines von ihnen. Es schien nicht recht zu sein, für etwas angeprangert zu werden, daß sie nie getan hatte, und Billie hatte es nicht getan, obwohl sie viel darüber nachgedacht hatte, wenn sie spät abends auf dem Rasen lag, während die Opossums im Eukalyptusbaum mit den Zähnen knirschten. Die beste Surferin der Schule hatte es getan, und das war gut so, denn sie hatte dazu beigetragen, die Situation für Billie zu entschärfen, indem sie schwanger geworden war und allen ein anderes Gesprächsthema geliefert hatte.

Im zwölften Schuljahr waren alle gelangweilt von der Schwulenfrage und übersättigt von Sex im allgemeinen gewesen und hatten bessere Dinge zum Nachdenken gefunden. Billie hatte ihrer Schulkarrierre die Krone aufgesetzt, indem sie ein Mädchen zum Jahresabschlußfest mitgebracht hatte. Sie waren kein Paar, aber wer wußte das schon? Sie gingen händchenhaltend auf die Tanzfläche. Die Schulband, die auch zu ihren besten Zeiten nicht ganz richtig spielte, verpfuschte zwei Takte. Billies Herzschlag hielt mit der zögernden Pauke Schritt. Zwei Jungen hatten sich ihnen angeschlossen, dann zwei andere Mädchen. Die Band fand ihren Rhythmus wieder, und so war die Liebe, die ihren Namen nicht aussprechen durfte, schüchtern durch die Turnhalle gekreist, zu ein paar spöttischen Anfeuerungen, drei bewundernden Pfiffen und ein paar unbemerkt vergossenen Tränen vom Trainer der Rugbymannschaft, was merkwürdig war, aber er ebenso, auch wenn er es nie zugegeben hätte.

Eine Geschichte machte die Runde, wie der Trainer einmal an einem Samstag nach dem Spiel in die Umkleideräume gekommen war und zwei seiner Starspieler vorgefunden hatte, die auf der Bank saßen und Eisbeutel, die für die Behandlung von Prellungen vorgesehen waren, um ihre Schwänze gewickelt hatten.

»Was soll das?« erkundigte sich der Trainer.

»Ach, wir wissen doch alle, wie gerne Sie sich nach dem Spiel zwei kalte packen«, sagten sie, und die Meinungen gingen auseinander, was danach geschah.

Jetzt kann Billie Rosemary nicht mehr anrufen, nicht mit diesen Erinnerungen, die wie tote Blätter in der Ecke flüstern, nicht mit diesem Mädchenselbst an der Wand, das sie in einer Art und Weise anstarrt, die Billie jetzt als reine Verwirrung und einen unangenehmen Grad von Wagemut ansieht. Es ist verrückt, aber sie fühlt sich, als sei sie in einem Niemandsland zwischen damals und heute gestrandet, und kann weder den Boden unter den Füßen noch ihre Sprache wiederfinden. Sie wird sie später aus ihrem Bungalow anrufen. Dann fällt ihr ein, daß es nur in Lorraines Bungalow ein Telefon gibt. Sie versucht es noch einmal, aber bei Rosemary ist immer noch besetzt. Aus irgendeinem Grund muß Billie an Telefonsex denken, der sicherlich die Leitung lange besetzt halten würde. Für Billie klingt das nicht sonderlich vergnüglich, aber vielleicht ändert sich das, wenn man älter wird. Der Gedanke an Rosie, wie sie unanständig mit einer Fremden am anderen Ende der Leitung redet, ist faszinierend.

Der Krankenpfleger mußte wohl wieder raus aus dem Schwimmbecken sein. Billie kann Stimmen von der Veranda hören, seine hoch und gestreßt, Lorraines beruhigend. Billie fragt sich, was wohl mit Lorraine geschehen war, das sie so gut in diesem ganzen Hegen und Pflegen machte. Sie mußte das Licht gesehen haben, wie der heilige Paulus auf der Straße nach Damaskus. An der Hintertür des Büros klopft es leise. Billie öffnet die Tür.

»Hallo, ich bin Melissa.«

»Melissa, hallo. Ich bin Billie.« Billie streckt die Hand aus, und Melissa schüttelt sie.

»Bist du Gast hier?«

»Nun ... ich ... sie hat mir gesagt, ich soll warten. Aber ich habe einen Krampf bekommen.«

»Bist du das, Schätzchen? Komm her. Und Billie ... was machst du? Immer noch am Telefon?«

Billie und Melissa gehen auf die Veranda, gerade als Napoleon, der Krankenpfleger, von der Klingel ans Bett in Nummer 4 gerufen wird. Melissa meint jetzt, nachdem sie sich ein wenig abgekühlt hat, daß sie nach Hause gehen sollte, ansonsten würde ihr Mann sich Sorgen machen. Lorraine begleitet sie in ihrem surrenden Rollstuhl zum Wagen. Die Unterwasserlichter im Schwimmbecken gehen aus, dunkles Wasser platscht an die Seiten. Billie schält sich aus ihrem Leder und gleitet hinein, entspannt sich und läßt sich zum Boden sinken, zählt langsam bis zehn, schießt dann nach oben und findet Lorraine vor, die ihren Fuß ins Wasser baumeln läßt.

»Was war denn das?« Sie meint Melissa.

»Keine Ahnung. Habe ich nie herausgefunden. Vor einer Stunde war ich bereit, sie zu heiraten, aber dann stellte sich heraus, daß sie schon verheiratet ist.« Lorraine lacht. Manchmal klappt's, manchmal nicht. Was kannst du da machen? Jetzt komm schon, Kleine«, sie wirft Billie ein Handtuch zu, »komm da raus, mach uns einen Drink – im Gefrierfach liegt Tequila – und erzähl mir von ihr.« Billie tut, wie ihr geheißen. Und als sie ihre Geschichte beendet hat, fragt Lorraine, womit Rosemary ihren Lebensunterhalt verdient, weil Billie das nicht erwähnt hat.

»Sie ist eine außerordentliche Professorin für frühkindliche Entwicklung.«

»Da kommst du ihr ja gerade recht«, sagt Lorraine.

Um das Thema zu wechseln, fragt Billie Lorraine, was sie so verändert hat.

»Ich habe das Licht gesehen!« brüllt Lorraine, die nie aufhört, sich über ihr Schicksal zu amüsieren. »Ehrlich, es klingt verrückt, aber so war es. Ich lag auf dem Operationstisch. Sie waren gerade dabei, du weißt schon ...« Lorraines Hand macht eine Sägebewegung in die leere Luft, wo ihr Bein einmal war, »... und plötzlich lag ich nicht mehr da. Ich war in einem langen, dunklen Tunnel und kämpfte mich einem vollkommen kreisrunden Licht entgegen. Das war eine immense Anstrengung, kann ich dir sagen, aber schließlich keuch keuch, stöhn stöhn, kam ich hin, und es war so friedlich und sanft und ... so schwebend und frei, ohne Schwerkraft, es gibt nichts Vergleichbares, und ich war glücklich, dort zu sein, und so schwebte ich herum und schwirrte und zwitscherte wie ein frisch geschlüpftes Vögelchen, als mich eine Kraft krallte und mich zurück in den Tunnel drückte. Es war nicht direkt rauh, es war eigentlich sanft, wenn das irgendeinen Sinn ergibt, aber zur selben Zeit fest, und ich verstand, daß ich zu früh zu dieser speziellen Verabredung erschienen war, es hatte einen Fehler gegeben, und es war noch nicht an der Zeit für mich. Da bin ich eben aufgestanden, habe mich abgeklopft, bin mit einem fröhlichen Winken durch diesen Tunnel hinuntergegangen und habe mich auf den Operationstisch gelegt, und außer mir wußte niemand, daß ich woanders gewesen war. Und außer dir jetzt. Und Carmen. Ich habe es ihr erzählt. Ich dachte, eine Aborigine würde es verstehen, wo die doch die ganze Zeit über sowas reden, aber ich merkte ihr an, daß sie mich für verrückt hielt. Wie steht es mit dir? Es macht nichts, wenn du mir nicht glaubst. Ich weiß, daß es wahr ist.«

»Ich habe gewußt, daß etwas Ungeheuerliches geschehen sein muß.«

»Ungeheuerlich. Genau. Ich habe am Himmel angeklopft. Dann mußte ich einen Grund für alles finden. Das war letztlich einfach, denn nachdem ich wieder gesund war und ins Leben zurückging, sah ich alles aus einer anderen Perspektive.«

»Meinst du eine religiöse Perspektive?«

»Nein, viel praktischer. Wegen der Art, wie der Lastwagen mich entlanggeschleift hatte, war eine Menge Schaden entstanden, und sie hatten das Bein sehr weit oben abnehmen müssen, daher stand es außer Frage, eine Prothese anzufertigen. Ich mußte mich auf einen Rollstuhl einlassen. Alles war anders. Die Welt war verkehrt. Die Dinge waren alle am falschen Platz, Dinge, über die ich davor nie eine Sekunde nachgedacht hatte, wurden zum Alptraum. Sicherlich konnte ich meine eigene Umgebung dem anpassen, aber was sollte ich denn dann machen, mich darin verstecken? Keinesfalls. Dann hatte ich diese Idee, eine Ferienanlage aufzubauen, bei der alles von Anfang an geplant war, nicht umgebaut, sondern ohne Kompromiß von den besten Architekten entworfen. Ich sprach mit Leuten. Ich ließ ihnen keine Ruhe, und wenn es darauf ankam, habe ich sie direkt bei ihrem schlechten Gewissen gepackt, um sie zum Investieren zu überreden. Keiner von ihnen hat es bereut, kann ich heute sagen. Ich habe dieses Grundstück gefunden, das alle für mindere Qualität hielten. Habe einen Architekten gefunden. Den ersten Bungalow gebaut. Von da an ist alles wie von selbst gegangen: Der ökologische Landbau hat die Qualität des Bodens verbessert; der Krankenbungalow macht es auch für Schwerkranke möglich, in eine schöne Umgebung zu kommen; die Kurse über Aborigine-Kultur, die alle vierzehn Tage stattfinden, sind immer ausgebucht. Ich mache ein Vermögen. Acht Bungalows, das ganze Jahr über ausgebucht. Nicht nur Rollstuhlleute, auch Lesben und Schwule. Du kannst Geld machen, wenn du politisch korrekt bist. Tut mir leid, Kleine, ich rede zuviel. Deine Augen sind schon ganz glasig. Wie dem auch sei, ich hoffe, beim nächsten Mal läßt er mich bleiben.«

»Er?«

»So'n Pech, Billie. Gott ist ein Kerl. Ich war dort, ich weiß es.«

»Woher willst du das wissen? Ich dachte, du hast niemanden gesehen, es war doch nur ein goldenes Schimmern und eine unsichtbare Kraft.«

»Stimmt. Aber nur ein Kerl kann dich so herumstoßen.« Lorraine lacht, Billie nicht. Sie kann sich nicht vorstellen, daß

Lorraine etwas davon selbst glaubt. Vielleicht hat der Unfall bei ihr einen Gehirnschaden hinterlassen.

»Los Billie, jetzt mal ein bißchen fröhlicher. Du nimmst immer alles so ernst. Du hast mich gefragt, was passiert ist, und ich habe es dir erzählt. Wer immer oder was immer es war, es hat mir jedenfalls gut getan. Zum Teufel, wahrscheinlich war es nur das Betäubungsmittel.«

Lorraine fährt zum Ende der Rampe, die ins Schwimmbecken führt. Sie hebt sich aus dem elektrischen Rollstuhl, zieht sich aus und läßt sich in einen der Plastiksessel fallen, die am Wasser aufgereiht sind. Dann gleitet sie sanft in das Becken, läßt den Sessel los und paddelt herum. Das Wasser ist halb gechlort und halb Salzwasser, wodurch es leichter ist, sich darin treiben zu lassen. Da sie weiß, daß Billie bedrückt ist, aber auch, daß man sie immer mit einem Spiel ablenken kann, greift Lorraine nach einem Ball und wirft ihn ihr zu. Billie schmeißt ihn zurück und springt ins Schwimmbekken.

Später allerdings, als Billie im frisch gemachten Bett liegt, denkt sie darüber nach. Sie wünscht, sie hätte Lorraine nie gefragt, was geschehen war. Sie haßt solche Geschichten. Sie gehörten zu den fliegenden Untertassen in schrecklichen amerikanischen Fernsehsendungen, die produziert werden, um gutgläubige Idioten zu unterhalten. Das hatte sie nicht erwartet von einer Frau, die sie praktisch seit ihrer Kindheit bewundert und respektiert hatte.

Aber Billie war kein Kind mehr, und sie schämte sich der kindischen Enttäuschung, die sie empfand, und ihrer fast bockigen Vorbehalte dagegen, daß sie Lorraines Rolle in ihrem Leben überdenken mußte.

Es war nicht immer einfach, mit Vorbildern umzugehen, das Verhältnis ist oft wie eine Einbahnstraße, und jetzt hatte sich Lorraine als unvollkommen herausgestellt, und Billie mußte sie entweder in eine Freundin umgestalten oder sie aus ihrem Leben verschwinden lassen. Billie kann nicht einschlafen, also sucht sie sich Papier und Kuli und schreibt einen sexy Brief an Rosemary. Wahrscheinlich ist Rosemary mittlerweile in ihr Haus in den Bergen gefahren, also wird sie ihn dorthin schicken.

»Eine kritische Masse ist die Minimalmenge radioaktiven Materials, die notwendig ist, um eine nukleare Reaktion auszulösen.«

»Ach ja? Kaffee?«

»Ja, bitte. Das Entscheidende ist, daß der Prozeß sich selbst in Gang hält, wenn die kritische Masse einmal erreicht ist«, fährt Billie fort, die sich an dem Thema ebenso festgebissen hat wie an einigen Stückchen Speck, die sie gerade zum Frühstück gegessen haben. »Zur Zeit ist jeder daran interessiert, auf allen möglichen Gebieten. Das Leben ist voller Situationen, in denen ein Prozeß selbsterhaltend wird, nachdem eine Schwelle überschritten worden ist. Die Frage ist nur: Was ist die magische Nummer? Wie viele Leute sind notwendig, bevor eine Erneuerung zu einem akzeptierten Teil des Lebens wird?«

Lorraine und Billie trinken ihren Kaffee am Schwimmbecken. Billie denkt über ihre Zukunft nach. Mangos fallen von den Bäumen. Abreisende Gäste rollen ihr Gepäck zu ihren Autos. Diejenigen, die bleiben, frühstücken auf ihren Verandas und planen den Tag. Das beruhigende Summen von gut geölten Rädern bringt den Morgen sicher in Spur. Bungalow Nummer 4 zeigt keine Anzeichen von Aktivität, aber alles ist cool, Lorraine hat nachgesehen.

»Und wie viele Frauen sind zur Zeit Teilhaberinnen in großen Anwaltsfirmen?«

»Zwischen fünf und fünfzehn Prozent.«

»Ist das eine kritische Masse?«

»Könnte sein. Die Forschung zeigt, daß in einem soziologischen Kontext die kritische Masse schon bei fünf Prozent beginnen kann. Außerdem wird der Prozentsatz höher. Es studieren jetzt mehr Frauen als Männer Jura.«

»Ha!«

»Was heißt hier ›Ha‹?«

»Warum studieren mehr Frauen als Männer Jura?«

»Die Zeiten ändern sich eben.«

»Nein, tun sie nicht. Der einzige Grund, warum mehr Frauen Jura studieren oder sonst was machen, ist, daß Jura keine Rolle mehr spielt. Die Männer sind weitergezogen, und du kannst wetten, daß die Macht ist, wo sie sind.«

»Und wo sind sie nun?«

»Ich weiß es nicht. Woher soll ich das wissen? Ich habe genug damit zu tun, mir eine winzige Nische für mein Leben zu schaffen.«

»Also: *cherchez les garçons.*«

»Genau.«

»*Where the boys are, that's where I want to be*«, singt Billie klagend und bringt ein recht brauchbares Tremolo zustande.

»Hey! Nicht schlecht. Wer hat das noch mal gesungen? Annette Funicello, Sandra Dee oder wer?«

»Jedenfalls nicht k.d. lang, das steht fest.«

Lorraine gibt ein tiefes Brummen von sich.

»Glaubst du, es ist wahr, daß sie etwas mit Martina hat?«

»Menschenskind, das hoffe ich doch. Als Ikonen unserer Lebensart sollten wir schließlich zusammenhalten.«

Ein alter, blauer Valiant donnert heran, noch einer mit Tastaturschaltung. Obenauf liegen zwei Surfbretter, drinnen sitzen Marsha und Carmen, arm, aber hinreißend, und sie sind gekommen, um Billie zum Surfen abzuholen.

Über Nacht war das Meer rot geworden. Vor dem Imbiß parkt ein Müllwagen. Zerschmetterte Heiligenfiguren sind über die Straße verstreut. Offenbar ein guter Zeitpunkt zur Abreise, und genau das beabsichtigt Rosemary, sobald sie Kristeva eingefangen hat, die sich versteckt, obwohl Rosemary während ihrer Reisevorbereitungen sorgfältige Versuche unternommen hat, die Katze hereinzulegen. Kristeva haßt Autofahren.

Hubschrauber kommen niedrig heran und krachen, knattern und kreisen über den Strand. Leute laufen im Park hin und her, stehen am Rand des Ozeans, lassen die Kiefer hängen vor Erstaunen. Die Mitglieder des Surfclubs trillern auf ihren Pfeifen und warnen jeden, nicht ins Wasser zu gehen. Die mutigen und häßlichen Jungen schreien und lachen und schmeißen sich von den Felsen. Eine tote Wasserschildkröte wird angetrieben und liegt mit dem Bauch nach oben auf dem Sand. Bevor noch der Mann von Orca erscheinen kann, um ihr eine Mund-zu-Mund-Beatmung zu geben, nimmt sie jemand mit nach Hause, um sie als Aschenbecher zu verwenden.

Rosemary sucht durch die Menge nach einer Spur von Theresa. Sie fragt den Fahrer des Müllwagens, aber ihm war lediglich von einem Makler die Adresse mit der Anweisung gegeben worden, die Wohnung leerzuräumen. Er meint, die Mieterin müsse eine ganz schöne Party gehabt haben, bevor sie auszog, denn alles war zerbrochen und durcheinandergeschmissen.

Rosemary betritt die leere Wohnung. Blasse Flecken am Boden, hinterlassen von Heiligenfüßen, und ein paar Stücke leuchtenden Korallenmosaiks und zerbrochener Seeohrmuschelschalen vom Saum von Sankt Hildegards Gewand sind alles, was von Theresas frommem Disneyland geblieben ist. Rosemary ertappt sich dabei, wie sie nach einer Nachricht sucht, einer Erklärung, obwohl sie weiß, daß das idiotisch ist. Schließlich mochte Theresa sie nicht, somit würde sie sich wohl kaum verpflichtet fühlen, Rosemary über ihre Pläne informiert zu halten. Der Müllfahrer kommt herein.

»Das war's dann wohl, oder?« Er sieht sich um und beschließt, daß er recht hat, aber das hat er nicht ganz.

Rosemary hat gerade eine kleine, heile Figur auf dem Kaminsims gesehen. Sie stellt sich zwischen sie und ihn.

»Sieht so aus.«

Der Müllmann schaut Rosemary an. Es sieht so aus, als ob er noch etwas zu sagen hätte, aber dann ändert er seine Meinung.

»Okay. Tja, schließen Sie die Tür, wenn Sie gehen.«

»Mache ich.«

Der Müllmann nickt und geht zur Tür. »*Dominus vobiscum*«, sagt er mit einem Zwinkern, und er ist fort.

Rosemary nimmt die Figurine in die Hand. War dies eine der winzigen Nonnen der Fleischwerdung? Nein, es war noch einmal Unsere Liebe Frau; fünfzehn Zentimeter groß, auf einer Wolke thronend, und von den Handflächen ihrer ausgestreckten Hände gehen Strahlen aus. Rosemary trägt sie zum Fenster. Sie ist sehr schön gefertigt, das Porzellan tadellos, die Farben klar und strahlend. Rosemary kann keine Signierung des Künstlers finden. Hatte Theresa sich in dieser übelriechenden Wohnung versteckt, um ihre Heiligenfiguren zu schaffen und einem eigenen Kult nachzugehen? Rosemary wußte, daß es in den Anfängen der Kirche, bevor die Männer die Macht übernahmen und alle in Reih und Glied zwangen, eine Vielzahl von Heiligen mit ihren Splittergruppen und Anhängern gegeben hatte. Das Christentum hätte sich durchaus zu einer Art Hinduismus mit einer ganzen Anzahl von exotischen und wohlgefälligen Heiligen entwickeln können.

Rosemary wünscht, sie hätte die ganze Sammlung draußen bei Tageslicht gesehen. Es war sagenhaft, und Rosemary fiel kein Grund ein, warum sie das nicht gleich bemerkt hat, nämlich daß es keinen einzigen männlichen Heiligen gegeben hatte, nicht einen verfilzten Bart, keine Kreuze, keine Kruzifixe, keine Dornen oder blutenden Jesuse mit blutigen Brauen in Sicht.

Rosemary kann kaum glauben, daß sie fort sind. Welche Düsterkeit hatte nur von ihrer Schöpferin Besitz ergriffen, um eine solche Zerstörung zu verursachen? Sie würde die weiblichen Heiligen gerne auferstanden sehen, schimmernd um den Felspool aufgestellt: glorreiche Mädchen mit Augen aus Lapislazuli, süßen, kleinen Ohren, mit Perlmutt eingelegt, in mit Granat bestickten Gewändern, die Haare mit den reinsten Perlen behangen, Strandhandtücher über die Arme drapiert. Ein Strand braucht ein paar Heilige, denkt Rosemary und läßt die winzige Jungfrau in ihre Tasche gleiten. Jetzt sollte sie gehen, aber da mußte noch etwas anderes sein, sie war sich sicher, deshalb setzt sie ihre Suche fort und findet es im Badezimmer groß und regenbogenbunt an die Wand geschrieben:

Ich werde euch nicht mit Männern, sondern mit Engeln reden lassen.

Und für Rosemary hatte das seine Richtigkeit, denn sie hatte schon immer, seit frühester Kindheit, insgeheim geglaubt, daß Engel Mädchen waren, auch wenn sie Michael und Gabriel hießen.

Lorraine rollt sich leise unter den knackenden Bäumen die ebenen Pfade entlang, die im Busch in der Umgebung der Anlage angelegt sind. Sie überprüft ihre Naturpfade, um sicherzustellen, daß nichts darüber gestürzt ist und die Gäste behindern könnte. Sie hofft halb, Melissa zu treffen, wo sie sie gestern mit ihrem niedlichen Arsch in der Luft gefunden hat, als sie eine seltene Orchidee bewunderte, deren Erhalt sie offensichtlich allein Lorraine zuschrieb. Lorraine wollte ihr lieber nicht erzählen, wie sie ganze Tuffs davon mit Beton erstickt hatten, als die Pfade angelegt wurden. Sie hatte ein bescheidenes Lächeln gelächelt und etwas von Mutter Natur gemurmelt.

Heute gleitet an derselben Stelle eine zierliche, schwarze Schlange über den Pfad. Lorraine beobachtet sie und beneidet die Schlange um ihre elegante und gliedlose Verfassung. Sie wußte nicht, ob und wenn ja, was es bedeutete, wenn eine schwarze Schlange ihren Weg kreuzte. Glück, Unglück oder nichts Besonderes? Denn sie beschleicht zweifelsohne ein merkwürdiges Gefühl. Als hätte jemand irgendwo einen Hahn angelassen oder einen Stöpsel herausgezogen, und etwas versickerte und richtete heimlich großen Schaden an. Als ob jemand irgendwo – nein, nicht irgendwo, sondern ganz in der Nähe – sein Glück verspielte.

Lorraine glaubte nicht an so etwas, und sie hegte auch keinen Wunsch, die schon lange unter solchen Verleumdungen leidenden Schlangen weiter zu belasten oder in ein Klischee zu zwängen, aber Tatsache blieb, daß das Gefühl, während sie davonrollt, sich ihr hinterherwindet. Sie überprüft den offensichtlichen Kandidaten für eine Katastrophe, aber dem Jungen in Bungalow Nummer 4 geht es heute gut oder jedenfalls so gut, wie vernünftigerweise angenommen werden kann, und dann passiert dies und jenes, es gibt viel zu tun, und Lorraines Vorahnung verblaßt allmählich.

Das Telefon klingelt im leeren Haus. Kristevas Ohren zukken. Eine Fliege summt. Die Geschirrspülmaschine beendet ihren Waschgang. Der Anrufbeantworter übernimmt das Gespräch. Billie beschließt, später noch einmal anzurufen, und hinterläßt keine Nachricht. Als Rosemary zurückkommt, überprüft sie sofort das Gerät. Zwei Nachrichten, nichts von Billie. Rosemary fühlt sich einsam. Am meisten wünscht sie sich hier und jetzt jemanden, um über Heilige und die Wechseljahre zu reden, während die rote See unter den Fenstern tobt. Die *Hexenstunde* liegt neben dem Telefon, obwohl sich Rosemary einigermaßen sicher ist, sie nicht dort liegengelassen zu haben. Kann dieses Buch laufen, oder was? Plötzlich kann Rosemary nicht schnell genug in die Berge kommen, um es zu lesen und über Tod und Verfall und alles nachzudenken, was sie quält. Vielleicht kann sie dann vergessen und ihr Leben weiterleben, wenn sie diesen Gedanken ins Auge geblickt hat. Aber zuerst muß sie eine Erklärung für den ungewöhnlichen Zustand des Ozeans finden. Am besten beginnt sie mit ihren Erkundigungen beim Surfclub. Rosemary stellt Unsere Liebe Frau auf den Marmorsims unter den französischen klassizistischen Spiegel aus dem frühen neunzehnten Jahrhundert, der einen großen Teil der Wand ausfüllt. Sie sieht dort ganz wie zu Hause aus, Rosemary glaubt sogar, einen raschen Blick der Komplizenschaft zwischen ihnen wahrzunehmen, der besagte, daß die Jungfrau Maria auch den eklektischen Stil von Inneneinrichtung gewählt hätte, den Rosemary bevorzugt, wenn sie nicht das Pech gehabt hätte, mit einem Tischler verheiratet gewesen zu sein, der darauf bestand, alle Küchenschränke selbst zu bauen. Rosemary war bereit zu wetten, daß Joseph der Typ gewesen war, der sich endlos über die Knoten und Wirbel ausließ, die sich in jedem Stück Holz finden ließen, das ihm unter die Finger kam. Sie findet diese Einstellung deprimierend. Und sie findet Holz deprimierend. Was ist Holz schon, wenn nicht die eine oder andere langweilige Variation des Grundthemas Braun? Nach Rosemarys Meinung gab es nur sehr wenige Holzarten, die nicht durch eine Schicht Farbe deutlich verbessert würden.

Carmen, Marsha und Billie stehen oben auf den Dünen und beobachten, wie Welle um Welle in einen mächtigen, kreisrunden Sog gerät. Es konnte nicht besser sein.

»Hey, nichts wie rein!« schreit Carmen, und sie beginnen zu rennen. Am Wasser bleiben sie stehen. Billie zieht ihren Surfanzug zu und schnallt die Flossen an. »Hey, Mädels«, ruft sie, läßt sich auf ihr Brett fallen und kracht in das weiße Wasser hinaus, »jetzt seht euch gut an, wie wunderbar ich die Welle von links angehe.«

Carmen lacht und folgt ihr. Marsha bleibt am Strand und fummelt an ihren Flossen herum. Sie hat einen Kloß im Hals, den sie versucht, hinunterzuschlucken, denn wenn sie damit ins Wasser geht, wird sie wahrscheinlich ertrinken. Sie hat es irgendwie mit Billie: mit der Art, wie sie den Kopf neigt, mit ihrem finsteren Blick, den langen Beinen und dem durchweg großtuerischen Auftreten und ja, Marsha muß es zugeben, ihrem Hang, alles besser zu können als alle anderen. Um eben das zu beweisen, zerteilt Billie die Welle und schwenkt zurück in eine schiere Wasserwand, richtet den Körper auf, steckt den hübschen Kopf über die Brettspitze, schießt in den Himmel, trifft auf den Wellenrand und überschlägt sich, um glorreich mitten in der Luft zu schweben und der Schwerkraft einen ordentlichen Kampf zu liefern, bevor sie hinabstürzt und Marshas turbulentes Herz mit sich in den Schaum reißt.

Und danach ist nichts. Nur kaltes Salzwasser, glatt und rund wie ein Glasstöpsel, der Billies Mund verschließt.

»Das ist ganz natürlich«, sagt der Leiter der Lebensretter. »Der Seetang ist in Blüte, das ist alles. Das passiert hin und wieder, wenn die Bedingungen dafür stimmen. Völlig harmlos.«

»Warum sind sie dann so sehr damit beschäftigt, jeden aus dem Wasser rauszuhalten?«

»Die Leute erwarten das. Wenn wir sie einfach reinlassen würden, würde uns jemand der Gemeinde melden.«

Rosemary ist versucht, um die Ecke zu schleichen und sich in die Röte zu tauchen, aber dann denkt sie daran, daß sie danach duschen und sich die Haare waschen und trocknen müßte, was alles zuviel Aufwand scheint, also läßt sie es bleiben. Sie gibt sich damit zufrieden, am Wasser zurückzuspazieren. Rosa Schaum hinterläßt einen Rand um ihre Knöchel, den sie unter einem der Wasserhähne abspült, die am Parkrand zu diesem Zweck angebracht sind.

Als Rosemary die Straße zu ihrem Haus überquert, bemerkt sie eine dünne Glitzerspur in der Straßenmitte, die die Prozession der Heiligen auf ihrem Weg zur Müllkippe markiert. Auf der anderen Seite der Spur steht eine kleine, nervöse Frau in engsitzenden Kleidern, die vortritt, als Rosemary herankommt. Es ist Yvonne, die zu der Partnerschaftszeremonie mitgenommen werden will. Irgendwie war es Rosemary gelungen, das völlig zu vergessen. Sie schlägt vor, daß Yvonne im Café auf sie wartet, während sie nach oben geht, um Kristeva zu fangen und ein paar Sachen zu packen. Dazu gehören die winzige Jungfrau, die *Hexenstunde*, ein kleiner, blauer Glastiegel Holunderblüten-Handcreme und das angeblich sexy Buch, das sie neulich abends gekauft hatte, denn, abgelenkt von Tod und Wechseljahren, hat sie immer noch nicht herausgefunden, wie Blaize bei der Frau mit den Ray Bans, der Superstereoanlage und den blonden Locken weiterkommt.

»Ich weiß wirklich nicht, warum sie das hier Berge nennen«, murrt Daphne. »Das sind doch überhaupt keine Berge, eher Löcher im Boden. Ich meine, wie viele Berge gibt es denn auf der Welt, die man sich von oben anschauen muß?«

Rosemary und Daphne halten sich an dem schwankenden Geländer fest. Rosemary stellt sich vor, wie sich plötzlich unter ihren Füßen Risse in der Erde auftun, und umklammert den Arm ihrer Freundin. Immer darauf bedacht, voranzukommen, war Daphne ihr dicht auf den Fersen gefolgt und hatte nach ihrer Ankunft darauf bestanden, daß Rosemary sie zu diesem Aussichtspunkt fuhr.

Daphne war mit ihren Taschen und dem Fahrrad und einem aschfahlen Gesicht aus dem Zug geklettert. Sie hatte mißtrauisch herumgeschnuppert.

»Die Luft sticht in der Nase«, hatte sie gesagt.

Daphne war eine Frau, die gerne sah, was sie atmete. Der kristallklare Morgen störte sie. Sie hatte sich eine Zigarette angezündet, um das Gleichgewicht wiederherzustellen. Sofort war sie von Fremden umzingelt, die wild auf eine Zigarette waren.

»Also wirklich«, hatte sie gesagt, »hast du das bemerkt? Seit sie Rauchen zu einer kriminellen Aktivität gemacht haben, wirst du jedesmal, wenn du dir eine anzündest, von nikotinhungrigen Leuten angepöbelt.«

Im Auto hatte Daphne das Thema, während sie mißtrauisch in die vorüberziehende Landschaft schaute, wieder aufgegriffen.

»Ich hätte außerdem beinahe den Zug verpaßt. Der verdammte Taxifahrer war so unverschämt, mir zu sagen, ich könnte in seinem Taxi nicht rauchen, deshalb ließ ich ihn anhalten, damit ich mir ein anderes nehmen konnte. Dann erwartete er, daß ich ihn auch noch bezahlen würde. Natürlich habe ich mich geweigert. Ich versuchte, ihm ein paar simple Grundzüge des Vertragsrechts zu erklären und wie sie in dieser Situation anzuwenden wären, und es war zu sehen, daß ihm das alles neu war. Er begann zu schreien und gegen mein Fahrrad zu treten, als ich versuchte, es aus dem Kofferraum zu bekommen. Ich sagte ihm, er solle eine Zigarette rauchen und sich beruhigen, woraufhin er beschloß, meinen Koffer in den Rinnstein zu schmeißen. Die Welt ist doch verrückt geworden.«

»Sehr hübsch«, sagt Daphne jetzt und dreht sich vom Geländer weg, »laß uns gehen, ja? Womöglich machen sie sonst zu.« Zwar schloß Liquorland freitags nicht vor neun, aber Rosemary ist recht froh darüber, den Aussichtspunkt zu verlassen. Manchmal, wenn sie irgendwo hoch oben steht, bekommt sie dieses seltsame Gefühl, daß sie einfach springen möchte. Dieser Gedanke schlendert nach einer oder zwei Minuten von hinten heran und schlägt sich beiläufig vor. Sie hat gelernt, damit umzugehen, aber trotzdem ist Rosemary froh, den Gedanken alleine auf die Berge starren zu lassen, während sie und Daphne zu Farbe und Bewegung vom K-Markt fliehen.

Während Daphne sich mit Bell's Whiskey versorgt, springt Rosemary in den Laden nebenan, um ein halbes Kilo gefrorene Flunder aus Neuseeland und ein paar Tischtennisbälle für Kristeva zu kaufen.

Eine Frau bei der Partnerschaftszeremonie hatte Rosemary erzählt, daß der K-Markt in Katoomba ein guter Ort sei, um lesbische Mütter aufzureißen, wenn sie an Montagmorgenden wegen der heißen Sonderangebote hereinkämen. Rosemary denkt gerade darüber nach, was sie an einem Montagmorgen mit einer lesbischen Mutter anstellen könnte, sollte sie erfolgreich sein, als sie ihre Freundin Penelope sieht, weder Lesbe noch Mutter, die mit einem vollen Einkaufswagen im Niemandsland zwischen den Haushaltsartikeln und der Feinkosttheke steht. Irgend etwas stimmt nicht. Penelope trägt einen eindeutig serbischen Gesichtsausdruck zur Schau, und Rosemary kann raten, warum. Sie sieht sich um. Sie kann ihn auch nicht sehen. Warum verschwindet Bruce im Handumdrehen und, das ist sogar noch rätselhafter – denn schließlich verspürt jeder hin und wieder das Bedürfnis, seinen Nächsten und Liebsten zu entkommen –: wie? In diesem Fall trat er wahrscheinlich zwei Schritte zurück und einen zur Seite und verschwand einen Gang hinunter, was im K-Markt leicht genug ist, aber es war eine wohlbekannte Tatsache, daß Bruce dasselbe fertigbrachte, wenn er sich in der Mitte von Nirgendwo befand, wo ihm noch nicht einmal kränkliches Stachelkopfgras Schutz geboten hätte.

Penelope und Rosemary gleiten Einkaufswagen an Einkaufswagen durch die Gänge und halten die Augen nach dem Vermißten offen. Sie bleiben stehen, um den Käse zu begutachten.

»Ich glaube«, sagt Penelope und nimmt den Faden der Unterhaltung wieder auf, die sie unterbrochen hatten, als sie sich zum letzten Mal sahen, »jedenfalls scheint es mir ...« Penelope hält inne, um ein Päckchen bretonischer Cracker in ihren Einkaufswagen zu werfen, denn sie liebt sie über alles zum Schimmelkäse »... daß all diese Jungen«, und hier hält sie inne, um zu seufzen, denn es ist doch traurig, findet sie, beinahe so wie die Generation, die im ersten Weltkrieg verloren ging, all diese Dichter, die sich im Schlamm die Masern holten oder niedergemäht wurden, »und ich habe so viele von ihnen gesehen, weißt du ... kluge Jungen, die sich um neun Uhr morgens hinsetzten und einen Joint ansteckten, und bevor sie wußten, wie ihnen geschah, war ein Vierteljahrhundert vorüber. Und wo sind sie jetzt?«

»Vermißt im K-Markt.«

»Das ist doch nicht richtig, oder?«

Penelope hat die Kassen erreicht, aber Rosemary bleibt mit dem sicheren Gefühl zurück, daß sie etwas vergessen hat. Und das hat sie auch. Sie läßt ihren Einkaufswagen voller Dinge, wegen derer sie nicht gekommen ist, aber über die sie sich durchaus freut, zurück und eilt davon, um Kristevas Tischtennisbälle zu holen.

Der Laden schließt gleich. Leute laufen auf dem Parkplatz umher. Durchs Fenster sieht sie Bruce, der sich niedergedrückt von zehn Kilo Pussy's Katzenstreu seinen Weg zum Auto bahnt. Die Tüte hat ein Loch.

Na klar, denkt Bruce, es ist mal wieder so ein Tag. In den Bergen ist immer so ein Tag. Eine Linie gräulich-brauner

Kügelchen markiert seine Spur, bis Nebel einfällt und sie verschluckt. Bruce wirft die halbleere Tüte in den Kofferraum und kriecht mit einem Seufzer auf den Beifahrersitz.

»So'n Theater, Theater, Theater«, beschwert er sich.

Mit dem Rücken hatte er schon immer Probleme, und durch den Umzug hierher hat er sich nicht gerade verbessert. Er nimmt einen Joint aus dem Handschuhfach und zündet ihn an. Auf dem Rücksitz findet er eine ramponierte Kassette von »Dido und Aeneas«, steckt sie in den Schlitz des Abspielgeräts und lehnt sich mit einem Seufzer zurück. Das Tonband dreht sich, streckt sich, knistert und rückt schließlich mit der Musik heraus. Vom Rücksitz ertönt ein schnurrendes Rondo.

Rosemary macht sich einen Gin Tonic. Daphne schenkt einen Scotch ein, packt ihre Sachen aus und begibt sich daran, ein paar Bleistifte zu spitzen. Es gibt Zeiten, in denen Daphnes Augen vor bleierner Entschlossenheit funkeln wie das Meer an einem trüben Morgen.

»Bruce und Penelope haben uns zum Abendessen eingeladen«, erzählt Rosemary ihr. Bruce und Penelope wohnen ein paar Häuser weiter. »Floryan kommt auch. Du solltest ihn kennenlernen, er wohnt gerade im Literaturhaus.«

»Kann er mich da reinlassen, so daß ich mich umschauen kann?«

»Ich bin mir sicher, daß er das kann. Es ist doch mehr oder weniger öffentlicher Besitz, oder nicht? Er wird es dir bestimmt gerne zeigen.«

»Die Leute können in solchen Angelegenheiten sehr komisch sein.« Das hieß, daß sie es sein konnte und daher von anderen dasselbe erwartete.

»Das mag wohl sein.« Rosemary wirbelt ein Geschirrtuch durch die Luft, um den entsetzlichen Geruch zu vertreiben, den die auf dem Herd köchelnde Flunder verströmt. Sie stellt den Herd aus, erklärt Kristeva, daß sie zu warten hat, bis der Fisch abgekühlt ist, und nimmt ihren Gin mit in den Garten hinaus, wo sie, während sie einen schlecht beschnittenen Rosenbusch betrachtet, über den Gartenscherenmörder nachdenkt, der seinen Opfern die Finger abschneidet, um ihre Ringe in der Sicherheit seines Zuhauses abstreifen zu können. Rosemary schluckt den Rest ihres Drinks herunter und schüttet die halb geschmolzenen Eiswürfel auf den steinigen Boden. Morgen wird sie eine Ladung Pilzkompost und einen Fünfundzwanzig-Kilo-Sack Dünger bestellen. Vielleicht wird sich Daphne bemüßigt fühlen, ihr beim Schaufeln zu helfen, vielleicht aber auch nicht. Rosemary stellt die Sprenganlage an, geht in einen anderen Teil des Gartens und beginnt, verblühte Margeriten abzuknipsen, solange es noch hell genug dazu ist.

»Das war köstlich«, sagt Rosemary und bezieht sich auf Penelopes Erbsen- und Pilzrisotto, das sie gerade gegessen haben.

»Es gibt nichts Besseres als Erbsen, die auf dem eigenen Grundstück gewachsen sind«, strahlt Penelope und schiebt ihren leeren Teller von sich. Trotz ihrer Worte und des leergegessenen Tellers bleibt Penelope hungrig. Die goldene Kruste einer köstlichen überbackenen Käseschnitte zischelt ihr verführerisch durch den Kopf.

Bruce schielt bedrückt in die Schüssel, die Daphne ihm gerade gereicht hat. Seit sie in die Berge gezogen sind, hat er sich mit der Tatsache abfinden müssen, Blumen in seinem Salat vorzufinden. Er schiebt ein paar Brunnenkressenblütenblätter beiseite und nimmt sich eine so kleine Portion Grünzeug, wie seine Frau ihm gerade noch durchgehen lassen wird. Penelope glaubt offenbar, daß alles Grüne ein unverzichtbarer Faktor für das Erringen und den Erhalt einer guten Gesundheit ist. Bruce schiebt die Blätter auf seinem Teller herum. Er weiß, daß sie, wenn er diese Anzeichen von Begeisterung und Aktivität lange genug beibehält, das Interesse verlieren wird und er in der Lage sein wird, das Zeug heimlich in den Komposteimer zu stopfen, wohin es auch gehört. Kerbel, Schnittlauch, Rucola, junge Spinatblätter, Petersilie, Lollo rosso: es mußte doch eine Möglichkeit geben, all das in einen nährstoffreichen und hochalkoholischen Schnaps zu verwandeln, und dann wäre jeder zufrieden.

»Schlechtes Benehmen«, sagt Rupert, »ist nicht immer amüsant. Reich mir doch den Salat, sei so lieb.« Bruce tut das sehr gerne.

»Aber hör mal«, beharrt Floryan, dessen Verhalten Rupert versteckt kritisiert, »es ist dermaßen ruhig in dem Haus da oben. Manchmal muß ich das Kopiergrät anstellen, um etwas Gesellschaft zu haben. Kein Wunder, daß ich mir so oft einen runterhole. Ich habe mir in jedem Zimmer des Literaturhauses einen runtergeholt. Versuche, mich aufzumuntern.«

Floryan war seit einer Woche im Literaturhaus. Er hatte noch eine Woche vor sich und beabsichtigte, die Zeit so gut wie möglich zu nutzen, aber jetzt will diese Frau, die er gerade kennengelernt hat, morgen kommen, um sich das Haus anzusehen. Nun denn, es macht Floryan nichts aus, vielleicht ist es eine angenehme Abwechslung. Er wird ihr einen Morgentee anbieten und sie herumführen und auf das Doppelbett hinweisen, das *ICH* und *DU* ins Kopfteil geschnitzt hat. Floryan würde nämlich gerne wissen, wer *ICH* und *DU* waren. Da diese Frau das Haus als Kind besucht hatte, wußte sie es womöglich. Er würde ihr den Stuhl in der Schlafzimmerecke mit dem schmutzigen Polster zeigen, das niemand auswechseln darf, weil Edith Black selbst den Stoff ausgesucht, den Bezug genäht und zweifelsohne auch zu seinem schmutzigen Zustand beigetragen hatte. Er wird sie in den Beton- und Glasbunker im Garten geleiten, in dem Edith ihre Bücher geschrieben hatte und wo Floryan dasselbe versucht, in der kalten, moosigen Stille an einem Tisch neben dem Glasschrank, der Ediths Bisampelzmantel und Stulpenhandschuhe enthält, die die Autorin stets anzog, bevor sie sich zur Arbeit niederließ, und das war kein Wunder, denkt Floryan, es ist so feucht und kalt hier, sogar im Sommer; warum in aller Welt hatte die Frau keinen Kamin einbauen lassen? In der Ecke steht eine Plastikschüssel mit Rattengift, und jeden Morgen ist die oberste Schicht der Kügelchen verschwunden, und Floryan, der annimmt, daß das von jedem hier residierenden Schriftsteller erwartet wird, schüttet pflichtbewußt jeden Morgen etwas nach. Er ist sicher, daß es nach toten Mäusen riecht, die unter den Fußbodendielen verwesen. Das Schlimmste aber wird er bis zum Schluß aufheben: den eingebauten Schirmständer in den Maßen eines normalen britischen Schirms, der in der Wand neben der Haustür versteckt ist, von Edith entworfen und gebaut. Als Floryan diese eigenartige Arbeit betrachtete, glaubte er, endlich das ganze Ausmaß grenzenlosen Grauens verstanden zu haben, das einer Schreibblockade innewohnt. Er war am Rande eines schwarzen Lochs entlanggetaumelt und hatte die Tür gerade noch zugeschlagen, bevor er hineinfiel. Als er wieder zu Atem kam, mußte er die verzweifelte Genialität und Stärke eines Geistes bewundern, der sich eher der Langeweile aussetzte, einen Schirmschrank zu bauen, als einen einfachen Satz zu konstruieren. Von der beglückenden Tatsache belebt, daß es immer jemanden gibt, dem es schlechter erging als einem selbst, war Floryan über den Rasen in den Bunker geeilt, um selbst ein paar zu komponieren. Schreiben war tatsächlich eine lebenslängliche Strafe.

Floryan schaut am Tisch herum und hofft, daß ihn jemand nach Hause bringen wird. Er hat keine Lust, im Nebel durch schlecht beleuchtete Straßen zurückzulaufen, auf denen jeder wie ein Serienmörder aussah. Das hatte er gleich am ersten Tag nach seiner Ankunft bemerkt, diese Strickmützen und schwarzen Kapuzen, die karierten Hemden und die Seilstücke, die aus Hosentaschen hingen. Und jetzt reden sie alle über diesen Gartenscherenmörder außer Rupert, der sich zu Floryan hinüberlehnt und ihn nach seiner Einschätzung der heutzutage zu erwartenden Dauer einer Beziehung fragt.

»Für mich, meinst du?«

»Nach deiner Erfahrung, ja.«

»Im Durchschnitt?«

»Ja.«

Floryan rechnet ein paar Zahlen zusammen, teilt das Resultat durch etwas anderes und sagt: »Achtzehn Stunden.«

Rupert nickt gedankenvoll. »Genau«, sagt er, bevor er sich abwendet, um mit Penelope zu reden, und Floryan dabei zurückläßt, sich zu fragen, was das nun zu bedeuten hatte. Im großen und ganzen mag Floryan keine tuntigen, alten Schauspieler, Schriftstellerinnen, plätschernde Dinnergespräche, diese triefnassen, nebligen Berge und – mehr oder weniger – die ganze verdammte Welt. Jetzt bedauert er, daß er sich morgen mit Daphne beschäftigen muß. Er fühlt sich trotz ihrer verrückten Schränke und vermotteten Biberstulpen als Beschützer von Edith Black. An seinem Nacken gerade unterhalb des Kragens wächst ein Pickel. Er befingert ihn und versucht lahm, den Ausbruch von Unzufriedenheit zu bekämpfen.

Er weiß, warum er sich so fühlt. Seine Arbeit läuft nicht gut. Das Problem ist sein erster Satz. Er kommt immer wieder darauf zurück und ändert ihn, aber er ist immer noch nicht damit zufrieden. Er handelt von der Zeit, als sein Held vier Jahre alt war und die Möse seiner Großmutter sah, aber er bekommt es nicht richtig hin.

»Ich finde es billig«, sagt Rupert.

»Was ist billig?« bellt Floryan in dem Glauben, daß Rupert seine Gedanken gelesen hat und es ihm gelungen ist, seinen fetten Finger genau auf das Problem zu legen.

»Dieser ganze Schwulenkarneval. Wenn ich mir diese Parade ansehe, frage ich mich einfach, was sie da treiben. Ich kann mich damit überhaupt nicht identifizieren. Ich dächte gerne, daß ich zur Gattung Mensch gehöre und nicht zu einer Untergruppe, die sich über Kleider und Pailletten oder lederne Suspensorien entzückt.«

Floryan neigt dazu, ihm zuzustimmen. Nicht was die Kleider angeht, er zieht gelegentlich gerne ein schönes Kleid an. Es machte Spaß, und außerdem sah er in einem Kleid besser aus als jede Menge andere Leute, die er nennen könnte. Was ihn abturnt, ist diese Sache mit der Schwulengemeinschaft. Er kann nicht einsehen, warum seine sexuelle Neigung ihn automatisch zu einem Teil einer Gemeinschaft oder womöglich einer Familie machen soll, vielen Dank! Er flirtet mit dem gefährlichen Gedanken, daß das Schwulsein mehr Spaß gemacht haben muß, als es noch illegal war.

Dann reden plötzlich alle am Tisch über die Liebe. Daphne erzählt, wie sie jahrelang mit diesem Typen zusammengelebt hatte und als es vorbei war – nur, wann es vorbei war, war schwer zu sagen gewesen, die Entscheidung hatte Monate in Anspruch genommen und sich hingezogen, wie diese Sachen sich nun einmal hinziehen –, hatte sie ihn verlassen, und am nächsten Tag hatte er irgendein Reinigungsmittel getrunken, weil er in einem Buch gelesen hatte, daß sich jemand damit umgebracht hatte, und er es einmal ausprobieren wollte. Er war nicht gestorben, aber nahe daran gewesen. Sie hatte ihn hinterher im Krankenhaus besucht, doch jetzt glaubt sie, daß das ein Fehler war, aber sie sagt nicht, warum. Dann hatte er sich ungefähr acht Monate später erschossen, aber inzwischen war Daphne sich nicht mehr sicher, ob die Handlung mit ihr zusammenhing oder nicht.

»Er muß dich sehr geliebt haben«, sagt Penelope vorsichtig.

»Was für ein Quatsch«, bellt Rupert, »diese Sachen haben nichts mit Liebe zu tun. Das ist etwas völlig anderes. Wahrscheinlich hat er sie auch noch verprügelt und ihr erzählt, daß das Liebe war.«

Alle sehen Daphne an, aber sie sagt nichts.

»Nun, was ist dann Liebe?«

»Sag du es uns«, schlägt Daphne vor, »schließlich bist du diejenige, die gerade völlig vernarrt ist.«

»Ist das wahr?« Penelope lächelt Rosemary in dem Gefühl an, daß die Unterhaltung endlich eine interessante Wendung nimmt.

»Bin ich gewesen, habe ich hinter mir«, sagt Bruce. »Hasse Liebe«, fügt er noch hinzu, bevor er mit dem Gesicht in seinen Salat fällt, »liebe den Haß.« Er kriecht zur Couch hinüber, wo er sich zum Schlafen niederläßt. Die Katzen folgen ihm und rollen sich auf seiner Brust ein. Ihrer Meinung nach, in ihrer ordentlichen und sterilisierten Felligkeit, war es öde, überhaupt ein Geschlecht zu haben.

Es hört sich wie Opossums auf dem Dach an, aber in Wirklichkeit sind es Ruperts Fußnägel, die am Kopfteil des *ICH-und-DU*-Betts krabbeln und kratzen, während Floryan in sich hineinschreit: »Was mache ich hier bloß, was mache ich bloß, verflucht noch mal, was mache ich hier bloß?« Obwohl er sehr wohl weiß, was er macht, ist es das Warum, das er nicht versteht.

Am nächsten Morgen, nachdem sich Rupert freundlicherweise so früh davongeschlichen hat, daß sie sich nicht in die Augen sehen mußten, versteht Floryan seine Handlungen vollkommen. Er hatte es getan, weil es jemanden gab. Weil er konnte. Weil sein verdammter erster Satz nicht gut war. Er wünschte, er hätte es nicht getan. Er hatte gedacht, er wäre darüber hinaus, Sex nur um des Sexes willen zu haben, nur weil er konnte, nur weil es jemanden gab. Er war von sich selbst angeödet. Vielleicht sollte er enthaltsam leben. Er hatte einen Freund, der sich dazu entschieden hatte und sich auch daran hielt und sich besser fühlte, das sagte er jedenfalls. Das Problem war, daß er sich dann womöglich noch mehr langweilte, denn Sex füllte die Zeit aus und war interessant. Sogar schlechter Sex war auf seine Art interessant. Es gab unerwartete Gerüche und Geschmäcker, Hins und Hers, überwundenen Abscheu, der gut für die Seele sein mußte – praktisch ein Wohltätigkeitsakt, könnte er sagen, diese Wünsche und Bedürfnisse zu erfüllen, oder war das dasselbe? Besser zu wünschen als zu bedürfen, denkt Floryan. Es scheint nicht so dringend.

Irgendwo hier ist eine Katze. Floryan nimmt an, sie gehört zum Haus. Es ist eine einsame, verrückte Katze mit kahlen Stellen über den Augen, und niemand hat sich bemüht, ihm ihren Namen zu sagen. Floryan nimmt das Brathähnchen aus dem Kühlschrank, das von vorgestern abend übriggeblieben ist, und gibt es der Katze, die in dem Moment, in dem er den Kühlschrank öffnet, angelaufen kommt. Da er schon dabei ist, reißt Floryan auch ein Stück für sich selbst ab, geht kauend zum Fenster und findet sich damit ab, einen weiteren Tag im Fischtank zu verbringen und an seiner ersten Zeile zu basteln. Vielleicht sollte er weiterschreiben und das Buch beenden und dann erst diesen Satz überdenken, oder vielleicht sollte er ein Gentleman sein und seine arme, alte Oma ganz aus dem Spiel lassen, oder vielleicht sollte er auf der Suche nach einer vernünftigen Tasse Kaffee nach Katoomba laufen.

Über alledem hat er Daphne völlig vergessen, aber hier ist sie nun, radelt zielstrebig die Einfahrt hoch, bevor das Fahrrad auf einem bißchen losen Kies seitwärts rutscht und Floryan herauseilt, um seiner Schriftstellerkollegin zu Hilfe zu kommen.

Endlich hat sie die *Hexenstunde* ausgelesen. Sie hat fast die ganze Nacht dazu gebraucht. Unterdessen waren riesige Motten mit Hörnern und Teufelsgesichtern draußen gegen das Haus gekracht, durch Fenster gepoltert und hatten sich an der Nachttischlampe betäubt. Rosemary nimmt ihre Armbanduhr, die zwischen den Leichen auf dem Nachttisch liegt. Sie erinnert sich an den schicken Reisewecker, den sie in Bali verloren hat. Sie vergißt ständig, für Ersatz zu sorgen.

Im Haus ist es sehr ruhig. Daphne ist zweifelsohne schon fort auf der Suche nach ihren Leichen. Rosemary bleibt, wo sie ist, und beobachtet die sanft sich wiegenden Baumwipfel und ein paar weiche Wolken, denn das ist alles, was sie von den Fenstern dieses Zimmers aus sehen kann, und es gibt ihr ein Gefühl von Fliegen und Freiheit. Rosemary denkt noch einmal an Bali. Sie war mit Marie, einer Freundin, in der Hoffnung dorthin geflogen, daß ein Urlaub diese von ihrer Trauer über den Tod ihrer Partnerin Georgina ablenken könnte. Es hatte nicht funktioniert. Die Schönheit Balis war angesichts Maries hartnäckigen Kummers verblichen, und Rosemary war nicht gut damit umgegangen, das glaubte sie jedenfalls. Aber als sie hinterher noch einmal darüber nachgedacht hatte, hatte sie bezweifelt, daß irgend jemand diese betrunkenen Nächte hätte durchstehen können, in denen Marie darauf bestanden hatte, daß Georgie, wenn sie überlebt hätte, die beste Country- & Western-Sängerin geworden wäre, die Australien je hervorgebracht hatte – eine Behauptung, die für Rosemary schwer zu verstehen war und über die man unmöglich ernsthaft diskutieren konnte. Und dann hatte sich Marie auch noch bei einem Feuertanz eine häßliche Verbrennung an ihrem dünnen Knöchel zugezogen, die sich schnell in einen schwärenden Krater verwandelt hatte. Da sie sich zweimal täglich mit der Aufgabe konfrontiert sah, eine Wunde zu säubern und zu verbinden, die sie, sie konnte sich nicht helfen, für nichts anderes als eine triefende Metapher für tief vergrabenen Kummer hielt, hatte Rosemary vorgeschlagen, den Urlaub abzukürzen, und sie waren vier Tage früher zurückgeflogen.

Rosemary hatte Marie kürzlich gesehen, wie sie in der Sushi-Bar am Fischmarkt mit ihrer neuen Geliebten Caroline zu Mittag aß, einer rundlichen Frau, so rosa wie die neue Haut, die letztlich über die alte Wunde gewachsen war.

Ein Hubschrauber fliegt niedrig über das Haus und wieder zurück. Rosemary bleibt eingekuschelt, wo sie ist, und denkt an Krieg und Rettungsmanöver und Leute, die sich als Resultat ihrer Freizeitaktivitäten und ihrer hektischen Vorstellung von Spaß auf schmalen Felsvorsprüngen in Schwierigkeiten befinden, und natürlich denkt sie auch an Billie, im Bett an ihrer Seite – wenn doch nur – in diesem Baumhauszimmer, was ihre Gedanken an weiche und sicherlich vernünftige Orte schweifen läßt, weit entfernt von Felsnasen, unwegsamem Terrain und einem Sprung aus großer Höhe mit nur einem Seil um den Knöchel zwischen sich und dem Tod.

Während sie über diese Dinge nachdenkt, kriecht Bruce im niedrigen Gebüsch unter ihrem Fenster herum und bewundert seine Dope-Pflanzen. Sie sind der Ernte so nahe, daß ihm das Wasser im Mund zusammenläuft, aber nein, Moment mal, da ist der verfluchte Hubschrauber wieder, niedriger und langsamer setzt er zu einem weiteren Flug auf das Ziel an, so glaubt Bruce, und als die Fenster zu klappern beginnen, beschließt Rosemary aufzustehen.

Sie geht zum Telefon und bestellt ihren Pilzkompost und Dünger, dann tritt sie ans Fenster und sieht die fedrigen Pflanzenspitzen zittern, als Bruce mit einem Satz aus dem Gartenbeet auf die Veranda springt. Rosemary geht in die

Küche und stellt den Kessel auf. Es ist jetzt ruhiger. Der Hubschrauber hat die Richtung geändert und fliegt davon, aber Bruce ist nicht davon überzeugt, daß er wirklich fort ist.

»Jedes Jahr«, stöhnt er, »kommen die Scheißkerle, gerade wenn es beinahe Zeit zur Ernte ist. Woher wissen die das bloß?«

»Vielleicht wissen sie es gar nicht«, wendet Rosemary ein. »Vielleicht suchen sie nur nach einem verlorengegangenen Kind oder einem entlaufenen Sträfling.«

»Das könnte sein, könnte sein«, seufzt Bruce und wühlt in seinen Taschen herum, bis er findet, was er braucht, und mit zittrigen Fingern einen Joint baut.

»Auf die Paranoia, Mann«, macht er sich über sich lustig, bevor er ihn an Rosemary weiterreicht.

Floryan, der dünne Gummihandschuhe trägt, tupft mit einem Stück feuchter Watte, das er mit einer Pinzette festhält, auf die Kiesabschürfungen an Daphnes Knie. Er hatte schon lange auf eine Gelegenheit gewartet, den Erste-Hilfe-Kasten mit dem großen roten Kreuz zu benutzen, der auf dem Regal im Badezimmer des Erdgeschosses stand, und er hatte auch darauf gebrannt, diese Handschuhe zu benutzen. Er hätte sie beinahe gestern nacht herausgenommen, aber dann wollte er nicht, daß Rupert beleidigt von dannen zöge.

Sie sind im großen Wohnzimmer, wo viele billige und häßliche Bücherregale voller uninteressanter australischer Bücher stehen, die scheinbar en gros von Verlagen gestiftet worden waren. Einige liegen auf der Seite, andere stehen auf dem Kopf, und die Einbände wellen sich in der Sonne. An seinem ersten Abend hier hatte Floryan ein paar benutzt, um das Feuer in Gang zu bringen, aber das hatte nicht funktioniert, sie hatten nur stundenlang dunkel vor sich hingeglommen und klebrige, schwarze Asche hinterlassen.

Daphne sitzt in einem großen, violetten Kunstledersessel, der sicherlich nie Ediths gewesen sein konnte. Floryan kniet mit einer Schüssel warmen Wassers vor ihr, in die er seine Watte taucht. Sie schaut auf Floryans Kopf und den ordentlichen Scheitel, der in sein dunkles Haar gepflügt ist, das so dicht wie eine Fußmatte ist, und nach dem sie die Hand ausstrecken und den sie berühren und dann möglicherweise küssen möchte. Daphne weiß, daß dies Ausdruck der ungewohnten Freude darüber ist, daß sich jemand um sie kümmert. Sie bewahrt sie beide vor Schwierigkeiten, indem sie den Gedanken wegblinzelt und sich statt dessen auf die plastische Kurve seines rechten Ohres konzentriert, durch das die Sonne scheint und eine lilaumrandete Fläche von knochigem Zahnersatzrosa betont, die von Äderchen, die wiederum von unvorstellbar feinen Kapillaren gespeist werden, durchsetzt ist, und so verfliegt ihr Drang. Irgendwo hinten im Haus knallt eine Tür.

»Dot«, sagt Floryan und trägt eine antiseptische Salbe auf. »Sie wird uns einen Kaffee machen, und dann kann sie Ihnen den Garten zeigen. Darüber weiß ich nichts, aber der Garten war ein großer Teil der ganzen Sache, wissen Sie. Dot war damals ein junges Mädchen und hat Mrs. Black angebetet. Als sich die Stadt gegen die Familie wandte, hat die getreue Dot zu ihr gehalten, aber ich glaube nicht, daß ihr viel an den anderen lag.« Dann steht er auf und sagt: »Es sollte wirklich etwas wegen des Kieses unternommen werden. Es wurde von Anfang an zuviel hingeschüttet … Was war denn das?«

Floryan und Daphne treten an die Verandatüren. Der Hubschrauber durchschneidet eine Wolke und stürzt seitwärts herab. Bäume klappern und knirschen aneinander. Eine Gestalt rennt über den Rasen und verschwindet in der dunklen Umklammerung der Kamelien.

»Wer war das?«

»Der Gartenscherenmörder«, stellt Daphne mit absoluter Sicherheit fest.

»Oh! Glauben Sie?« Floryan befürchtet, sie könnte darauf bestehen, ihn zu verfolgen, aber das tut sie nicht.

Rosemary und Bruce rennen herum, denn der Kampf ist vorüber, und die Paranoia hat gesiegt. Es ist gut und schön, die Pflanzen aus dem Boden zu reißen, aber was dann? Alle fünfunddreißig liegen auf einem Haufen unter den alten Kiefern hinter dem Haus. *Fünfunddreißig*. Wie konnte sie die übersehen haben? Sie erinnert sich daran, daß sie von einer oder zweien gesprochen hatten, aber was um alles in der Welt wäre die Strafe für so viele? Bruce weiß es nicht. Er bleibt der Meinung, daß es besser sei, wegen eines Schafes gehängt zu werden als wegen eines Lammes. Rosemary will wegen gar nichts gehängt werden, und sie will auch keine Geldstrafe, keine Haftstrafe, nicht ihren Job verlieren oder in irgendeiner Weise an die Öffentlichkeit gebracht werden oder Unannehmlichkeiten haben. Sie ist daher verzweifelt bemüht, dieses ganze Grünzeug von ihrem Grundstück verschwinden zu lassen. Das Dröhnen des zurückkehrenden Hubschraubers bestärkt sie in ihrem Entschluß. Sie müssen es schnellstens anderswohin bringen. Mit seinem fuchtelnden Schatten bewegt sich der Hubschrauber langsam über sie hinweg.

»Haut ab, Scheißkerle. Jetzt weiß ich, wie es für diese Wie-hießen-die-noch gewesen sein muß: schwarze Pyjamas, kegelförmige Hüte, kleine Gummisandalen?«

»Vietkong.« Rosemary versucht, an die spießigste Person zu denken, die sie kennt, so daß sie das Dope irgendwo auf deren Grundstück verstecken könnten, bis sich die Lage etwas abgekühlt hat – auf dem Dachboden, im Keller, im Gartenschuppen: die Atmosphäre, die wahrscheinliche Möblierung solcher Orte tanzen kurz durch ihren Kopf. Es ist jetzt ruhig, nur eine Polizeisirene jammert von der Landstraße herüber.

»Wir sollten mit etwas heißem Wasser die Stengel abbrühen. Angeblich versiegelt das das Harz.« Rosemary ignoriert diese Information. Sie will es einfach nicht wissen. Sie kommt sich erwachsen vor und weit entfernt von solchen Sorgen, was in Anbetracht ihres Alter vielleicht nicht überrascht; es wird, so sagt sie sich streng, sogar Zeit. Bruce verspürt keine solche Einschränkung.

»Komm doch und hol mich, Bulle«, schreit er dem abziehenden Hubschrauber hinterher. »Ich wette, die haben das dem Polypen im Auto gefunkt. Ich wette, sie sind auf dem Weg, uns hinter Schloß und Riegel zu bringen.« Aber die Luft scheint rein zu sein, wenngleich auch noch nicht ganz rein. Die Sirene verhallt in der Ferne, und der Hubschrauber kommt nicht zurück. Bruce sitzt jammernd und trauernd neben seiner zerpflückten Ernte. Er kann sie nicht mit nach Hause nehmen, Penelope würde sauer werden. Sie war nicht immer so, aber jetzt ist sie es. Sie steht einer Nase Koks oder einem guten Zug nicht ablehnend gegenüber, sie ist nur einfach nicht mehr so erpicht darauf, wie sie es einmal war, und sie hat mit Sicherheit kein Verlangen, irgendwelche Risiken einzugehen. Bruce beobachtet diese zunehmende Vorsicht unter allen seinen Freunden. Sie tragen das Zeug am Körper, um Schwierigkeiten aus dem Weg zu gehen. Ist auch besser so für sie. Er schätzt daher die wenigen übriggebliebenen zähen Kämpfer, trotz aller anwachsenden Bemühungen Penelopes, sie aus dem Haus zu verbannen.

»Es kann hier nicht bleiben, weißt du. Es muß weg.« Er hätte es wissen sollen. Er wußte es. Jedenfalls ist er nicht überrascht.

»In Ordnung, ich verstehe.«

Bruce beginnt, die Stengel und Blätter von den Pflanzen abzustreifen und sie in einen alten Bettbezug zu stopfen, den Rosemary geopfert hat. Er packt ihn in den Kofferraum von Rosemarys Auto, während sie nach drinnen geht, um etwas Festeres anzuziehen als den abgetragenen, rosa Baumwollpyjama, mit dem sie im Garten herumgelaufen ist. Als sie in die schwarzen, festen Lederstiefel schlüpft, die sie gestern gekauft hat, durchzuckt sie der Gedanke, daß diese Stiefel länger leben werden als sie, so blitzartig, daß sie keine Zeit hat, sich zu wappnen. Es gibt Momente, in denen sich Rosemary etwa so gut wie ein durchschnittlicher Schimpanse dazu gerüstet fühlt, mit dieser Welt fertigzuwerden. Sie beginnt zu weinen, bis ihr einfällt, daß dieser Tage sogar zwei Minuten Weinen sie verschwollen und durchweicht zurücklassen wie eine drei Tage alte Leiche, die aus dem Ozean gefischt wurde. Sie zieht sich fertig an, legt ein bißchen Make-up auf, um den Tränenschaden zu vertuschen, und geht heraus, um mit dem fertigzuwerden, womit sie fertigwerden kann, und den Rest zu vergessen. Sie zerteilt die nackten, holzigen Stengel mit dem Spaten und karrt sie zum Komposthaufen. Dann harkt sie den sogenannten Rasen frei von allen Spuren. Die Gartenbeete sehen verkratert aus. Rosemary überlegt sich, ein paar Rosen einzusetzen, die legal und obendrein hübsch sind. Genau. Rosemary fühlt sich besser. Ihr ist nach einem Drink zumute. Sie fahren zu Bruces Laden, wo er an der Tür die Notiz: *Wegen Krankheit geschlossen* anbringt, und dann zur Kneipe, vorbei an der Uniting Church, vor der ein Schild steht, das besagt: *Begnadet seien jene, die sich in geraden* * *Kreisen bewegen*, an dem Rosemary anhalten muß, um ein Foto zu machen.

In der Kneipe beginnt Bruce, über seine Mutter zu sprechen.

»Eines hat sie mir gesagt, das ich nie vergessen habe«, vertraut er ihr an.

»Eines nur?« Rosemary wünscht, sie könnte sich so glücklich schätzen.

»Sie hat gesagt, daß ich immer daran denken soll, daß Katzen auch Menschen sind.«

Sie trinken drei Whiskeys, und allmählich geht es ihnen besser. Bruce neigt zur Zuversicht hinsichtlich seiner verdorbenen Ernte. Im nächsten Jahr wird es anders sein. Sie können die Bodentruppen schicken, wenn sie wollen, aber er wird hart bleiben.

»Sie haben den Kerl immer noch nicht«, sagt der Barmann.

»Welchen Kerl?«

»Der den Damen die Finger abschneidet. Er hat letzte Nacht wieder zugeschlagen. Dann sagten ein paar Kinder, sie hätten einen blutverschmierten Kerl die Bahnlinie an dieser Seite von Mount Victoria entlanggehen sehen, deshalb haben die Bullen einen Hubschrauber geschickt, um das Gebiet zu durchsuchen. Mittlerweile wird er wohl schon über alle Berge sein.«

* »Gerade« ist die Übersetzung von »straight«, was im Englischen auch heterosexuell bedeutet.

Nun, nicht ganz, aber bald, denn er geht gerade auf Zehenspitzen um Rosemarys Auto herum und entdeckt die Schlüssel, die ihr aus der Tasche gefallen sind. Großartig. Guter Wagen. Er wird nach Perth hinüberfahren, um seinen Bruder zu besuchen, der ihm bestimmt unter die Arme greifen wird.

Über das, was er aber auf dem nun einmal sehr weiten Weg hinsichtlich des Benzins machen wird, kann man nur Vermutungen anstellen.

Dot stürmt neben der Bruchsteinmauer über den Rasen. Sie hält einen Stein in der Hand, der mit einem Stück Schnur an die Ranke einer Kletterrose gebunden ist. Sie kommt rutschend zum Stehen, dreht den Arm wie einen Windmühlenflügel, läßt den Stein los und beobachtet mit einem vergnügten Jauchzer, wie er über die Mauer segelt. Dann dreht sie sich zu Daphne um.

»Sehen Sie, so hat sie es immer gemacht. Dann gehen Sie einfach auf die andere Seite, machen die Schnur los, und fertig ist der Lack: Ihre Rose wächst über die Mauer.« Waren Edith Blacks Genialität gar keine Grenzen gesetzt? Daphne macht mit ihrer Polaroidkamera ein Foto von der Mauer, dem Stein und der Rose und dankt Dot. Daphne hat die Kamera als erstes heute morgen gekauft, um fotografieren zu können, wo sie bisher nur Bleistiftskizzen gemacht hatte. Das geht natürlich schneller, und ihr gefällt das Geräusch, das dringende Zischen und Spucken.

»Sind Sie sicher, daß Sie nichts anderes sehen wollen? Den Holzstoß zum Beispiel?«

»Den Holzstoß?«

»Sie hatte so ihren Tick mit dem Holzstoß, die Mrs. Black. Sie hatte sogar ein Buch darüber; in jedem Land gibt es nämlich verschiedene Methoden, Feuerholz zu stapeln, wissen Sie. Alles verschiedene Formen und Muster, sie hat sie alle ausprobiert. Die meisten waren sehr hübsch. Ich erinnere mich, wie sie das mehrere Winter hindurch gemacht hat. Sie stellte das Buch auf einen Stamm, zog sich Handschuhe an und stapelte das Holz dann genau wie auf dem Bild.«

Dot hat Daphne in eine feuchte Ecke des Gartens unter zwei große Zedern geführt, wo Holz auf eine recht wenig bemerkenswerte Art gestapelt ist. »Nun ja, Sie können es sich bestimmt vorstellen«, sagt Dot, und tatsächlich kann Daphne das. Sie sieht Edith vor sich: hager, so erinnert sie sich, auf jeden Fall dünn; Schneeflocken, die für einen Augenblick an ihrem melierten Pony hängenbleiben, der unter dem fest gebundenen Paisleykopftuch aus reiner australischer Wolle hervorschaut; ihre dünnen Beine in Stiefeln aus dunkelbraunem Wildleder mit einem warmen Wollfutter; so schert sie in der aufkommenden Dunkelheit vor und zurück. Und während Daphne zuschaut, werden ihre Augen feucht, die Gestalt verschwimmt, und sie bleibt, abgesehen von Dot, die vor ihrem Gesicht herumtollt, mit einem Kribbeln von Kopf bis Fuß wie nach der schnellen Berührung mit einer Rasierklinge, zurück.

Sie spürt die Anwesenheit ihrer Mutter, die versucht, ihr etwas zu erzählen – vielleicht, daß es nicht genug ist, was sie vorhat, denn nichts war je genug für Isobel. Und es scheint nicht viel angesichts der einsamen, unbeirrbaren Tapferkeit von Daphnes Forschungsobjekten, der Generation ihrer Mutter mit ihren dummen Tagebüchern, ihren verkohlten Lammkoteletts, ihrem langweiligen Exil, den zeitweilig lohnenden Bürojobs, ihrem Ehefrauendasein und ihrer Liebe oder dem Mangel daran, ihrer Düsterkeit, die in Schirmschränken hauste, ihrer Mitgliedschaft in Komitees, dem Tippen von Protokollen, dem Briefeschreiben, ihren Katzen, Hunden und kränkelnden Eltern, all dies und ja, in manchen Fällen nebenbei auch die aufdringliche, aber – und darauf bestanden sie – dankbare Aufgabe der Kindererziehung, die in Isobels Fall natürlich Daphne betraf. Und wenn das nicht genug war, dann gab es die Befolgung diverser Verhaltensregeln: ihr Gewissen, das sich tief in den schuppigen Panzer des langweiligen, unverblümten Dinosauriers eines literarischen Nationalismus und, schlimmer noch, Kommunismus gekrallt hatte, der seine Mißtritte in ihrem Leben und ihrer Zeit hinterlassen hatte.

»Bitte lächeln«, ruft Dot, nimmt die Kamera und macht ein Foto von Daphne, wie sie unsicher unter den Bäumen steht und Isobels Blut durch ihre Venen pocht, heulend, schluchzend, zähneknirschend.

»Ich liebe diese Fotos«, sagt Dot und schaut zu, wie Daphnes Bild an der Oberfläche des Pappquadrats auftaucht, das sie in der Hand hält. »Wie heißt es so schön: Ein Bild ist mehr wert als tausend Worte, nicht wahr?«

Ja, das *ist* es. Genau. Exakt. Bilder. Und jetzt weiß Daphne, was sie zu tun hat. Sie wird alles auf lebendigem Fleisch festhalten, auf ihrem Fleisch, in Bildern, durch die Blut fließt. Wird das genug sein? Sie hofft es. Es scheint die vollendete Methode, diese verwickelten Leben festzuhalten, denn sie beinhaltet, wie es sein sollte, ein bißchen Schmerz und eine Menge Scherz.

»Vielen Dank, Dot«, sagt Daphne. »Sie waren mir eine große Hilfe.«

Jetzt braucht sie nur noch jemanden, der phantasievoll, talentiert und hygienisch ist, um ihr dabei zu helfen, das zu tun, was sie tun muß. Da bemerkt sie endlich den kleinen, tintenfarbigen Schmetterling, der süß über Dots Wangenknochen flattert. Wie konnte sie ihn übersehen haben? Was für andere Bilder mochten Dot bebildern? Daphne hätte ihr am liebsten gleich die Kleider vom Leibe gerissen, um es herauszufinden, aber sie beschließt, statt dessen ein paar Fragen zu stellen. Ja, es gibt noch andere Entwürfe, und sie wird sie Daphne gerne zeigen, wenn sie drinnen und aus der Kälte heraus sind. Ihre Tochter hat sie alle gemacht, bevor sie nach Amerika gegangen ist, um ihr Handwerk weiter zu vervollkommnen, aber ihre Zeit ist abgelaufen, also wird sie bald zurücksein. Wenn nicht in dieser Woche, dann bestimmt in der nächsten, glaubt Dot, und sie ist auch gewillt, darauf zu wetten, daß ihre Tochter gleich nach Hause kommt, denn sie hat mit Sicherheit ihr gesamtes Geld ausgegeben und womöglich noch mehr.

»Sie ist Mitglied der GSE«, fügt Dot stolz hinzu.

»GSE?«

»Gewerkschaft Schwullesbische Esoterik.«

Daphne schreibt sich Dots Telefonnummer auf und steigt auf ihr Fahrrad. Als sie sich anschickt abzufahren, greift Dot nach ihrem Arm.

»Mrs. Black war die letzte, die ihre arme Mum lebend gesehen hat, wissen Sie. Sie hatten nämlich Streit, wegen des Telefons. Dr. Black bestand immer sehr darauf, daß das Telefon abgenommen werden sollte. Allerdings nicht von mir. Er traute einer Aborigine nicht zu, eine Nachricht richtig festzuhalten. Nein, Mrs. Black mußte es tun. Es hat jedes Mal ihre Arbeit unterbrochen, daran bestand kein Zweifel. An jenem Tag unterhielt sie sich jedenfalls mit Ihrer Mum. Sie waren sehr ins Gespräch vertieft, als dieses verflixte Telefon klingelte. Nun. ›Geh nicht ran an das verfluchte Ding‹, sagt Isobel. ›Aber das muß ich doch‹, ruft Mrs. Black. ›Oh nein, das mußt du nicht. Es ist wichtig, worüber wir reden, und wenn du ans Telefon gehst, verlieren wir den Faden‹, schreit Ihre Mum zurück, stürmt blitzschnell quer durch den Raum und reißt das Telefon aus der Wand. Also, so etwas hatte ich noch nie gesehen. Und Mrs. Black auch nicht, und so bat sie Ihre Mutter zu gehen, und das tat sie. Hinterher kam Mrs. Black sich sehr schlecht deswegen vor, als sie hörte, was als nächstes geschah. Aber Sie müssen zugeben, daß sie provoziert worden war. Besonders später, als sie die giftige Spinne fand, die Ihre Mum in ihrem Bett deponiert hatte, bevor sie ging.«

Daphne beschließt, sich nicht nach der Sache mit der Spinne zu erkundigen. Das hebt sie sich für einen anderen Tag auf. Sie hat diese Vorstellung, wie die provozierende und heruntergekommene Isobel fortschleicht, von der Schwelle verbannt, denn im Gegensatz zu anderen, die an so vieles glaubten, glaubte Isobel an nichts außer an ihr Talent.

Ein Polizeiwagen fährt mit Rosemary vor dem Haus vor. Die Gärtnerei hat den Pilzkompost geliefert, während sie fort war, und ihn natürlich an der falschen Stelle abgeladen. Rosemary bleibt sitzen und starrt auf das Zeug, das vor ihrem Garagentor aufgestapelt ist, und fragt sich, wie jemand es ausgerechnet dort abladen konnte. Und denkt: Selbst wenn mein Auto nicht geklaut worden wäre, hätte ich es nicht in die Garage stellen können. Und dann: Wenn Leute sich trennen, ihren eigenen Weg gehen, was passiert dann? Sie und Billie. Wie Eisenbahnschienen in der Wüste, flache, schwarze Spuren, die über die rote Erde auseinanderlaufen, um sich nie wieder zu treffen. Außer daß sie sich wohl in der weitesten Entfernung am Ende der Welt treffen, aber der Punkt entfernt sich, wenn du auf ihn zugehst. Rosemary will fort, jetzt sofort. Einen Wagen leihen und Billie nachfahren. Sich auf die Schienen werfen. Sich schwindelnd an das wirbelnde Ende der Welt klammern. Den Trennungsprozeß aufhalten. Zur Gesellschaft könnte sie Bruce mitnehmen, aber sie weiß nicht, was sie mit ihm anfangen sollte, wenn sie ankämen.

Der Bulle sieht, daß sie gänzlich weggetreten ist und nicht beabsichtigt, aus dem Wagen auszusteigen. Deshalb steigt er selbst aus, geht vorne herum und öffnet die Beifahrertür. Er räuspert sich.

»Machen Sie sich keine Sorgen, Herzchen. Jetzt kümmern wir uns eigenhändig darum.« Rosemary starrt auf seine Hände. Kein Auto. Ihr Hirn beginnt unmittelbar, eine Liste der Dinge aufzustellen, die ihr lieb und teuer sind und die sie nie in diesen Händen sehen möchte. Sie schiebt den Gedanken murrend beiseite.

»Wenn ich Sie wäre, würde ich es gleich meiner Versicherung melden.«

Rosemary nickt und quält sich aus dem Wagen. Sie ist erschöpft. Außerdem spürt sie eine bekannte Klebrigkeit zwischen den Beinen, die erklärt, warum sie sich gefühlt hat, wie sie sich kürzlich gefühlt hat, und warum ihr diese Autoschlüssel hingefallen sind. Wie unfair. Da ihr so wenig Zeit bleibt, wollte sie sie nicht damit verbringen, zu bluten oder Schlüssel zu verlieren oder dergleichen. Jetzt sieht sie einige Vorteile darin, daß die Hexenstunde herannaht.

Sergeant MacAlpine sieht sich gründlich im Garten um. Wenigstens, denkt Rosemary, ist er nicht jünger als ich. Er ist es zwar, aber er sieht einfach alt und furchtbar aus.

»Das ist der Schock, nehme ich an«, sagt er zu ihr, vielleicht um zu erklären, warum sie nichts sagt. »Gar nicht gut, wenn einem das Auto gestohlen wird. Eine teure Angelegenheit, und dann noch der Inhalt. Sie müssen eine Liste machen, solange Ihnen noch alles frisch im Gedächtnis ist. Das können Sie doch ersetzt bekommen.«

Rosemary vermutet, daß das stimmt. Sie hat noch keine Zeit gehabt, darüber nachzudenken. Sie will es auch nicht. Zahlen Versicherungen wirklich? Rosemary hat nie ganz daran geglaubt. Was war denn außerdem im Auto gewesen? Rosemary ist sich nicht sicher. Ihre Kamera natürlich, denn die hatte sie benutzt, ein Dutzend Kassetten. Eine Jacke? Hoffentlich nicht die Lederjacke. Jetzt erinnert sie sich, sie kann ihre Lieblingslederjacke auf den Rücksitz liegen sehen. Mist. Der Dope im Kofferraum. Rosemary lacht, wodurch sie wenigstens den Polizisten los wird, der, nachdem ihm kein Rat mehr einfällt und er Hysterie vermutet, sich wieder im Wagen niederläßt, die Stirn runzelt, die Sonnenbrille mit den verspiegelten Gläsern und den schmierigen Fingerabdrükken, die er auf dem Armaturenbrett liegen hat, sorgfältig an seinen verschwitzten Kopf anlegt, die fette Hand zum Gruß hebt, davonfährt und diese undankbare Kuh zurückläßt, die ihre Angelegenheiten selbst in Ordnung bringen soll.

Daphne zündet sich eine Zigarette an, ungefähr die dreiundsiebzigste heute. Sie ist entschlossen, in diesem Leben so viele Zigaretten zu genießen, wie sie kann, denn sie ist sich ziemlich sicher, daß es im nächsten keine geben wird.

»Aber wird dir denn nicht schlecht davon?« ruft die menstruierende und empfindliche Rosemary, die über den fast sicheren Verlust ihrer Lederjacke nachgrübelt.

»Nein, im Gegenteil. Es geht mir besser«, beharrt Daphne, »viel besser.« Sie blinzelt durch den Rauch auf die Polaroid-Ernte des Tages, die im Gästezimmmer an die Wand gepinnt ist. Dot, wie sie mit ihrer Rosenwurfausrüstung grinsend über den schütteren Rasen tollt. Die anderen sind Fotos von verfallenen Häusern, manche nicht mehr als vage Rechtecke, markiert durch aus dem Boden ragende Ziegelreste, Müllhaufen aus zerbrochenen Flaschen und gezackten, rostigen Dosen.

Daphne hofft, daß Rosemary nicht anfängt, von Nikotinpflastern oder Kaugummi zu reden, und sie tut es auch nicht. Augenscheinlich hat der Verlust ihres Wagens sie abgelenkt. Rosemary hat ihr davon erzählt. Furchtbar. So ein Pech. Das arme Ding. Rauch doch eine. Nein, nein, tut mit leid, natürlich nicht. Trink doch einen.

Daphne möchte darüber reden, was sie vorhat, denn sie ist aufgeregt. Aber sie wird es nicht tun, noch nicht. Sie wird warten, bis Rosemarys Laune besser ist. Es scheint langsam zu werden. Wenigstens fängt sie an, über das Abendessen nachzudenken, was bestimmt ein gutes Zeichen ist. Ein paar Leute kommen zu Besuch, und es ist kein Essen im Haus, und kein Auto, um etwas zu holen, also hängt Daphne freundlicherweise ein Netz an ihren Lenker und radelt davon, um ein Huhn und ein paar andere Dinge zu kaufen, die Rosemary braucht, um ein grünes Hühnercurry zusammenzuzaubern, und natürlich ein paar Tampons, denn Rosemary hat keine mehr.

An einer Abfahrt, die in eine langweilige und verwahrloste Bergwerksstadt ziemlich weit westlich der Berge führt, verläßt Rosemarys Auto, in dessen Tank nicht mehr viel Benzin ist, die Landstraße. Die dringende Frage ist, wie an Benzin zu kommen ist, ohne dafür zu bezahlen. Es stellt sich als einfach heraus. Der Fahrer tankt und rast davon. Die Geschäftsführerin der Tankstelle rennt nach draußen: zu spät. Der Wagen ist ein dunkler, verschwommener Fleck auf der Straße. Sie hat keine Chance, die Autonummer zu erkennen. Der Besitzer hat nicht das Geld, eine Überwachungskamera anzubringen, und außerdem ist die Stadt so klein. Nun denn. Sie wird ihm nichts sagen und erst einmal abwarten, ob er es merkt. Im Grunde genommen denkt sie, daß er es nicht merken wird, denn er ist ein Trottel. Sie hofft es jedenfalls. Er würde bestimmt ihr die Schuld geben und es ihr vom Lohn abziehen oder sie sogar hinausschmeißen, und sie braucht diesen Job wirklich sehr, seit ihre Mutter ihren verloren hat.

»Los doch«, brüllt sie dem verwerflichen Auto hinterher. Sie wünscht sich sogar, sie säße mit ihm im Wagen, wer immer es sein mochte. Aber dann würde er wahrscheinlich für die besondere Ehre seiner Gesellschaft mit ihr ficken wollen, also vergaß man das besser. Spar lieber, sagt sie sich, dann kannst du tun, was du willst, wann du willst, mit wem du willst. Etwas fliegt fledermausähnlich aus dem Fenster des flüchtenden Wagens. Sie rennt die Straße hinauf, um es sich anzusehen. Im Staub liegt eine Lederjacke. Sie zieht sie über ihre zerrissenen Jeans und ihr T-Shirt: Sie ist phantastisch.

Rosemary zerteilt das Huhn in handliche Portionen und versucht, ihr Leben auf ähnliche Weise zu organisieren. Morgens wird sie arbeiten. Nachmittags wird sie gärtnern. Abends wird sie tun, was sich ergibt, und wenn sich nichts ergibt, wird sie fernsehen. Sie könnte ein bißchen variieren, indem sie einmal spazierengeht oder die Kranken heilt. »Amen«, sagt sie.

Das Spucken und Spritzen vom Anbraten des Huhns wird von den Abendnachrichten im Fernsehen übertönt. Sie legt die Hühnerstücke auf die viereckigen Papierhandtücher und hört, was Daphne im Zimmer nebenan zum Fernseher sagt.

»Diese brutalen Kerle. Wer sind diese Leute, was sind das für Leute, und warum machen sie so etwas?« Auf dem Bildschirm sah man einen Mann in irgendeiner entfernten Höllenkammer an Aids sterben, wo selbst nur knapp dem Tod entronnene Landsleute ihm die Matratze unter dem Körper weggestohlen hatten.

»Eine wogende Menschenflut strömt über die Grenze«, intoniert der Reporter, aber Daphne bezweifelt den menschlichen Anteil, doch dann fragt sie sich, welches andere Geschöpf auf dieser Erde sich schon so verhält, während sie zusieht, wie eine Bande junger Männer auf die Köpfe derjenigen, die kleiner sind als sie, einschlägt, um in den Besitz einer Tüte Kekse zu gelangen. Das sieht allerdings nach Menschheit aus. »Ich meine, können deren Mütter denn nichts dagegen unternehmen? Und ich glaube nicht, daß das postkoloniale Streßsyndrom eine ausreichende Erklärung ist.«

»Oh Scheiße«, schreit Rosemary aus dem Flur, »sie sind ja Vegetarier!«

»Das glaube ich nicht. Und außerdem kann ich das auch nicht als Entschuldigung akzeptieren«, sagt Daphne.

»Nicht die. Jim und seine Frau. Ich habe es vergessen. Wie konnte mir das nur passieren? Was soll ich bloß machen? Es ist nichts im Haus, und sie werden jede Minute hier sein, sie sind immer pünktlich.« Und so kommt es, daß Daphne, nachdem sie erst das örtliche indische Restaurant angerufen hat, um ihre Bestellung aufzugeben, wiederum ihr Fahrrad besteigt und in die Nacht davonradelt. Rosemary öffnet die Fenster und wedelt herum, um die Fleischkochdünste loszuwerden und stellt das Curry für morgen in den Kühlschrank.

Rupert gibt Marcus seinen abendlichen Gemüseburger und beschließt, mit ihm spazierenzugehen. Rupert ist Buddhist und sein Hund ebenso. Das einem Knochen ähnlichste, das Marcus je bekommt, ist ein Maiskolben. Marcus freut sich schrecklich, daß sie ausgehen, obwohl er an seinem Ende der Leine spüren kann, daß sein Herrchen nervös ist. Denn sie sind auf dem Weg zum örtlichen französischen Restaurant, um mit etwas Glück einen Deal abzuschließen.

»Hunde sind hier nicht erlaubt«, kreischt Madame, aber sie ignorieren sie und gehen durch den Speisesaal voller Pärchen und Reisegesellschaften. Marcus, der über den Fleischgerüchen bald den Verstand verliert, zieht lange Stränge Sabber hinter sich her. In der Küche treffen sie auf Pierre, der, nachdem alle Hauptessen gekocht und heraus sind, einen Zigarillo raucht und sich ein Video auf einem Bildschirm anschaut, der durch den Dampf, der aus dem Wasserbad hochsteigt, zumindest aus Ruperts Perspektive verdeckt ist. Kein Ton, als zwei Männer und eine Frau, die furchtbar jung aussieht, auf der Matratze auf dem Boden eines billigen Zimmers extreme Sachen miteinander anstellen.

»Ekel'aft«, sagt Pierre, »aber sie mag es, weißt du.« Er meint Madame, und er lügt. »Wenn viel zu tun ist, lenkt es sie von dem verdammten Essen ab, das sie 'aßt, und isch auch. Isch 'abe ge'ört, du 'ast es drangegeben, non?«

»Nein«, sagt Rupert fest.

»Isch 'abe ge'ört, du wärst eines Nachts aufgestanden und 'ättest deinen Vorrat die Toilette 'eruntergespült.«

»Nicht ich, mein Sohn.«

»Tja, isch 'abe nichts 'ier. Isch muß es extra für disch bestellen. Und dafür brauche isch eine Anzahlung, das weißt du doch, non?«

»Ja, ja.« Rupert reicht ihm den Hundertdollarschein, den er zu diesem Zweck mitgebracht hat. »Wann?«

»Oh, übermorgen oder den Tag darauf.«

»Ich komme wieder«, verspricht Rupert, und sie gehen.

»Ich 'asse diese schmutzige Angewohn'eit«, ruft Madame, als sie vorbeigehen, was nach Ruperts Meinung ein starkes Stück ist, um das mindeste zu sagen. Was sonst hält diesen Schuppen über Wasser, denkt sie wohl?

Als er auf dem Nachhauseweg die Fußgängerzone hinunterläuft, sieht Rupert, daß in der Küche hinter dem Feinkostladen, der von seinem Freund Roy betrieben wird, noch Licht ist. Außerdem sieht er Daphne auf ihrem Fahrrad herankommen und winkt ihr zu. Sie hält an und lädt ihn zum Essen ein, denn sie denkt, auf einen Vegetarier mehr oder weniger kommt es nicht an. Rupert sagt, er käme gerne und wäre in einer Minute zurück. Die Sache ist nämlich die, daß das Licht im Feinkostladen Rupert daran erinnert hat, daß ein Freund von Roy den Deal viel billiger macht als Pierre. Schade, daß ihm das nicht früher eingefallen ist. Eben die Angst vor einem solchen Verlust seines Kurzzeitgedächtnisses hatte ihn veranlaßt, mitten in der Nacht aufzuspringen und seinen Vorrat die Toilette hinunterzuspülen. Aber es könnte doch sicherlich auch dem Alter zugeschrieben werden? Schließlich ist er dreiundsechzig, und es konnte nicht von ihm erwartet werden, daß er sich jedes kleinste Detail von allen Trivialitäten merken konnte, die ihn umgaben. Wie zum Beispiel das Alter seiner Mutter, der bösen, grünen Kreatur. Sie weiß es selbst nicht mehr. Es schien nicht richtig, in seinem Alter überhaupt noch eine Mutter zu haben, geschweige denn, sich um sie zu sorgen. Die Hauptsache war jetzt, das Geld zurückzubekommen. Zum Glück hat auch er die Flüchtlinge in den Abendnachrichten gesehen, und sie bringen ihn jetzt auf eine Idee. Er marschiert zum Restaurant zurück, dann fällt ihm Madame ein, und er dreht nach hinten ab, schließlich will er nicht irgendwen noch mehr aufregen, als er eh schon vorhat. Er weist Marcus zu sitzen an und betritt die Küche. Es hat ja keinen Zweck, um den heißen Brei herumzureden, also kommt Rupert gleich zur Sache. Er sieht eine Ecke des Hundertdollarscheins aus der Tasche von Pierres weißer Kochjacke hervorschauen. Wenn es hart auf hart kommt, wird er danach greifen und davonrennen.

»Tut mir leid, mein Lieber, aber ich habe mich ein bißchen verrechnet.«

»Wie?« Pierre faltet die Arme über der Brust, um das Geld zu schützen. Macht nichts. Wenn notwendig, kann Rupert Marcus auf ihn hetzen.

»Ja. Ich dachte, ich hätte zwei, aber das stimmte nicht.«

»Zwei?«

»Das dachte ich, ja. Zweihundert. Dabei hatte ich nur einen. Und dieser bestimmte hier war für einen besseren Zweck vorgesehen. Deshalb will ich ihn zurückhaben.«

»Was für einen besseren Zweck?«

»Wo lebst du denn, mein Lieber? Das ist für diese Flüchtlinge.«

»Was für Flüchtlinge?«

»Die im Fernsehen.« Panik. Die Wahrheit ist, daß er sich nicht erinnern kann, *welche*. Sind sie nicht alle gleich? Was tut er sich an, nur um etwas zu bekommen, das sein Hirn ruiniert? Aber andererseits, wer kommt da schon mit? Und wer wollte es? Eine Sache geschieht nach der anderen und oft viele auf einmal. An den Golfkrieg erinnert er sich aber schon. Sie hatten die spätabendlichen Wiederholungen der »Prisoner«-Fernsehserie unterbrochen, um den Krieg live zu zeigen, und dann vergessen, die Sendung wieder anzusetzen, als der Krieg gewonnen war. Dinge wie diese vergißt du nicht, denkt Rupert und wird kurz angebunden.

»Hör mal, ich will mein Geld zurück. Das ist alles.«

»Warum hast du das nicht gleich gesagt?« Pierre zupft den Hundertdollarschein aus seiner Tasche und hält ihn Rupert entgegen.

»Verdammt, das habe ich doch, Kumpel!« Rupert greift nach dem Geld. Pierre hält es ein wenig zur Seite, und Rupert greift daneben. Pierre lehnt sich vor und steckt es in die Tasche von Ruperts Jeansjacke. Er klopft ihm auf die Schulter und schiebt ihn zur Hintertür heraus und auf die Straße.

»Du klingst mir nicht gerade wie ein verdammter Franzmann, Kumpel«, schreit Rupert die zufallende Tür an. »Nicht wahr, tut er doch nicht, oder?« Marcus jault mitfühlend. »Jedenfalls bin ich hart geblieben und habe unser Geld zurückbekommen, alter Junge.« Marcus schlägt mit dem Schwanz auf den Bürgersteig. Der Klang von einem klopfenden Hund. Sie gehen über die Straße zum Feinkostladen und klopfen ans Fenster des schwach erleuchteten Geschäfts.

Später liegt Rosemary nach einem zweifelsohne erfolgreichen Abend, denn alle haben sich gut unterhalten, sie eingeschlossen, im Bett und begibt sich, angestoßen durch die entsetzlichen Nachrichten, die sie am Abend im Fernsehen gesehen hat, auf ihren eigenen mörderischen Spaziergang, entlang eines graugrünen, öligen Gewässers, nicht dem Limpopo – obwohl es durchaus Verbindungen gibt –, sondern entlang der Themse in der Nähe von Oxford.

Es hatte Zeiten gegeben, als sie diesen Gang in Gedanken beinahe jede Nacht gegangen war, aber dann hatten sich die Monate aufeinandergestapelt und waren umgestürzt, waren in siebenundzwanzig Jahre Trennung von Sapphire und ihrem Baby Shirley hinübergeglitten, bis die Zeit enttäuschenderweise, denn sie hatte geschworen, daß es in ihrem Fall nicht geschehen würde, auch diese Wunde geheilt hatte, wie doch die meisten. Aber sie möchte dennoch wissen, wo sie sind. Sie könnten nirgendwo sein, denn sie könnten tot sein. Sie könnten in einem von diesen qualvollen Dritte-Welt-Etablissements gefangen sein, in denen die Apokalyptischen Reiter in Deckung gegangen waren. Wahrscheinlicher war, daß Sapphire immer noch den kleinen Gemischtwarenladen in einer Nebenstraße von Oxford betrieb, in dem Rosemary sie zuerst getroffen hatte.

Beim ersten Mal war sie in den Laden gegangen, um Zigaretten zu kaufen, da der Automat in der Kneipe nicht funktionierte. Danach war sie wieder und wieder zurückgegangen, hatte Marsriegel, Baked Beans, Chips oder Milch von der hinreißenden Frau hinter der Theke gekauft. Hinter einem Perlenvorhang am Ende des Ladens hörte sie das Gebrüll von Männern, die sich Sportveranstaltungen im Fernsehen anschauten. Bis zu einem gewagten: »Hast du Lust, einen Abend auf einen Drink mit mir auszugehen?«

»Ich trinke keinen Alkohol.«

»Tee?«

»Ich darf abends das Haus nicht verlassen.« Das werden wir ja sehen, dachte Rosemary, und schlug eine Zeit am Tage, eine Verabredung zum Tee vor. Sapphire war einverstanden, und die Geschichte begann und führte unweigerlich zu dem Moment, in dem Rosemary, voller Hoffnung und getrieben von ihrer Phantasie, die längste Leiter, die sie tragen konnte, gegen die dunkle Steinwand am Laden stellte. Rosemary ermutigte Sapphire, über die Fensterbank des hinteren Schlafzimmers zu steigen, während ihr Mann und seine beiden Brüder im vorderen Karten spielten. Shirley, das Baby, wurde als erstes in ihre gierigen Hände heruntergelassen, darauf hatte sie nicht gewettet. Hatte es noch nicht einmal in Betracht gezogen, und das überrascht sie nun, denn sie konnten wohl kaum ein Mädchen in den Händen von diesen Leuten zurücklassen.

Zum Hausboot. Und dann im Dunklen ein dunkleres Geheimnis. Sie hatte nie von weiblicher Beschneidung gehört. Wie konnte sie ihr Vergnügen in etwas so Vergnügungslosem finden? Sapphire weigerte sich, sie zu trösten, kein Grund auch, warum sie das hätte tun sollen, aber: »Wenigstens«, jammerte Rosemary gekränkt, »hättest du es mir sagen sollen.«

»Was für Worte hätte ich dafür finden können?« erkundigte sich Sapphire.

Die bittere Rosemary, selbstbezogen, traurig, auf einem Poller zusammengesackt, versuchte, sich in dem verdammten Wind, der unaufhörlich vom Wasser herüber wehte, eine Zigarette anzuzünden; die Ohrenspitzen waren blaugefroren, bevor ein stumpfes Instrument zwischen diesen kalten Ohren landete und sie aus dem Bewußtsein hinaus- und wieder hineinglitt; an einem leeren, grauen Morgen öffnete sie die Augen, und der Geruch nach verdorbenem Gemüse von der Themse verfing sich in ihrer Kehle. Winterbäume krallten den Himmel. Eine leere Scotchflasche, eine von diesen großen, die Leute in Dutyfree-Shops kaufen, rollte unter ihrem Fuß weg.

Sie ging nach unten und fand Spielzeug, Kleider, die Reste vom gestrigen Abendessen, die aus irgeneinem Grund über die Wände und Bullaugen verschmiert waren, zerschlagene Teller und keine Sapphire. Sapphire mit ihrem Mädchen und ihren gewichtigen Narben. Sapphire aufgespürt, in der Nacht in die Ecke getrieben, von denen zurückgefordert, denen sie so sehr zu entfliehen versucht hatte. Wie hatten sie und Rosemary es anders erwarten können? Wie hätten sie inmitten eines solchen Sturms ein Leben versuchen können?

Rosemarys Welt war in unregelmäßige Stücke zerschlagen, die sie nicht zusammenbringen konnte, und so hatte sie inmitten des Labyrinths aus Reifenspuren auf dem Treidelpfad gestanden. In der heilen Welt liefen zwei Schulmädchen vorbei, mit Hockeyschlägern, kurzen Röcken und fleischigen Beinen, die von der Kälte rosa marmoriert waren.

»Es muß furchtbar kalt sein, auf diesen Hausbooten zu wohnen«, bemerkte eine, als sie vorbeigingen.

Sie war einfach fortgegangen. Sie hatte sich nicht umgeblickt, sondern einen forschen Schritt eingeschlagen, war den Weg zurückgegangen, auf dem sie gekommen war, eine einsame Rückreise. Keine Sapphire mit ihren Plastiktüten voller Habseligkeiten und kein ängstliches Baby, das gebrüllt hatte, als der gestreifte Kinderwagen, von zischenden Gänsen angegriffen, durch die Furchen im schlammigen Ufer geschwankt war, und ihr Kopf, gepeinigt vom eisigen Wind, sich in eine violette und pflaumenähnliche Blüte verwandelt hatte.

Rosemary war immer weitergegangen, bis sie ihr früheres Leben erreicht hatte, ihr Zimmer im College, ihre Bücher, Besitztümer, ihre unterbrochene Dissertation, Briefe von der Familie zuhause, die sie beantwortet hatte, ohne eine Erklärung für ihr Schweigen zu geben und ohne eine Bitte um eine solche zurückzubekommen. Sie vertrauten ihr. Sie hatte weinen müssen, daß sie sie so sehr liebten und daß niemand Sapphire liebte, obwohl viele sie gewollt hatten aus Gründen, die mit ihnen zu tun hatten und nicht mit Sapphire, und unter ihnen, das mußte Rosemary zugeben, war sie selbst gewesen.

Rosemary rückt ihre Kopfkissen zurecht und versucht dasselbe mit ihren Erinnerungen. Sie kann sich verschiedene Versionen von diesem und jenem erzählen, bis die Wahrheit, die schon von Anfang an nicht so völlig wahrheitsgemäß war, gemildert wird und sich in die bequemste Version der Ereignisse formt. Was hatte sie wirklich gewollt? Sapphire von ihrer arrangierten Heirat voller Schmerz und Ladenarbeit retten? Sie an einer Leine, die an einem schwarzen Lederhalsband mit silbernen Ziernägeln befestigt war, nach Australien zurückführen und Shirley, das Baby, in einen Korb am Fußende ihres Bettes stecken, in dem furchtbar viel gefickt wurde?

Rosemary versucht auszurechnen, wieviel sie heute abend getrunken hat. Offensichtlich zuviel. Einsam und betrunken, denkt sie.

»Einsam und betrunken«, sagt sie laut, und ihr wird mit einem lauten Klopfen an der Eingangstür geantwortet. Wie Daphne dabei schlafen kann, ist ihr ein Rätsel, aber das tut sie augenscheinlich. Sie nimmt bestimmt Schlaftabletten.

Alan steht schlotternd vor der Tür, blaß im Gesicht, rote Augen, die Nase ebenso. Er ist krank, zu krank, um in seinem neuen Auto in die Stadt zurückzufahren, wo immer er gewesen sein mag. Es ist die Grippe, glaubt er. Jeder in seiner Abteilung hat diese verdammte Grippe, und jetzt bekommt er sie auch noch.

Rosemary hält ein Streichholz an die Scheite, die im Kamin bereitliegen, denn in den Bergen weißt du nie, wann du sie brauchst, und macht Tee mit Honig und Zitrone und einem guten Schuß Whiskey. Als sie Alan niesen hört, beschließt sie, einen Schutzwall aufzubauen, und macht sich selbst auch einen. Ich trinke zuviel, denkt Rosemary. Sie holt Holz aus der Kiste auf der Veranda und legt es auf das Feuer. Vielleicht trinke ich manchmal zuviel, verbessert sie sich.

»Du scheinst dich ja sehr zu freuen, mich zu sehen«, bemerkt Alan argwöhnisch.

»Tue ich auch«, sagt Rosemary, aber bietet keine Erklärung dafür an. »Daphne ist im Gästezimmer, aber wir können dir hier draußen auf dem Sofa ein Bett bauen. Ich suche dir ein Nachthemd.«

»Danke. Solange es genau dasselbe wie deines ist. Was sind denn das für Geschöpfe, die darauf herumtollen?« Er zupft an ihrem flanellenen Arm. »Langnasige Mäuse mit Schlafmützen oder Elefanten? Ich weiß schon, es ist Babar. Ich will auch so eins. Hast du ein Thermometer? Aspirin? Ein paar gute Bücher? So, Süßeste, und jetzt erzähl mir mal, was genau Daphne im Schilde führt.«

Das ist nun wirklich eine gute Frage. Was immer es ist: Daphne verliert keinen Schlaf darüber.

Daphne findet im Traum die Hausruine in Blackheath, die sie bei Tage nicht finden kann. Es ist, da war sie sicher, der Schauplatz des Autodafés ihrer Mutter. Daphne sprayt die Umrisse einer Leiche der Länge nach auf den Boden. Der dunkle Schattenbalken, der vom alten Kamin geworfen wird, fällt wie ein anklagender Finger darüber. Daphne macht ein Foto. Sie geht zurück zu ihrem Fahrrad. Steigt auf. Steigt ab, läßt es auf die Erde fallen. Geht zu den weißen Umrissen zurück, die sie gezogen hatte, und legt sich hinein, paßt sich ihnen genau an. Sie streicht ein paar Ameisen und Kiesel weg und legt ihre Wange sanft auf den Boden. Es sieht nicht geruhsam aus, aber das ist es, und mehr noch, es ist beruhigend, und beruhigt wacht Daphne von dem Stimmengemurmel im Wohnzimmer auf.

Der Autodieb kommt gut voran, fährt gleichmäßig in Richtung Westen. Er hat in Cobar nach derselben Methode getankt und es bis nach Broken Hill geschafft. Kann er noch einmal damit durchkommen? Er kann. Als er, in eine Wolke roten Staubs gehüllt, von der Straße abfährt und auf ein paar wilde Melonenranken pißt, fühlt er sich sanft, offenherzig, beinahe gütig.

Im Auto lutscht er gedankenvoll an einer Nudel aus dem Paket, das er hinten im Wagen auf dem Boden gefunden hat. Es mußte auf dem Nachhauseweg vom K-Markt aus der Plastiktüte gerutscht sein. Es hat ihn jedenfalls bei Kräften gehalten. Er hatte in Läden um ein Glas Wasser gebeten, und es war ihm nie verweigert worden. Mindestens zwei Leute hatten ihm einen Tee gemacht, und alle hatten ihm Kekse gegeben. Er freut sich auf Perth, auf den wohlhabenden Stadtteil, in dem sein jüngerer Bruder sicherlich lebt. Er hat diesen Bruder lange nicht gesehen, aber er hat ihm einmal aus dem Gefängnis einen Brief geschrieben und eine schnelle und kurze Erwiderung erhalten, die unfreundlicherweise unter anderem auf das Ereignis Bezug nahm, das an dem Tag stattgefunden hatte, an dem unser Mörder sein Zuhause verlassen hatte, ein Ereignis, das er mehr oder weniger vergessen hatte und an das er auch heute noch nicht allzu gerne denkt. Alles in allem war der Brief nicht sonderlich ermutigend gewesen, aber wenn sie bei einem Bier oder zwei zusammensitzen und Geschichten austauschen würden – er stellt es sich vor: nur sie beide auf einer fernen Veranda in der Abenddämmerung mit dem schwindenden Licht auf dem Swan River – würden sie es wahrscheinlich ins reine bringen, sich die Hände schütteln, umarmen.

Von Alan, der im angenehmen Halbschatten auf der Seitenveranda sitzt, ermutigt, arbeitet Rosemary im Garten. Sie verteilt den gesamten Kompost, pflanzt, gießt, beschneidet und genießt es. Alan fühlt sich besser und zieht in die Hängematte um, die zwischen den beiden großen Tannen hängt, wo er vor sich hin döst und liest und mit Kristeva schmust, wenn sie ihn läßt. Er zeigt keinerlei Anzeichen zum Aufbruch. Rosemary ist froh darüber: Zum einen kann sie seinen Wagen benutzen, um ihre neuen Rosenbüsche zu transportieren, und zum anderen gefällt es ihr, ermutigt zu werden, selbst wenn es nur um eine so simple Angelegenheit geht, wie einen Platz zu wählen, um den Samenkegel für die Vögel aufzuhängen.

Auf Alans Laptop beendet sie ihre Buchrezensionen und faxt sie frühzeitig ab. Beim Frühstück blättert Alan durch eines der betreffenden Bücher und runzelt die Stirn über das Foto der Autorin.

»Sie wurde 1973 geboren«, beschwert er sich.

»Ich glaube nicht, daß wir das gegen sie anführen können.«

»Ich sehe nicht, wieso nicht.«

»Probier mal die Marmelade«, schlägt Rosemary vor und streicht sie großzügig auf ihren Toast. Sie untersucht das Etikett. »Hier steht, daß sie hausgemacht ist.«

»Ja, aber in wessen Haus?«

Rosemary nimmt eine Ausgabe der *Blue Mountain Gazette* zur Hand, denn sie beabsichtigt, die niedrigen Sommerpreise auszunutzen und eine Ladung Eisenrindenholz von einem der Händler zu bestellen, die in der Zeitung werben.

Als das Holz geliefert wird, stapeln Alan und Rosemary es. Sie setzen sich auf die Veranda und trinken ein paar Bier auf ihren Erfolg. Als Daphne nach Hause kommt, deuten sie mit einem bierschaumigen Lächeln in Richtung ihres Werkes. Daphne prüft es. Daphne seufzt.

»Australier haben keine Ahnung, wie Holz gestapelt wird«, sagt sie und beginnt, ohne um Erlaubnis zu bitten, ihren Holzstoß auseinanderzunehmen. Sie schleudert die Scheite in vier Richtungen, offenbar grob sortiert nach ihrer Größe. Als alle über den Rasen verteilt sind, geht sie.

»Ich mache es morgen früh zu Ende«, sagt sie.

»Das ist nur recht und billig«, sagt Rosemary, weiß Gott warum. Es ist einer von diesen Ausdrücken, die herausrutschen, wenn alles andere versagt.

»Sie *ist* ein komisches Mädel«, sagt Alan.

Als Rosemary abends alleine im Bett liegt, möchte sie mit jemandem schlafen. Sie denkt über die Zeit nach, die sie damit verbracht hat, von ihrem Verlangen durch die Landschaft geworfen zu werden. Leidenschaft, mit der sie diese oder jene Person überschüttet hatte, und die sie, obgleich es unterhaltsam gewesen war, besser auf andere Dinge hätte richten können, denkt sie heute. Auf der anderen Seite, was für andere Dinge? Nicht viel konnte sich mit dem Zauber dieser ergreifenden Lesbendramen messen, den schneidend kristallenen Küssen, dem Aufruhr, den zerwühlten Bettüchern,

Mitternachtsfluchten und Mondlichtfahrten, dem *paradise by the dashboard light*, festgehalten auf einem Soundtrack der Popmusik, des großen Fixativs der Gefühle. Am Ende der Affäre flogen die Kassetten aus dem Autofenster. Die Briefe, die Fotos, die Wildlederjacke mit den Fransen, die sie ihr vor dreiundzwanzig Jahren in Mexiko gekauft hat, die Mode, die Briefe und in letzter Zeit die Faxe, die einen schwarzen Pegelrand aus Müll an den äußeren Rändern ihres Lebens hinterlassen hatten. Vielleicht hätte sie ihre Freizeit lohnender einsetzen und das Analphabetentum in der Welt ausmerzen oder alle Hauptstraßen reparieren sollen.

Kristeva springt aufs Bett. Rosemary streichelt ihre Katze, aber wer streichelt Rosemary? Sollte sie ausgehen und eine Ehefrau finden, mit der sie alt werden kann?

Der kopfschmerzige Geruch einer Mückenspirale weht herein. Rosemary findet einen Floh im Fell unter Kristevas Halsband und zerdrückt ihn.

»Arme, alte Muschi«, flüstert sie und wünscht gleich, sie hätte es nicht gesagt.

Draußen im Garten wispert Daphne mit Dots Tochter, die vor einiger Zeit vorbeigekommen ist. Die beiden sitzen seit nunmehr drei Stunden am Gartentisch. Hin und wieder erheben sich ihre Stimmen aufgeregt, dann klingen sie wieder vorsichtig und gedämpft. Daphne, die offensichtlich sehr darauf bedacht war, daß Rosemary nicht zuviel mit dieser jungen Frau sprach, hatte ihre Besucherin zum Gespräch in den Garten geführt. Als Rosemary ihnen jetzt zuhört, denkt sie, wie angenehm es ist, Menschen um sich zu haben. Sie ist sich nicht sicher, wohin Alan heute abend gegangen ist. Er hatte sich nach dem Abendessen frohen Schrittes in engen, zerrissenen Jeans und Lederweste weggestohlen und seine Schlüssel spielerisch in die Luft geworfen. Sie nimmt an, daß Rupert ihm eine Liste des örtlichen Reviers zur Verfügung gestellt hat und er sie ausprobieren wollte. Womöglich hat er Alan auch die Kleidung geliehen. Rosemary hat Alan nie so etwas tragen sehen, aber wahrscheinlich sind seine Kleiderschränke zuhause voll von dem Zeug. Rosemary wünscht, sie könnte sich einen Schwanz annähen und mit ihm da draußen im Dunkeln sein, im heißen Regen, der gerade beginnt und Daphne und ihre neue Freundin – ihr Name ist Lois, fällt Rosemary jetzt ein – nach drinnen und direkt zum Schnapsschrank und damit vor Rosemarys Schlafzimmertür treibt, wo sie mädchenhaft grinsend stehenbleiben und drei dicke Brandygläser und eine Flasche Cognac in der Hand halten, eindeutig darauf bedacht, etwas zu feiern. Was war los, hatte denn jeder heute abend Erfolg außer ihr?

»Auf den Hybridismus«, sagt Daphne und hebt ihr Glas. »Wenn das das richtige Wort ist.«

Rosemary hat keine Ahnung, was das heißen soll, und offensichtlich will keine der beiden ihr eine Erklärung liefern, aber sie trinkt trotzdem darauf.

Am nächsten Morgen beim Metzger, wo sie Fleisch für Kristeva besorgen wollen, beschließt Daphne, Rosemary von ihren Plänen zu erzählen. Rosemary kauft gerade zwei Lammnieren, ein Herz und eine Handvoll besten Hackfleisches, als Daphne damit herausplatzt.

»Zum Hier-Essen oder zum Mitnehmen?« erkundigt sich Wayne, der Fleischer.

Rosemary fühlt sich von Waynes Witz getroffen und registriert kaum die Tatsache, daß ihre Freundin ihr unterbreitet, sich selbst in ein großes Bilderbuch mit ein paar Textunterschriften verwandeln zu wollen. Sie hört sogar kaum zu, als sie weiter die Fußgängerzone entlanggehen, um Milch und den *Sydney Morning Herald* zu kaufen, denn es ist Montag, und in der Zeitung ist eine Beilage mit dem wöchentlichen Fernsehprogramm, ohne die sie verloren wären. Rosemary beabsichtigt außerdem, fünf Rubbellose zu zwei Dollar oder zwei zu fünf Dollar zu kaufen. Bruce meint, daß die Chancen bei denen zu fünf Dollar größer seien, aber Rosemary mag die zusätzliche Aufregung, fünfmal anstatt zweimal rubbeln zu können.

»Guten Morgen, Guten Morgen, Guten Morgen«, rufen sie Passanten zu, als hätten sie ihr ganzes Leben hier gelebt und kennten jeden in- und auswendig. Rosemary hat Visionen, daß dieser Sommer sich für immer ausdehnen könnte: Sie und Daphne wären im Hier und Jetzt gefangen, sie schlügen auf ihren Fluchtversuchen wild um sich und zerbrächen eine Membrane, die diesen Raum von jenem anderen trennt, und beträten eine Zwielichtzone, in der sie achtzigjährig die Straße hinuntergehen, einen Schirm über dem Kopf tragen, um die Sonne abzuhalten, und darüber zanken, wer ihn halten darf. Rosemary hat sich zu diesem zukünftigen Ausflug strahlend weiße Söckchen und Sandalen angezogen. Ihre Hände sind vergilbte Päckchen brüchiger Knochen, die von dünnen, weißen Handschuhen am Ende der Arme zusammengehalten werden. Ihr spärliches, weißes Haar, durch das schwach die rosafarbene Haut schimmert, wird durch einen Haarreifen von ihren trüben Augen zurückgehalten, und aus einem Grunde, den sie nur der Senilität zuschreiben kann, trägt sie einen Rock und eine Bluse mit einem runden Kragen. Sie sieht aus wie ein verschlissenes Baby, während Daphne in einem pinkfarbenen Trainingsanzug und Turnschuhen ein robustes, angeberisches Kleinkind ist, das an ihrer Seite dahinrauscht. Denn sie hat natürlich gewonnen, *sie* hält den Schirm.

Und jetzt spricht Daphne, die in ihr übliches Schwarz gekleidet ist und mit Sicherheit nie Pink trägt, noch nicht jedenfalls, aufgeregt von Farben. Tätowierungen haben sich, was die Farbe angeht, offenbar sagenhaft verbessert. Außerdem sind sie nicht länger auf blutende Herzen, Schlangen, Dornen und Rosen beschränkt. Komplex und subtil im Design – und Daphne erläutert dies am Beispiel einer von Lois' Kundinnen, einer konservativen Senatorin aus Adelaide, die die niedlichen Figürchen von Snugglepot und Cuddlepie auf ihr Gesäß hat sticken lassen – können sie wie die Sixtinische Kapelle scheinen, und sollte die Zeit, wie die Kapelle, auch sie stumpf werden lassen, können auch sie restauriert werden.

»Tut das nicht weh?« Rosemary sagt, was ihr als erstes in den Sinn kommt. Nun, Nadeln tun doch weh, nicht wahr, aus welchem wertvollen Grund auch immer sie eingestochen werden? Rosemary hat kürzlich einen Artikel über Akupunktur gelesen, der besagte, daß sogar die Chinesen, auch wenn sie die Prozedur für heilsam hielten, Angst vor den Schmerzen hatten, die damit einhergingen. Daphne hatte auf eine begeisterte Reaktion auf ihre Ideen gehofft und sieht geknickt aus, und Rosemary tut es gleich leid, denn es ist eine interessante, in der Tat außergewöhnliche Idee. Selbstverstümmelung als Biographie. Ein Leben auf einem Körper festzuhalten und nicht nur in einen weiteren Erzähltext zu verwandeln, dem das Schicksal droht, ignoriert zu werden, wie es Daphnes Biographie ihrer Mutter sicherlich beschieden wäre. Hatte Foucault nicht den Körper als eine Fläche beschrieben, auf die Ereignisse inskribiert wurden, die vollständig geprägt von Geschichte waren, oder so in etwa?

»Weiter so, Foucault«, summt Rosemary und hakt ihre Freundin unter, als sie in den Zeitungsladen hineinschwingen, wo sich Rosemary für fünf Zweidollarlose entscheidet.

Das Problem ist, denkt Daphne, während sie zuschaut, wie Rosemary ihre Einkäufe tätigt, den richtigen Augenblick für Enthüllungen zu wählen. Nur weil sie bereit war, sich jemandem anzuvertrauen, hieß das noch lange nicht, daß ihre engsten Freundinnen, abgelenkt vom Leben, automatisch bereit waren, zuzuhören. Außerdem war Rosemary so hoffnungslos bürgerlich, daß sie Tätowierungen automatisch mit Matrosen, Gefangenen und sich selbst verstümmelnden Teenagern mit geringem Selbstvertrauen gleichsetzte. Rosemary war, nach Daphnes Meinung, weit davon entfernt, vollkommen zu sein. Seit wann war sie zum Beispiel eine zwanghafte Spielerin? Sie kam an keinem Zeitungsladen vorbei, ohne hineinzuspringen und diese dummen Lose zu kaufen. Sie erinnert sich daran, wie Rosemary geschworen hatte, daß es damals das erste Mal gewesen sei, daß sie im Hakoah-Club Keno gespielt hatte. Anfängerglück, hatte sie behauptet. Daphne bezweifelt das jetzt. Daphne ist gewillt, darauf zu wetten, daß Rosemary sich seit Monaten dort herumgetrieben hatte. Sie erwartet sogar halb, daß Rosemary auf der Stelle in einen Rubbelanfall verfällt, aber sie steckt die Dinger lediglich in ihre Jacke, klopft dreimal auf die Tasche und legt den Arm um Daphne.

»Ich lade dich zum Mittagessen ein«, sagt sie. »Wohin möchtest du gerne gehen?«

Aber Daphne ist nicht so leicht zu gewinnen, obwohl sie es gerne wäre. Nachgeben zu können würde vielleicht ihren Rückenschmerzen helfen, die sie heute beinahe ständig hat.

»Ich kann nicht«, sagt sie, »habe ein paar Dinge zu erledigen«, und geht beleidigt die Fußgängerzone hinunter.

Rosemary tut es leid. Jetzt glaubt sie, daß es schlimmere Schicksale geben könnte, als ihre altersschwachen Tage mit Daphne zu verbringen. Was war Schlimmes an zwei alten Damen, die miteinander daherwackelten? Aber realistisch gesehen, sagt Rosemary sich, während sie in das Schaufenster der Buchhandlung schaut, war es nicht sehr wahrscheinlich, daß es mit ihnen gutgehen würde, oder? Und abgesehen davon: wie war es überhaupt, alt zu sein? Ernsthaft alt, nicht nur mittelprächtig alt wie Rosemary? Sie möchte gerne zwanzig Jahre überspringen und es herausfinden. Es ist, als ob ein Vorhang, von dem sie nie gewußt hatte, daß er existierte, sich für einen Moment geteilt hätte und dann mit einem Ruck wieder zugerissen worden wäre, bevor sie eine Chance gehabt hatte, sich genau umzuschauen.

Rosemary wird sich einiger Dinge bewußt, über die sie nie zuvor nachgedacht hat. Beispielsweise in den mittleren Jahren zu sein, wenn nur noch die zweite Hälfte bleibt, die Hälfte, in der die schlechten Sachen passieren. Und was hatte sie mit der ersten Hälfte angefangen? Was hatte sie vorzuzeigen? Eine Karriere, die sie oft interessant fand, aber genauso oft nicht, die es wert zu sein schien, aber allzu oft nicht. Artikel in Schriften veröffentlicht, die von dem winzigen Prozentsatz der Bevölkerung gelesen wurden, der sich mit solchen Angelegenheiten beschäftigte. Das gelegentliche bißchen Glück und das gelegentliche bißchen Pech. Schecks und Kontoauszüge. Guthaben und Lastschriften. Alles dasselbe Einerlei. Sie will herausschreien: »Ich habe mein ganzes Leben vergeudet«, aber eigentlich besteht dazu keine Veranlassung, und schon gar nicht in der Hauptstraße eines Ortes, der stolz darauf ist, als Gartenstadt bekannt zu sein, in dem »Vorsichtige Autofahrer Willkommen« sind.

»Guten Morgen«, sagt Rosemary zu einer Person, die sie anzulächeln scheint, aber sie achtet nicht weiter darauf wegen der Klippe in ihrem Kopf, an deren Abgrund sie gerade steht. Von wegen zweite Hälfte: Dies ist das letzte Viertel.

»Kommst du zu dem Spiel am Sonntag?« erkundigt sich die lächelnde Person, die nämlich Max ist, diejenige, die sich gerade zu Annie bekannt hat. Und das fragliche Spiel ist das Baseballspiel der Teams *Tops* gegen *Bottoms*, das an diesem Sonntag auf dem Sportplatz in Nord-Katoomba stattfinden soll. »Du kannst mitspielen, wenn du willst. Die *Tops* könnten ein bißchen Verstärkung gebrauchen.«

Erstaunt, dazu gezählt zu werden, sagt Rosemary zu.

»Wußtest du, daß Frauen, die zu Beginn dieses Jahrhunderts geboren wurden, eine Lebenserwartung von sechsundvierzig Jahren hatten? Denk dir nur, Darling, wir wären beide schon tot.« Penelope trommelt zur Betonung aufs Steuerrad. »Ist das nicht unglaublich?«

»Unglaublich«, wiederholt Rosemary und denkt: Dann wäre wenigstens alles vorüber. Wenigstens wüßte ich es dann. Aber was sie dann wüßte, kann sie nicht sagen. Außerdem glaubt sie nicht, was Penelope gerade gesagt hat. Die Leute sagen immer solche Dinge.

Penelope und Rosemary sind auf dem Weg in eine Gärtnerei, die auf Rosen spezialisiert ist. Rosemary hat den Katalog vor sich auf dem Schoß liegen. Als sie vom Einkaufen zurückgekommen war, hatte sie sich ein Sandwich mit Salami, Käse und Rucola gemacht und das Brot und den Katalog zum Tisch unter dem Pflaumenbaum mitgenommen und die Rosen umkringelt, deren Namen sie wohlklingend fand. Sie hatte sich viel besser gefühlt, nachdem sie sich mit den Rosen beschäftigt hatte. Wenn Penelope das Thema Sterblichkeit nicht wieder aufgebracht hätte, wäre es Rosemary wahrscheinlich sogar gelungen, es für den Rest des Tages zu vergessen.

»Denkst du manchmal über den Tod nach?« fragt sie mit einer Stimme, die seltsam klingt, einer Stimme, die zu jemandem gehört, die viel jünger und unsicherer ist als sie. Zum Glück bemerkt Penelope diese fremde, schüchterne Person in ihrem Wagen nicht, oder wenn sie es tut, sagt sie es jedenfalls nicht.

»Oh ja, ständig. Ich frage mich, was ist, wenn Bruce morgen tot umfällt. Oder, da du es gerade erwähnst, heute nachmittag. Gott steh uns bei. Dann hätte ich den Laden ganz alleine am Hals. Ich müßte jeden verfluchten Tag hingehen. Nun ja, vielleicht könnte ich es mir leisten, einmal in der Woche jemanden zu bezahlen. Aber ich bitte dich, einen Tag pro Woche für mich selbst. Tja, noch nicht einmal das, wenn du die ganze Buchhaltung bedenkst, die ich dann führen müßte. Ich nörgele immer an ihm herum, er soll das Trinken einschränken, aber er hört einfach nicht auf mich. Ich versuche, wenigstens den Scotch aus dem Haus zu verbannen, aber irgendwie kommt er immer wieder daran. Du siehst, ich beziehe alles aufs Trinken. Und zum Teufel mit den Käsesandwichs. Andererseits hat er kürzlich, nachdem ich monatelang gedrängelt hatte, seine Leberwerte überprüfen lassen, und das Ergebnis war vollkommen normal. Das scheint doch irgendwie nicht richtig, oder? Ich bin natürlich heilfroh. Auf der anderen Seite hatte ich darauf gebaut, daß es ihm einen kräftigen Schrecken einjagen würde. Wenn du weißt, was ich meine.«

»Deinen eigenen Tod, meinte ich.«

»Meinen eigenen Tod, verstehe. Tja nun, eigentlich nicht. Ich glaube nicht. Ich will nicht sagen, daß ich mir nicht gelegentlich Sorgen mache, weißt du, eine ganz furchtbare und schmerzhafte Krankheit zu bekommen. An Krebs denke ich dann wohl meistens, obwohl das weiß Gott nicht das einzige ist. Die Zeit vor dem Tod macht mir Angst. Nehmen wir einmal an, ich hätte einen Gehirnschlag, und der würde mich hilflos machen. Nein danke. Wenn ich sterbe, will ich, daß es wie ein Blitz, Volltreffer, gleich vorüber ist. Keine Trödelei in Todesangst, kein Gestammel und Gesabber. Erinnert mich an meinen Schwiegervater. Er hat ewig so herumgehangen, hat immer die falschen Worte für alles gesagt. Ich mochte ihn von Anfang an nicht sonderlich. Als er endlich heimgegangen ist, habe ich ihn eindeutig gehaßt. Herrgott, wer hat das Thema bloß aufgebracht? Fühlst dich ein bißchen mies heute nachmittag, Darling?« Penelope dreht sich um und mustert Rosemary intensiv. Der Wagen macht einen leichten Schlenker. »Du hast doch keinen Knoten oder sonst was gefunden? Denn das mußt du sofort überprüfen lassen.« Penelope tritt so abrupt auf die Bremse, als ob sie beabsichtigte, hier und jetzt zu wenden und in Richtung Notaufnahme zu fahren. Der Wagen hinter ihnen kann noch mit heulender Hupe knapp ausweichen. Rosemary ist dem Tod schon lange nicht mehr so nahe gewesen, und sie ist ihm entkommen. Sie lacht.

»So ist's besser«, bemerkt Penelope, und das ist es.

Sie fahren weiter und kaufen Rosen mit den Namen Marie Antoinette, Claudine, Albertine, Josephine, Ninette de Valois und Priorin, zu denen in letzter Minute Dolly Parton und Bob Hope stoßen, die aber auf dem Boden hinter dem Fahrersitz unter sich bleiben, und das ist eine weise Entscheidung, denn die anwesenden Damen raffen ihre Röcke und machen sich daran, auf dem Rücksitz dornig miteinander zu flüstern und zu rascheln. Rosemary denkt an die verschwundene Theresa und an deren zertrümmerte und feierliche Heiligenfiguren.

Auf dem Nachhauseweg halten sie auf einen Drink. Rosemary fallen die Rubbellose in ihrer Tasche ein. Sie stürzen sich begeistert darauf, aber alles sind Nieten.

»Du mußt etwas wegen deines Autos unternehmen«, sagt Penelope. Das ist wahr, aber Rosemary schiebt es hinaus. Ihr gefällt die Idee, in den Bergen festzusitzen oder sich jedenfalls so vorzukommen, auch wenn sie es nicht ist. Sie weiß außerdem, daß der Wagen, den sie kaufen wird, ebenso wie die Stiefel wahrscheinlich länger auf dieser Erde weilen wird als sie selbst, wodurch sie ihn nicht leiden kann, noch bevor sie ihn gekauft hat. Rosemary sagt sich streng, daß sie aufhören muß, ihre eigene Lebensdauer mit der von leblosen Objekten zu vergleichen. Sie kann nicht einmal mehr in ein Antiquitätengeschäft gehen, ohne darüber nachzudenken, daß alles darin mindestens einmal einer toten Person gehört hat. Penelope bricht plötzlich in ihr brüllendes Lachen aus und bringt auch Rosemarys Lippen zum Zucken.

»Was?«

»Ich dachte nur gerade noch mal an meinen schon erwähnten Schwiegerpapa. Seine einzige liebenswerte Angewohnheit war es, uns mit klassischer Musik zu foltern. Nach seinem ersten Gehirnschlag saß er in seinem Sessel auf der Seitenveranda und gab diese grauenhaften, entstellten Töne von sich, weißt du, wie humpeta humpeta boing blah, und er wurde wütend, tobte völlig, wenn wir nicht erkennen konnten, was er uns erzählen wollte. Ich nehme an, er wollte, daß wir ihm ein bestimmtes Musikstück spielten, aber ich glaube nicht, daß wir das je richtig hinbekommen haben. Der arme, alte Mann. Eigentlich war es furchtbar traurig. Ich weiß auch nicht, warum ich lache. Es ist nicht komisch, oder?«

»Nicht besonders.«

»Nein. Aber dennoch, ich kann immer noch seine kleinen, braunen Stiefel sehen, wie sie vor Zorn springen. Er war nämlich so ein winziger Mann.« Penelope hält inne. »Auf den verrückten, alten Kerl, nichtsdestotrotz«, sagt sie und hebt ihr Glas.

Rosemary fährt mit dem Zug nach Sydney, weil sie mit ihrem Steuerberater sprechen muß. Als der Zug am Bahnhof von Penrith anhält, sieht sie eine Werbung für Männerunterhosen von Calvin Klein und ist von der narzistischen Bewunderung beeindruckt, mit der der junge Mann auf dem Bild auf seinen klumpigen, weichen Baumwollschritt hinunterschaut. Hinterhöfe fliegen vorbei, viele enthalten runde Wäscheständer, die mit deutlich weniger schicker Unterwäsche behangen sind. Warum sind Männer so stolz auf ihren Penis? Fragt man sich. Fragt Rosemary sich. Schließlich haben alle einen. Es ist ja nicht so, als ob sie für außerordentliche Erfolge vergeben würden oder auf irgendeine Weise verdient werden müßten. Rosemary findet es schade, daß sie nicht auf der Grundlage von Meriten verteilt werden können. Als Preis am Ende eines erfolgreich durchschrittenen Übergangsritus plus einer einfachen schriftlichen Arbeit über die Regeln, die zu einer verantwortlichen Besitzerschaft gehören, zum Beispiel. Natürlich müßte es dann auch ein System geben, nach dem der Besitzer ihn verlieren könnte. Rosemarys Vorschläge für eine Liste mit Gründen für die Konfiszierung sind endlos, oder würden es sein, wenn nicht der Zug am Hauptbahnhof angekommen wäre und dem ein Ende gesetzt hätte.

Später trifft Rosemary Sara und Susan, und sie gehen zu einem Konzert ins Opernhaus. Rosemary wird die Nacht in ihrem Haus verbringen. Susan hat kürzlich eine alte irische Anrichte aus dunklem Holz gekauft, und sie können sich nicht entscheiden, wohin sie sie stellen sollen. Von einem leichten Dinner und mehreren Gläsern Sekt gestärkt, hilft Rosemary ihnen gerne, ihre Möbel neu zu arrangieren.

Rosemary ist um vier Uhr morgens aufgewacht und geht auf Zehenspitzen zum Badezimmer. Sie hört eine Stimme und dann noch eine, die letztere in schriller Erwiderung erhoben. Dann Schweigen, ein scharfer Schlag und ein Schluchzen, unmöglich zu sagen, wessen. Rosemary steht da und fragt sich, ob sie die Toilette spülen soll oder nicht. Sie weiß, daß es sie nicht aufwecken wird, da sie offensichtlich schon wach sind, aber andererseits möchte sie nicht, daß sie wissen, daß sie gehört hat, was gerade passiert ist, was immer es auch war. Rosemary schließt den Deckel und geht leise in ihr Zimmer zurück.

Als sie später am Morgen nach unten kommt, sitzt Sara mit einer Tasse Kaffee in der Küche und überfliegt die *Financial*

Review. Susan, sagt sie, sei mit einer frühen Fähre gefahren, weil sie schon um halb acht eine Besprechung habe. Sie schenkt Rosemary Kaffee ein und reicht ihr die Tasse. Unter dem Make-up bemerkt Rosemary einen rohen Fleck auf Saras Wangenknochen. Sie will etwas sagen, aber spürt ebenso, daß Sara nicht möchte, daß sie etwas sagt, und entsetzt wäre, wenn sie wüßte, daß Rosemary etwas wußte. Also trinkt sie ihren Kaffee und plaudert über dies und jenes, bevor sie ihre Sachen zusammensammelt. Rosemary dreht sich in der Tür um, um sich von Sara zu verabschieden, die in ihrer schicken Designerküche sitzt und die wohl einen hohen persönlichen Preis für die Erfüllung ihrer wie auch immer gearteten Bedürfnisse zahlt. So sieht es jedenfalls für Rosemary aus, die plötzlich dankbar dafür ist, was ihr beschert ist, losrennt, um die Fähre zu erreichen, und es gerade schafft, indem sie über den sich vergrößernden Abstand zwischen dem Steg und dem Boot springt. Sie schaut zu, wie der Abstand sich weiter vergrößert, als die Fähre sich auf den Weg macht. Natürlich konnte sie sich irren. Man konnte nie wissen, was los war, was in der abgeschirmten Dunkelheit des Paartums vor sich ging, egal, wie gut man die Beteiligten zu kennen glaubt. Rosemary könnte ebensogut ein Eheparadies vor sich haben, nach allem, was sie darüber weiß. Eine Flotille von weggeworfenen Wegwerfwindeln stupst an die Seite des Bootes. Rosemary hebt die Augen zum Horizont, dem reptilartigen Schimmern des Opernhauses, der City-Skyline. Aus der Ferne sieht alles so viel besser aus.

Floryan denkt, er wird jede Minute der drei ihm noch verbleibenden Tage brauchen, um sich auszudenken, was er vor seiner Abreise ins Gästebuch schreiben soll. Er blättert durch die lautstarken Einträge. Angesichts dessen stehen ihm die Nackenhaare zu Berge. Die Schwierigkeiten mit seinem Anfangssatz verblassen neben dieser unmittelbareren literarischen Herausforderung. Schließlich könnte jemand dies am Tag nach seiner Abreise oder noch am selben Tag lesen, und es würden Monate, wenn nicht Jahre vergehen, bevor sein Anfangssatz von irgend jemandem gelesen und geschätzt würde. Das Geflatter von Rieseneisvögeln – Dot hat die Angewohnheit, sie von der Küchenfensterbank aus mit Fleischstückchen zu füttern, wie auch Mrs. Black es immer gemacht hatte – verkündet Daphnes Ankunft mit Dots Tochter Lois im Schlepptau. Sie sind gekommen, um zu sehen, ob es einen großen, hellen, hygienischen Raum mit mehreren Steckdosen gibt, in dem Lois ihre Ausrüstung aufstellen kann. Rosemarys Haus ist zu klein, und außerdem erfüllt ihre negative Einstellung die Luft mit schlechten Schwingungen, die sie nicht brauchen können. Floryan wollte immer schon eine Tätowierung haben, und er hält den hinteren Raum im oberen Stockwerk für ideal. Obwohl das Zimmer einige Zeit verschlossen war und muffig und staubig ist, könnte es saubergemacht werden, das Licht ist gut, es gibt jede Menge Steckdosen, und ein Badezimmer gehört dazu, das wohl den hygienischen Aspekt abdeckt. Er wünscht sich nur, daß er ein bißchen länger bleiben und zuschauen könnte. Er nimmt an, daß Daphne theoretisch ihren Besuch beim Literaturhaus beantragen sollte, aber sie stimmen alle überein, daß diese Prozedur zu lange dauern würde. Außerdem hat Lois' Mutter einen Hausschlüssel, und mit einem bißchen Glück braucht niemand zu wissen, daß sie hier sind.

»Sie würden mir nicht vielleicht eine Tätowierung umsonst machen, als Bestechung oder Schweigegeld sozusagen?« fragt Floryan voller Hoffnung. »Nichts Kompliziertes. Ein keltischer Reif um den Oberarm wäre cool.«

»Sicher doch«, sagt Lois.

»Großartig.« Floryan liebt die Idee von Tätowierungen. Er liebt auch die Idee des Tätowierens. Es muß ein bißchen wie anonymer Sex sein. Du verbringst einige Zeit mit jemandem. Du bringst ihn ein bißchen zum Bluten. Du bereitest ihm Schmerzen, und dann verschwindet er.

Daphne schaut sich in dem Zimmer um, in dem das Werk vonstatten gehen wird. Sie geht zum Fenster und öffnet es. Frische Luft strömt herein.

Floryan hat das Gefühl, einer besonderen Gelegenheit beizuwohnen, und geht in sein Zimmer, wo er eine Flasche Jack Daniels auf der Kommode stehen hat. Er holt drei Gläser, überlegt es sich dann und nimmt noch eines für Dot. Er findet Dot beim Putzen des Badezimmers und bringt sie nach oben, wo die vier auf Daphnes tote Schriftstellerinnen anstoßen. Dot denkt, es sei doch sehr schade, daß ihre Lady nicht hier ist, denn Edith hatte gerne gelacht, auch wenn sie es nicht oft gezeigt hatte. Dot vermutet, daß mehr Leute an dem bebilderten Körper einer Frau interessiert wären als an Mrs. Blacks Büchern.

Lois mochte noch nie Bourbon und schon gar nicht am frühen Morgen, daher geht sie in die Küche hinunter, um sich einen Tee zu machen. Sie muß nachdenken. Etwas muß getan werden, damit das Ereignis haften bleibt und nicht nur als eine isolierte und krankhafte Geste angesehen wird. Sie will, daß dies ein öffentlicher Akt zwischen erwachsenen Menschen ist. Sie will ihn zum Glänzen bringen, ihm Räder geben und ihn wirbelnd ins Internet hinaussenden.

»*I shot an arrow in the air, it came to land I know not where*«, summt Lois, während sie ihren Tee aus Yünnan in der Küche dieser weißen Frau schlürft, die ihre Mutter so lange saubergehalten hat, obwohl die betreffende weiße Frau längst tot ist.

Oben steht Floryan hinter Daphne und massiert ihr ein wenig den Nacken.

»Was soll meine Lois denn auf Ihrem Körper illustrieren?« erkundigt sich Dot.

»Die Wahrheit«, sagt Daphne, und das ist wahr.

»Ihr solltet ein Videospiel daraus machen«, sagt Dot.

Als sie aus Sydney zurückkommt, ist Alan fort, und Rosemary macht sich Sorgen. Vielleicht hat er die wahre Liebe gefunden oder ist über ein anderes klebriges Schicksal gestolpert. Hier oben passieren verrückte Dinge. Ehemänner laufen Amok. Ehefrauen werden einbalsamiert im Kofferraum gefunden. Kinder leeren die Familienkonten und laufen davon, was durchaus als ein weiser Schritt beschrieben werden könnte. Schwule tauchen auf, gebunden wie Truthähne und angesengt in improvisierten Freudenfeuern, die am Fuße der Klippen errichtet werden. Vom Nebel hervorgezauberte Kobolde, Trottel und Dussel gibt es in rauhen Mengen. Selbstverständlich denkt Rosemary auch an den Gartenscherenmörder, der, obwohl sie das natürlich nicht weiß, sich rasch dem Stadtteil seines Bruders in Perth nähert.

Hinter ihm liegen Peterborough, Ceduna, Eucla, nicht zu erwähnen die endlose Langeweile der Nullarbor-Ebene, wo ein Mann gründlich seine Sünden überdenken konnte und er es auch getan hatte. Seine Hauptsünde war, so schien es ihm, die Enthauptung der Katze, denn es war schließlich die Katze seiner Mutter gewesen und damit ein hoffnungsloser Racheakt, denn was hatte seine Mutter ihm schon angetan? Immer weggeschaut, ein bißchen geistesabwesend gewesen, na und? Aber was hätte sie schon tun können? Ihn auf den Arm nehmen und davonrennen, zum Beispiel. Aber wovon hätten sie dann leben sollen? Ihm war zum Heulen zumute, wirklich, während er dieses gestrüppreiche, erbarmungslose Durcheinander durchquert. Er sehnte sich nach Wäldern, wo Blätter über seinem Kopf zusammenschlügen und er sich verstecken könnte, wild und weich und grün werden könnte, auf immer vor den Problemen geschützt.

Nach Kalgoorlie hatte er plötzlich die Nase voll davon, sich auf die Freundlichkeit von Fremden und die nervenaufreibende Notwendigkeit, schnelle Fluchten von Tankstellen zu veranstalten, zu verlassen, und war eines Nachts durch die Hintertür eines Ladens eingebrochen und hatte die Kasse geleert. Es war so einfach gewesen, bis hierher zu kommen – so einfach, daß er beginnt, mißtrauisch zu werden. Er fühlt sich abergläubisch und seltsam, als führe er in die falsche Richtung. Er verlangsamt die Fahrt an einem Stopzeichen in einem Ort namens Wundowie, wo ein dürrer Jugendlicher aus dem Staub auftaucht und damit beginnt, seine Windschutzscheibe zu putzen. Der Mörder hebt sein Gesäß ein wenig vom Sitz und nahm einen unsauber abgetrennten Finger aus der Hosentasche. Alle Gartenscheren, die zu benutzen er gezwungen gewesen war, waren irre stumpf gewesen, aber die letzte war die schlimmste von allen gewesen. Er würde gerne wissen, warum Frauen augenscheinlich von Natur aus unfähig waren, ihre Werkzeuge in Schuß zu halten. Er betätigte den Fensterknopf und reichte dem Jugendlichen den Finger mit einem Ring aus Rubinen und Diamanten durch das Fenster. Juwelen waren eine Zeitverschwendung. Sie kosten ein Vermögen, aber wenn du dann versuchst, sie zu verkaufen, sagen sie dir, daß sie nur einen Bruchteil dessen wert sind, was dafür bezahlt wurde. Aber vielleicht hatte dieser Junge ein Mädel oder eine Mum oder irgendeine andere passende Weiblichkeit, der er ihn geben konnte. Er drückte wieder auf den Knopf, und das Fenster glitt hoch und verschloß sich mit einem festen und zufriedenstellenden Dong. Er liebte dieses Auto, es fuhr ruhig und war bequem. Am besten fand er die digitale Anzeige für die Außentemperatur. Im Moment waren es 34,5 Grad. Es war gut zu wissen, daß draußen die Drohnen brieten. Wenn ich, so überlegt er sich, einen vernünftigen Wagen gehabt hätte, wäre mein Leben nicht so beschissen verlaufen. Wenn doch bloß, wenn doch nur, dann warum, vielleicht und eventuell, aber hauptsächlich: *wenn doch nur*. Wenn er doch nur die Katze nicht getötet hätte.

Dies mußte die längste rote Ampelphase der Welt sein, vielleicht war sie kaputt – beginnt er, sich Gedanken zu machen – vielleicht war ein Draht locker. Wer kontrollierte diese Dinger überhaupt, wer bestimmte, wer anhalten mußte und wer fahren durfte?

An jenem letzten Morgen zuhause hatte er die Familienkatze gegriffen, sie bis zum Hals im Rasen vor dem Haus vergraben, den Rasenmäher geholt und ihren kläglich miauenden Kopf abgesäbelt. Als das schlechte Karma, das er heraufbeschworen hatte, ihm zu Leibe rückte, heulten hinter ihm Luftbremsen auf, und der Junge hüpfte, als ob er Sprungfedern unter den Füßen hätte, deutete mit dem abgeschnittenen

Finger die Straße hinauf und schrie, was niemand hören konnte, bis er sah, daß alles zu spät war, sich umdrehte und nach Hause sprintete.

Rosemarys Nachbar Kevin kann sich ebenfalls nicht bemerkbar machen, als er höflich an der Tür steht und: »Jemand zuhause?« ruft, was eigentlich eine rhetorische Frage ist; er weiß, daß jemand zuhause sein muß, denn die Tür ist angelehnt, und von irgendwo ertönt ein elektrisches Summen. Wahrscheinlich ein Föhn, der ihn gleich an seine Frau erinnert, und seine Kehle verschließt sich unwillkürlich und öffnet sich dann wieder. Dieser Tage ist er in der Lage, mit den plötzlichen Kummerausbrüchen umzugehen und auf den Beinen zu bleiben, anstatt vornüberzufallen, seine Kehle zu krallen und mitten an einem völlig gewöhnlichen Nachmittag lange, dunkle Minuten dazuliegen, die Nase mit Rotz und Verlust verstopft.

Kevin weiß nie, woran er mit seiner Nachbarin ist. Ihr Haus stand wochenlang leer, und dann tauchte sie plötzlich wieder auf, normalerweise folgten andere, und er wußte nie, was vor sich ging. Sogar wenn sie nicht da war, gingen seltsame Gestalten, die oft Plastiktüten trugen, in der Garage nach Belieben ein und aus. Sie hatte ihm einmal für den Notfall ihre Telefonnummer in der Stadt gegeben, aber er hatte vergessen, daß er sie in der Hosentasche hatte, als er sie in die Wäsche geschmissen hatte. Die Nummer hatte das nicht überstanden, und er hatte nicht noch einmal fragen wollen. Wie dem auch sei, er wollte ihr nur erzählen, daß der Abend für die wöchentliche Müllabfuhr sich geändert hat. Die Gemeinde hatte eine Mitteilung an alle Häuser geschickt, aber er war zu wetten gewillt, daß ihre unter einen Busch geweht oder vom Regen aufgeweicht worden war, und so fühlte er sich verpflichtet, vorbeizuschauen und ihr Bescheid zu sagen. Kevin fand oft Post von seiner Nachbarin, die in seinen Garten getrieben war, in dem es angesichts seiner detaillierten Organisation der Natur nicht viele Verstecke für sie gab. Er war sich bewußt, daß ihm jedes Gespür für einen Garten fehlte, aber er wollte ihn wenigstens in Ordnung halten. Seine Frau war die Gärtnerin gewesen. Er befingert den schmuddeligen Umschlag mit dem feuchten Brief, den er in der Hosentasche seiner Shorts trägt. Soll er ihn Rosemary geben oder nicht? Er kann sich nicht entscheiden. Zum einen hat er ihn geöffnet und gelesen. Nun ja, er war sowieso halb offen, dank den gnadenlos mahlenden Kiefern eines dreckigen, kleinen Gartenbewohners. Er war von einem Kerl namens Billie, der Dinge mit Rosemary anstellen wollte, die seine Finger, Zunge, Zähne, Zunge, Augenbrauen und Zehen zum Einsatz brachte, was Kevin zu der Frage veranlaßte, was denn mit dem elementaren Werkzeug des Kerls geschehen war, aber wahrscheinlich hatte das etwas mit Safer Sex zu tun, von dem man heute so viel hörte. Wenn Kevin jemals einen solchen Brief seiner nun traurigerweise verstorbenen Ehefrau geschrieben hätte, hätte sie geglaubt, er hätte den Verstand verloren. Er war ein bißchen überrascht, daß Rosemary in ihrem Alter noch an dem ganzen vermaledeiten Gedöns interessiert war.

»Sind Sie da?« ruft er noch einmal.

»Ja, bin ich«, antwortet sie und geht zur Tür, wo ein verwitweter Schuljunge mit den Händen in den Hosentaschen vor ihr steht, mit schüchternen, braunen Sandalen, die fluchtbereit positioniert sind, einem braunledernen Brillenetui in der Brusttasche seines weißen, kurzärmeligen Polyesterhemds, und das alles von einem noch hoffnungsvollen Gesicht abgerundet, das von einem lieblosen Haarschnitt beeinträchtigt wird.

»Kommen Sie doch herein«, sagt sie, aber das will er nicht, denn er kann nicht mit dem beschwerlichen Schweigen umgehen, das oft zwischen ihm und dieser merkwürdigen Frau entsteht.

Er zieht die Hände aus den Hosentaschen und läßt den Brief darin zurück, denn sie würde mit Sicherheit merken, daß er ihn gelesen hat, und er will weder sich selbst noch sie in Verlegenheit bringen. Also erzählt er ihr nur von den veränderten Abholzeiten für den Müll und bewundert ihre neuen Rosenbüsche, als sie ihn zum Gartentor begleitet, denn Effie hätte die Rosenbüsche bewundert, ja, das hätte sie getan. Effie hatte eine gute Art, mit Leuten umzugehen; solange sie dabei gewesen war, hatte es kaum ein unangenehmes Schweigen gegeben. Er versucht sich ein Beispiel an seiner verstorbenen Frau zu nehmen und sagt:

»Sie sollten sich einen Briefkasten zulegen. Im Heimwerkerladen in der Waratah Street haben sie gerade ein paar ganz hübsche. Die sind wie die altmodischen Pfostenkästen, mit einem »Victoria Regina« auf die Seite gemalt.«

»Was für eine kluge Idee«, sagt sie.

Etwas in ihrem Tonfall läßt ihn hinzufügen: »Das wäre mal ein bißchen was anderes.«

»Das hört sich wirklich interessant an.« Sie berührt ihn leicht am Arm, bevor sie wieder in ihren Garten tritt und vor ihm die Gartentür schließt.

»Ich habe sieben *A-C-I-D*-Trips«, murmelt Bruce ins Telefon. »Keine kleinen rosa Pillen mit Mickymaus-Stempel, nicht diesen Kinderkram. Richtige Trips. Laß uns eine Party schmeißen. Was sagst du dazu? Komm schon. Das Hirn braucht gelegentlich Urlaub.«

»Ich rufe dich zurück.« Rosemary legt auf. Sie hat gerade die Nachricht bemerkt, die mit ihrem Katherine-Mansfield-Magneten an den Kühlschrank geheftet ist. Ihr Blick war darauf gefallen, als Bruce den Buchstaben I erreichte. Wie hatte sie die übersehen können? Sie war von Alan und besagte, daß er sich entschlossen hatte, nach Sydney zurückzufahren und wieder zur Arbeit zu gehen, und er bedankte sich für die schöne Zeit. Er hoffte, an einem der nächsten Wochenenden noch einmal heraufkommen zu können, ansonsten erwartete er sie bald wieder in der Stadt zurück.

Die Küche ist mit Ausgaben der *Tattoo Review* und *Skin Art* übersät. Sie sammelt die Zeitschriften zusammen und legt sie in Daphnes Zimmer ins Bücherregal. Sie schaut auf

Bücher, aus denen Seiten herausgerissen sind, die neben dem Bett auf dem Boden liegen: *Der Körper in Schmerzen, Der individuell ausgestattete Körper, Die Frau im Körper, Das Wort zu Fleisch gemacht, Fragmente einer Geschichte des menschlichen Körpers* und last not least, da ist sich Rosemary sicher, *Der bebende private Körper,* der von den anderen Heften mit der Vorderseite nach unten auf dem Teppich festgehalten wird.

Sie widersteht dem Impuls, sie aufzusammeln und auf den Nachttisch zu legen. Sie will nicht, daß Daphne glaubt, sie sei neugierig gewesen. Was jetzt?

Der Tag ist heiß. Der Tag ist lang. Rosemary verbringt den größten Teil damit, erste Notizen für einen Aufsatz festzuhalten, den zu schreiben sie seit einiger Zeit im Sinn hat, über die Frage, warum Jungen soviel öffentlichen Raum in Anspruch nehmen. Sie wird ihn ungefähr folgendermaßen betiteln: Geschlecht und Freizeit. Zur Politik des Spiels.

An einem sonnigen Nachmittag versammeln sich Rosemary und Rupert mit Bruce und Penelope in deren hübschen Innenhof und werfen einen Trip. Daphne war eingeladen worden, aber hatte es vorgezogen, nicht teilzunehmen.

»Wenn ich mit euch zusammen bin, komme ich mir so erwachsen vor«, hatte sie gesagt. »Als nächstes werdet ihr Pyjamapartys veranstalten und beieinander übernachten.«

Die Sache ist die, daß Rosemary vergessen hat, wie lang ein Trip dauern kann. Eine Tablette LSD ist wie eine CD, findet sie – so sehr man sie auch am Anfang genießt, sie laufen viel zu lange. Als sie endlich um sieben Uhr morgens sicher nach Hause gekommen ist, trinkt sie reichlich frisch ausgepreßten Orangensaft, um die Nachwirkungen zu bereinigen, und beschließt, daß dieser Trip ihr letzter war. So wie ihre Eierstöcke in Kürze aufhören werden, Eier zu produzieren, wird ihr Gehirn sicherlich mittlerweile auch knapp an Zellen sein, also kümmert sie sich besser um die, die ihr bleiben. Sie spürt das Gewicht von toten oder schwer geschädigten

Gehirnzellen, die sich wie Schuppen auf ihren Schultern stapeln, und als sie sich ein wenig zur Seite dreht und die Hand hebt, um sie fortzubürsten, sieht sie ausgerechnet ihren besonderen Freund, den fetten Polizisten, der ernst durch das Küchenfenster starrt. Er hält einen großen, braunen Umschlag zum Gruß hoch. Offensichtlich will er hereinkommen. Rosemary geht zur Hintertür und läßt ihn ein.

»Es ist wegen Ihres Wagens«, sagt er, zieht ein paar glänzende Schwarzweißfotos aus dem Umschlag und breitet sie vor ihr auf dem Tisch aus. »Ich möchte gerne, daß Sie sich die einmal ansehen.« Das tut Rosemary, und dort ist ihr Auto, das wie ein zurückgewiesener Happen aus dem Schlund eines Kenwood-Lastwagens hervorsteht.

»Oh Gott. Was ist passiert? Wo ist das?«

»In Westaustralien. Die Überreste jedenfalls. Die Bremsen des Lastwagens haben versagt, als er auf eine rote Ampel zusteuerte. Fuhr direkt über Ihr Fahrzeug. Das können Sie abschreiben, den Fahrer ebenso. Wir haben Grund anzunehmen, daß er mit illegalen Substanzen handelte. Im Kofferraum des Fahrzeugs wurde Marihuana gefunden, und eine Anzahl von Gartengeräten lag im Wagen selber. Aber das soll nicht Ihr Problem sein.«

Rosemary ist nicht sicher, ob es die nachklingende Wirkung des Acids oder ihr eigenes schlechtes Gewissen ist, aber das verdrehte Blech des Wracks windet sich leicht, als sie es anschaut. Sie dreht das Foto mit der Vorderseite nach unten. Während sie das tut, glaubt sie, ein schwaches Seufzen zu hören, und wird von dem Verlangen überrollt, die Sache mit dem Marihuana zu gestehen, um den Namen des Fahrers reinzuwaschen. Vielleicht hat er eine Frau, Kinder – Rosemary droht sich, sich zu kneifen. Sonst macht sie sich doch auch keine Gedanken über Ehefrauen und Kinder.

»Der Mann, der Ihren Wagen gestohlen hat, ist der Polizei in mehreren Bundesstaaten bekannt«, sagt der Polizist. »Er war ein Dreckskerl, ein richtiger Scheißkerl.« Diese Information befreit Rosemary von ihrem Impuls zum Geständnis, und als er die eigenartige Information, die er in der Akte gefunden hat, noch hinzufügt, nämlich, daß der Autodieb einmal als Kind den Kopf der Familienkatze abgemäht hat, ist der Fall damit erledigt. Aber was war mit diesen Gartengeräten? Die hatten ihr nicht gehört.

»Was für Gartengeräte?«

Der Bulle seufzt, zieht ein Stück Papier aus seiner Brusttasche und entfaltet es. Seine Augen gleiten schwerfällig eine getippte Liste hinunter. »Die genaue Beschaffenheit der Geräte ist nicht spezifiziert.« Er starrt Rosemary über die Oberkante des Blattes an und räuspert sich. »Meiner Meinung nach wurden sie für die Kultivierung einer illegalen Ernte benutzt.«

Er faltet das Papier und steckt es in seine Tasche zurück. Er sammelt die Fotos ein und schiebt sie in den Umschlag. Dann erklärt er Rosemary, daß sie jetzt nur noch zu einem ihr genehmen Zeitpunkt in der Polizeiwache vorbeischauen müsse, um den Schlußbericht zu unterschreiben, und die Sache damit abgeschlossen sei. Und nachdem alles gesagt ist, geht er, und Kristeva kommt herein, Spinnweben kleben ihr am Schnurrbart. Sie blickt Rosemary an, als hätte sie sie nie zuvor im Leben gesehen, aber taut ein wenig auf, als Rosemary ein Ei in einen Topf schlägt und das Gas anzündet. Sie schüttet ein bißchen Trockenfutter in eine Untertasse, löffelt das kaum gekochte Ei darüber und wird, als sie es auf den Boden stellt, mit einem kleinen Schnurren belohnt. Nachdem Rosemary ihre Katzenpflichten erledigt hat, wünscht sie sich, sie hätte selbst etwas zu essen, aber was? Am liebsten hätte sie jetzt eine Pizza, aber wo sollte sie die auftreiben? Bestimmt konnte sie in den Bergen nicht einfach telefonisch eine Pizza bestellen. Rosemary starrt auf Daphnes verschlossene Tür. Sie klopft. Sie wartet. Die Tür schwingt auf. Daphne steht im Türrahmen und sieht riesig und sauer aus. Sie scheint mehrere Trainingsanzüge übereinander anzuhaben.

»Herrgott, siehst du beschissen aus«, sagt sie. »Was willst du? Morphium, nehme ich an.«

»Pizza.«

»Hier oben? Um halb acht Uhr morgens? Bist du dir sicher mit dem Morphium? Das wäre bedeutend leichter zu organisieren. Wie wär's mit Spiegeleiern mit Speck? Ich mache dir ein paar«, sagt sie, und das tut sie auch. Danach fühlt Rosemary sich viel besser, besonders als sie noch französisches Vanilleeis von Sarah Lee im Eisfach findet. Sie erzählt Daphne von ihrem Wagen, dem Dope und den diversen Gartengeräten.

»Das war der Gartenscherenmörder.«

Daran hatte Rosemary nicht gedacht, wahrscheinlich wegen ihrer erschöpften und gelichteten Hirnzellen. Daphne jedoch ist noch in der Lage, eins und eins zusammenzurechnen.

»Du wirst sehen. Von nun an werden die Finger der Leute sicher sein.«

»Das hoffe ich. Ich gehe ins Bett.«

»Ein weiterer Tag voller Arbeit.«

»Ach, hau doch ab«, bittet Rosemary, die sich nie völlig der protestantischen Arbeitsmoral verschrieben hat und nicht die Absicht hegt, jetzt damit anzufangen. Außerdem kann sie nicht einsehen, wie es irgendwelchen gemeinhin akzeptierten Vorstellungen von Arbeit entsprechen konnte, diverse Szenen aus dem verrückten und bedauerlichen Leben einer Mutter zu pflücken und sie auf den eigenen Körper tätowieren zu lassen. Und so geht sie ins Bett, wohin ihr Kristeva nacheilt, um ihrer Herrin Gesellschaft zu leisten, denn wie alle Katzen ist sie hocherfreut, wenn Leute so vernünftig sind, sich während des Tages hinzulegen.

Bevor Rosemary einschläft, denkt sie über den Wagen nach, den sie kaufen wird, um den zu Schrott gefahrenen zu ersetzen. Glücklicherweise ist sie zu müde, um bei der Tatsache zu verweilen, daß jeder Wagen, den sie kauft, wahrscheinlich noch lange, nachdem ihr das Benzin ausgegangen ist, die schnelle und fabelhafte Autobahn des Lebens entlangbrausen wird. Aber sie denkt über die Tatsache nach, daß Bob Marley, wenn er noch lebte, heute auch fünfzig wäre.

»*No woman, no cry*«, singt sie sich als Wiegenlied, aber als sie aufwacht, sieht die Sache ganz anders aus. Sie blutet. Aber ihre letzte Periode ist erst vierzehn Tage her. Das ist es dann wohl. Jede Frau weiß, daß Unregelmäßigkeit *das* Hauptsymptom ist. Sie greift nach dem Telefonbuch, tastet nach ihrer Brille, überfliegt die entsprechende Seite und wählt.

»Guten Tag, Beratungsstelle für Wechseljahre. Kann ich Ihnen helfen?«

»Das hoffe ich«, sagt Rosemary und nimmt den ersten zur Verfügung stehenden Termin, der nicht so bald ist, wie sie gehofft hatte, denn es scheint viel los zu sein und nicht genug Beratungsstellen zu geben. Natürlich, denkt Rosemary, wenn es Männer wären, die durch die Wechseljahre gingen, gäbe es an jeder Ecke eine und wahrscheinlich auch noch Hausbesuche. Sie schlägt den Tischkalender wagemutiger Frauen auf, den sie hier oben benutzt, schreibt den Termin auf und stellt fest, daß an diesem Tag im Jahre 1963 Gloria Steinem ihren Job als Bunnymädchen kündigte, und das macht ihn sicherlich für alle zu einem Tag, den sie im Kalender rot anstreichen. Während sie auf das Datum schaut, wird Rosemary klar, daß die Zeit vergeht, das akademische Jahr näherrückt und es Dinge gibt, die erledigt werden müssen.

Rosemary entscheidet, daß es fast an der Zeit ist, die Berge zu verlassen, aber zunächst ist da noch das Baseball-Spiel.

Am Ende der siebten Runde steht das Spiel unentschieden. Rosemary hat keine Ahnung, was in einem solchen Fall geschieht, außer daß das Spiel nicht vorbei ist, und sie wünschte, es wäre vorüber. Der Nachmittag ist heiß und scheinbar endlos. Der verbrannte Sportplatz schimmert grell und siedet, und es sieht so aus, als ob sie noch eine Runde spielen müßten.

Da sie im Augenblick offenbar nicht benötigt wird, geht sie ein kurzes Stück weg und legt sich in den Schatten eines Baumes, schließt die Augen und weigert sich, sich von den kleinen, schwarzen Fliegen, die ihr über das Gesicht kriechen, und der Ameisenstraße, die über Arme und Beine läuft, stören zu lassen. Sie schläft. Sie träumt flüchtig von komischen, kleinen Hintern mit menschlichen Köpfen an beiden Seiten, die bald auf dem Inneren ihrer Augenlider, durch die die Sonne knallt, von einer kunterbunten Wandmalerei von menschlichen Figuren überlagert wird, die die verschiedensten Veränderungen und Körperverzierungen tragen – afrikanische Hautritzungen, japanische Tätowierungen, chinesische, gebundene Füße, mittelamerikanische, gefeilte Zähne, burmesische Messinghalsringe, Sarawak'sche Lippenplatten, südamerikanische Wangenstöpsel, neuguineische Nasenringe, und dann landen zwei Tropfen Eiswasser auf ihrer Stirn, und sie wacht auf.

Eine gut aussehende Frau Ende Dreißig, so schätzt Rosemary, und, soweit zu sehen ist, ohne Körperschmuck, Narben oder andere Verzierungen, steht über ihr und hält ihr eine Flasche Mineralwasser entgegen, deren Plastikrumpf vor Kälte beschlagen ist. Rosemary setzt sich auf, nimmt sie und trinkt.

»Danke«, sagt sie.

»Nichts zu danken«, sagt die Frau und setzt sich neben sie. Sie nimmt die Flasche, trinkt und gibt sie Rosemary zurück. Rosemary gerät in eine kleine Krise bei der Überlegung, ob sie wieder aus der Flasche trinken soll. Sie würde gerne erst den Flaschenhals abwischen, aber das könnte beleidigend wirken, also atmet sie tief durch, drückt die Daumen, hebt die Flasche an ihre Lippen und trinkt. Die Frau schenkt dem Ganzen sowieso keine Beachtung. Sie schaut den Spielerinnen auf dem Sportplatz zu, die in diversen Feldpositionen verstreut sind. Ein adrettes Geschöpf in Weiß geht zum Schlagen.

»Hast du bemerkt«, fragt die Frau Rosemary, »wie unheimlich jung diese Frauen sind?«

Rosemary, die in den letzten Monaten schließlich über kaum etwas anderes nachgedacht hat, kann nur zustimmen. »Und außerdem«, fährt die andere fort, »wie heutzutage praktisch jedes Mädchen, dem du begegnest, lesbisch ist? Sie strömen aus ihren Schlupflöchern hervor, diese kleinen Lesbenmädchen. Und sie kommen sich so gut vor. Du solltest annehmen, daß sie es erfunden haben. Wir *Eulen* sollten zusammenhalten, wenn du mich fragst.«

»Wir *Eulen*?« Oder sollte es Eulinnen heißen, fragt sich Rosemary, aber wen könnte das in dieser Hitze wohl interessieren?

»Erfahrene unbeirrbare Lesbierinnen e.V. Wir treffen uns jeden zweiten Donnerstag im Monat im Frauengesundheitszentrum.«

Aus einer mittleren Entfernung tönen Rufe zu ihnen herüber. Die Erscheinung in Weiß hat ihren Schläger auf den Boden geworfen und geht mit den Händen auf den Hüften davon. Mehrere Mädchen pfeifen und winken Rosemary zu, von der offensichtlich etwas erwartet wird.

»Du bist dran. Zeig's ihnen.« Und das tut sie.

Sie haben alle in der Kneipe stundenlang Rosemarys Lauf um alle vier Male gefeiert, der das Spiel entschieden hat, aber jetzt ist die letzte der siegreichen *Tops* gegangen, und nur Rosemary und ihre neue, erfahrene, unbeirrbare Freundin bleiben zurück.

»Ich kann euch gut verstehen«, sagt aus heiterem Himmel ein Typ vom anderen Ende der Bar. »Männer sind furchtbar. Sie sind engstirnige, herzlose Scheißkerle, unfähig, ihre

Gefühle auszudrücken. Ich mag sie auch nicht. Ich glaube, ich kann wahrheitsgemäß sagen, daß alle meine besten Freunde Frauen sind. Frauen geben einem soviel mehr. Tja, das brauche ich euch ja nicht zu erzählen, wie?«

Wie sind sie da hineingeraten? Rosemary kann es sich nicht erklären. Sie hatten sich nicht mit ihm unterhalten, hatten nicht einmal seine Gegenwart bemerkt.

»Wenn er nicht den Mund hält«, sagt ihre Begleiterin, »knalle ich ihm eine.«

Rosemary hofft, daß es dazu nicht kommen wird, aber es sieht fast so aus, denn er fängt wieder an.

»Ich meine, ehrlich, Mädchen, wenn ich eine Frau wäre, wäre ich auch lesbisch. Keine Frage. Männer sind dumme, langweilige, rauhe und gemeine Scheißkerle. Ich bin in einer Männergruppe. Wir treffen uns einmal die Woche, und wißt ihr was, wir verbringen die meiste Zeit damit, unseren Gefühlen nachzuspüren. Kein Wunder, daß ihr lieber mit Frauen schlaft. Würde ich auch. Naja, das ist ja sowieso klar. Ich bin ja keine Schwuchtel oder sonst was.«

»Ich werde ihn bitten«, murmelt Rosemarys Freundin in ihr nervöses Ohr, »mit uns nach draußen zu kommen, und dann verpasse ich ihm eins mit meinem Baseballschläger, und dann will ich dich mit nach Hause nehmen. Ich will, daß du mich fickst.«

Rosemary ist nicht völlig überrascht. Sie hat so etwas ähnliches erwartet, sich sogar darauf gefreut. Warum sonst würde sie in einer Kneipe herumhängen, wenn sie mit einem guten Buch sicher zuhause sein könnte? *Tätowierung, Folter, Verstümmelung und Verzierung: Die Entnaturalisierung des Körpers in Kultur und Text,* herausgegeben von Macia-Lees und Patricia Sharpe, State University of New York Press, zum Beispiel. Lois hatte es Daphne geliehen, die darauf besteht, daß Rosemary es liest.

»Nun, kommst du?« will die Eule wissen, und Rosemary denkt, daß sie wahrscheinlich kommen wird, ungefähr dreimal. Nun, vielleicht zweimal, verbessert sie sich, angesichts ihrer wechseljährlichen Verfassung. Aber was ist, wenn sie völlig trocken und verschrumpelt innendrin ist? Wird sie es dann noch können?

»Was meinst du?« will die andere wissen. Und was ist mit Billie, fragt Rosemary sich, und die Antwort kommt hurtig und geschwind nach dem Motto: Was sie nicht weiß, macht sie nicht heiß, und es zählt ja gar nicht, es ist unwichtig, es ist bloß eine einmalige Angelegenheit, und außerdem *brauche* ich es. »Du könntest sogar sagen«, bricht Rosemary ihr Schweigen, »daß ich es mir, nach all der Angst, die ich in der letzten Zeit durchgestanden habe, verdient habe.«

»Heißt das ja?«

»Ja, heißt es.« Und die Frau lehnt sich vor und nimmt Rosemarys Hand. Sie hat lange, dünne Finger. Rosemary freut sich darauf, sie nutzbringend angewandt zu sehen. Dann fängt der Mann wieder an.

»Ich kann es euch wirklich nicht verdenken, überhaupt nicht«, sagt er, und Rosemary findet, nachdem sie sich endlich von ihrer Überraschung, sich in dieser Situation zu befinden, und dem Durchstehen ihrer kurzlebigen, aber ermüdenden moralischen Dilemmas erholt hat, ihre Stimme wieder und sagt ihm ruhig, daß sie seiner Zustimmung nicht bedürfen. Dazu scheint er nichts zu sagen zu haben, und das ist auch gut so. Rosemary hofft nur, daß er lange genug still bleibt und sie ihm ein paar Sachen erklären kann. Zu seinem Besten. Sie persönlich würde gerne die Baseballschlägerlösung vermeiden. Und außerdem findet sie, nachdem sie nun einmal angefangen habe, könne sie auch gerade so gut fortfahren.

»Es ist nicht Abscheu vor Männern, die Frauen dazu bringt, Frauen zu lieben. Frauen lieben Frauen um ihrer selbst willen. Weil sie es wollen. Nicht weil sie auf irgend etwas reagieren, das Männer tun. Er tut mir leid, Ihnen sagen zu müssen, daß Männer absolut gar nichts damit zu tun haben. Lesben sind Lesben, weil es sie nach Frauen verlangt. Und darüber hinaus verschwindet dieses Verlangen nicht, nur weil sie Sex mit Männern haben. Kurzum, eine Lesbe ist eine Lesbe und bleibt eine Lesbe.«

»Ja. Cool. Kapiere ich. Kann ich kapieren. Aber hört mal, ihr wißt doch, daß ich auf eurer Seite bin, Ladies. Aber es gibt etwas, was ich schon immer wissen wollte. Wie macht ihr es? Los doch, ihr könnt mir vertrauen. Was treibt ihr?«

Rosemary merkt, wie sie deutlich auf die Schlägerlösung umschwenkt, aber offenbar hat ihre Begleiterin entschieden, daß das eine Zeitverschwendung ist, und außerdem macht sie sich Sorgen wegen der Babysitterin. Und so gehen sie. Die Stimme des Unverbesserlichen tönt ihnen hinterher, aber niemand hört zu.

Auf dem Parkplatz beginnen die zwei Frauen zu lachen. Ein Lachanfall überkommt sie. Sie sind hilflos dagegen. Es ergreift und schüttelt sie zutiefst und unkontrollierbar, während sie aneinanderhängen und sich küssen, und dann wird es ernst, oder so ernst jedenfalls, wie diese Dinge zu sein pflegen. Rosemary schiebt die andere Frau behutsam gegen eine Wand. Sie macht ihre Jeans auf und zieht sie ihr zu den Knöcheln hinunter. Als sie die Beine der Frau sanft auseinanderzieht, bemerkt sie die Schuhe, glänzende, weiche, braune Schuhe, die leicht abgetragen, leicht altmodisch sind, wahrscheinlich aus einem Second-hand-Laden, das ist recht wahrscheinlich, wo sie doch eine alleinstehende Mutter ist. Auf der Landstraße donnern Lastwagen vorbei. Es beginnt zu regnen. Drei Jungen, hat sie wohl gesagt. Scheiße. Drei. Jungen. Wie dem auch sei, sie will diese dreifache Mutter so sehr, wie sie selten eine Frau in ihrem Leben gewollt hat. Sie wünscht sich nur, sie könnte sich an ihren Namen erinnern. In der ganzen Aufregung über ihren Spielgewinn hatte sie ihn gleich wieder vergessen. Natürlich hat sie viele Gelegenheiten gehabt, wie zum Beispiel: »Was möchtest du trinken, äh ..., tut mir leid, ich habe wirklich ein schreckliches Namensgedächtnis«, als sie in der Kneipe die Drinks geholt hat, oder: »Wo wohnst du, äh ..., tut mir leid, ich habe deinen Namen vergessen, sowas Blödes«, aber jetzt wäre es wohl unhöflich, sich danach zu erkundigen, während sie die Finger in sie gleiten läßt.

»Heb dein Hemd hoch, heb es hoch«, weist sie an. Sie will diese Titten sehen, die so viele Kinder genährt haben. Ihre Hände finden sie. Nippelringe. Sie läßt ihre Finger an der feinen Kette entlanggleiten, die sie verbinden. Deborah. Das ist es, bestimmt. Sie ist überrascht, daß es ihr so schwerfiel, sich an den Namen zu erinnern, denn es war der Name der Schulsprecherin in ihrem letzten Schuljahr, die einmal auf einem dieser Wanderausflüge, auf die die Schule so viel Wert legte, Rosemary eingeladen hatte, sich ihren Schlafsack mit ihr zu teilen, denn es konnte im Busch nachts kalt werden, und Rosemary hatte es bereitwillig getan, obwohl natürlich nichts passiert war, denn in der Schule passierte kaum je etwas, ganz anders als jetzt, als Deborah, Debbie, Deb an Rosemary hängt und ermutigend stöhnt. Offensichtlich benötigt diese Szene mehr Aufmerksamkeit und kann nicht hier erledigt werden.

»Zu dir oder zu mir, Debbie?« fragt Rosemary; nachdem sie gestern abend endlich das Buch, das sie vor Ewigkeiten gekauft hatte, zu Ende gelesen hat, ist sie offensichtlich kühner geworden, dem Beispiel folgend, das Blaize mit dieser Frau mit den Ray Bans und der mächtigen Autostereoanlage gesetzt hatte.

»Zu mir.«

»Sag ›Bitte‹, Deborah«, sagt Rosemary alias Blaize, als das Gespenst der Schulsprecherin seinen Kopf wieder hebt. Sie kann kaum glauben, daß sie sich so verhält, und dann auch noch in strömendem Regen, aber es ist einmal nett zur Abwechslung, und es funktioniert, das merkt sie an der Art, wie Debbie an ihr hängt und »Bitte« flüstert und dann: »Ich werde gut sein. Komm mit mir nach Hause, und ich zeige es dir.«

»Zeig es mir hier.« Rosemary dreht hart an einem Nippelring und dann härter. Debbie zerrt an dem Gummibund von Rosemarys weißen Leinenshorts. Rosemary findet diese Shorts töricht. Sie hatte es sich schon gedacht, daß sie es bedauern würde, sie anzuhaben, aber sie waren das einzige Kleidungsstück in ihrem Besitz, das als sportlich beschrieben werden konnte. Mittlerweile hat Deborah die Shorts fest im Griff, und Rosemary hat diese kurze Vision von einem kleinen Mädchen, dem von seiner Mutter aus den Kleidern geholfen wird und das in einem dampfenden Badezimmer erst auf einem, dann auf dem anderen Bein steht. Das scheint nicht sehr angemessen. Sollte sie nicht schwarzes Leder, Ketten, Gürtel, Peitschen und möglicherweise eine spitze Lederkappe tragen? Sicherlich war die Baseballkappe mit den Worten: *Ich kann nicht einmal normal denken*, die ihr jemand aufgesetzt hatte, als sie den Sieg entschieden hatte, in diesen oder auch anderen Umständen ein bißchen albern? Rosemary sagt sich, daß es idiotisch ist, sich in einem Augenblick wie diesem darüber Sorgen zu machen, was sie anhat.

»Wir müssen gehen«, keucht Debbie. »Ich mache mir wirklich Sorgen wegen der Babysitterin.«

»Natürlich«, sagt Rosemary höflich. Es gibt schließlich immer ein Später. Die Nacht ist noch einigermaßen jung, auch wenn sie es nicht ist.

Ich hätte mir auch Sorgen wegen der Babysitterin gemacht, denkt Rosemary, als sie sie sieht. Ganz und gar nicht die Jugendliche mit dem frischen Gesicht, die sie erwartet hatte, sondern eher eine untersetzte, zähe, fernfahrermäßige Person, die deutlich nach Zigaretten und Alkohol riecht und sich mit einem eigenartigen grunzenden Geräusch unhöflich in der engen, muffigen Diele von Debbies feuchtfleckigem Faserplattenhäuschen an ihr vorbeischiebt, die Fliegentür aufschmeißt und, indem sie ganze Schneckenbataillone zerquetscht, den Betonpfad entlangwatschelt, an dem Hortensien in durchweichten Reihen stehen. Als sie den verrosteten Holden-Kingswood-Kombi, der am Rinnstein geparkt ist, erreicht, steigt sie ein und donnert davon. Debbie tritt auf die durchhängende Veranda hinaus, die von einer trüben Glühbirne beleuchtet wird.

»Tschüß, Daddy«, sagt sie, als der Kingswood auf zwei Rädern um die Ecke saust und verschwindet. *Daddy?* »Komm herein, Darling«, murmelt Debbie, nimmt Rosemarys Hand und zieht sie sanft hinter sich her. In dieser Hand liegt ein Zittern, etwas Hilfloses und Resigniertes ihrer Besitzerin, das mit Sicherheit Rosemarys schlimmste Seite zum Vorschein bringen wird. Wer war Daddy? Aber wen kümmerte es? Hand in Hand gehen die unbekümmerten Geliebten die übelriechende Diele entlang, wo die Feuchtigkeit im Teppich sitzt, an uralten Laufschuhen vorbei, die wie der Inbegriff von Jungen riechen, und in das Wohnzimmer, wo ein sehr großer Hund, eine Rottweiler-Schäferhund-Ridgeback-Kreuzung, um mehr oder weniger genau zu sein, von einer schwarzen Kunstledercouch, auf der er geschlafen hatte, auf den Boden hinunterkracht und Rosemary wie ein Drache anstarrt, der darauf wartet, erschlagen zu werden. Und nun, endlich, das Schlafzimmer, und es ist entgegen dem Rest des Hauses – Rosemary war nicht in der Küche oder im Bad und wird auch nicht hingehen, wenn es sich vermeiden läßt, denn sie kann sich mit Sicherheit vorstellen, wie es *dort* aussehen muß – sauber, ordentlich, weiß gestrichen und enthält nichts als ein Einzelbett und eine Kommode, auf der diverse Requisiten ausgelegt sind: Arschstöpsel, Zahnschutz, Handschellen und ähnliches plus einem wirklich sagenhaft aussehenden Dildo zum Anbinden, dessen Gurte liebevoll aus rosafarbenem und schwarzem Leder gearbeitet sind. *Made in England,* heißt es. Wahnsinn! Was für eine teure Spielzeugsammlung. Offensichtlich nimmt Deb Debbie Deborah, denn sie hat keiner Vorliebe Ausdruck verliehen, ihr Sexleben ernst. Und so viele Lampen. Rosemary sucht vergeblich nach einem Lichtschalter. Debbie tritt von hinten an sie heran, umgreift ihre Taille mit den Armen, schiebt die Hände unter Rosemarys T-Shirt, nimmt jeweils eine Brust in die Hand und drückt sanft.

»Mach das Licht nicht aus. Ich sehe gerne etwas. Ich will sehen, was du mit mir machen wirst.« Natürlich wäre Rosemary entsetzt, wenn sie diesen Dialog in einem Buch lesen würde, aber hier und jetzt ist sie es nicht. Deborah ist offensichtlich scharf darauf, weiterzukommen. Sie gibt liebenswürdige Geräusche von sich und bindet Rosemary den Dildo um, nimmt dann etwas, was Rosemary fälschlicherweise als After Eight ansieht, zerrt mit den Zähnen die Verpackung ab und begibt sich daran, das Kondom über Rosemarys eregiertes Dingsbums zu streifen, denn es ist ja nicht direkt eine Erektion, nicht wahr, und auch kein Schwanz, Pimmel oder Ständer, aber in jedem Falle wirft es, Rosemary kommt nicht umhin, das festzustellen, einen mächtigen Schatten. In diesem Fall wirft es ihn auf die Wände, die Decke und das ordentliche, weiße Bett, als Rosemary es anschnipst und die Hüften bewegt, so daß es hinauf und hinunter und hierhin und dorthin und hierum und darum zeigt, bis Deb sie anfleht, stillzustehen, so daß sie ihr Werk vollenden kann. Deb sieht so bescheiden aus, so sehr, sehr ergeben und süß, wie sie vor ihr kniet, und Rosemary hätte dieses rührende Bild gerne ein bißchen länger in Szene gesetzt, aber Deb geht zum Bett, wo sie sich auf allen Vieren niederläßt und ihren Arsch ausstreckt, denn Rosemary glaubt nicht, daß die Wörter Po oder Hintern oder Gesäß der Situation angemessen sind. Sie zögert, da sie zeitweilig verdattert darüber ist, wie sehr die Sprache sexuellen Verlangens männlich besetzt ist.

»Willst du denn nicht?« säuselt Deb, dreht sich besorgt auf den Rücken und streckt die Arme aus. »Komm her. Laß mich nicht warten, Daddy, komm her und zeig deinem Baby, was du willst.« Das sollte sie wahrscheinlich tun, aber Rosemary hat keine Lust auf dieses Daddy-Zeugs. Und nichts von alledem hier war doch real? Nicht real jedenfalls, wie Fernsehnachrichten real waren, oder vielleicht doch so real wie diese. Aber nicht so real, wie die Geliebte zu verlieren oder den Job, die Brieftasche oder die Zähne. Nicht real, nein, nur eine Szene. »Zeig's mir«, beharrt Debbie, und das tut Rosemary, während der Vollmond über dem Fenster aufgeht. Und Daddy ist zurück, sitzt auf der ekligen Couch, die Füße in ein Paar alte Filzpantofffeln gesteckt, teilt sich ein Bier und ein Paket Chips mit dem Hund, während sie sich die ganze Sache auf einer Art Sofortvideoaufnahmegerät ansehen, das Daddy für sich aufgebaut hat. Auf ihre Art ist Daddy selbst so etwas wie ein kleines Genie.

Deb, Debbie, Deborah schläft jetzt. Rosemary hat nicht geschlafen, sondern eine Weile still gelegen und an dieses und jenes gedacht, und jetzt steht sie auf und zieht sich an.

Sie geht ins Wohnzimmer, wo Daddy durch drei Jungen im Teenageralter ersetzt worden ist, der größte von ihnen schluchzt in einer Ecke, während seine Brüder ein Videospiel spielen. Rosemary hat diese Jungen vorher nicht gesehen, gemäß der Regel, die männliche Hunde und Jungen über zwölf vom gestrigen Spiel ausschließt. Der weinende Junge sitzt zusammengesackt an einem Tisch und hat den Kopf in den Armen vergraben. Im Nacken, wo das rasierte Haar anfängt, ist eine Tätowierung in Form einer Zielscheibe. Er trägt ein verblichenes, kariertes Hemd, zerrissene, schwarze Jeans. Seine Füße, in riesigen und schmutzigen Schuhen versunken, klopfen auf den Boden. Warum er weint, würde Rosemary gerne wissen. Sie ist sich bewußt, daß ihre Neugierde einen anthropologischen Gesichtspunkt hat. Sie fragt sich, ob sie dem einen oder allen Hallo sagen sollte oder nicht, aber sie scheinen ihre Gegenwart nicht wahrzunehmen. Es hat sowieso nicht viel Zweck, sich hier einzulassen, denn sie weiß, ohne darüber nachgedacht zu haben, daß sie Debbie nicht wiedersehen wird, höchstens vielleicht auf der Straße, wo sie sich womöglich über den Weg laufen und kurz stehenbleiben, um sich nach der Gesundheit der anderen zu erkundigen, da es nicht viel anderes gibt, das sie gemeinsam haben.

Angegriffen von den Ereignissen der Nacht schleicht Rosemary in die Morgendämmerung und findet eine Welt vor, die vom Regen schwer und trübe geworden ist. Während sie nach Hause läuft, denkt sie an die abwesende Billie. Sie pflückt Geißblattzweige, die wild in einer Hecke wachsen, und hält sie sich an die Nase. Sie weiß nicht, was mit Billie geschehen wird. An diesem Morgen findet sie sich mit der Erkenntnis ab, daß es nichts gab, was sie tun konnte, um das zu ändern. Sie würde einfach akzeptieren müssen, was Billie entschied. Sie ist überrascht, wie ruhig, beinahe kalt, sie dabei empfindet. Verärgerung scheint Zuneigung abgelöst zu haben. Billie hätte sie wenigstens wissen lassen können, daß sie sicher angekommen war. Hatte sie das nicht an dem Morgen nach der Party gesagt, während ein verrückter Maori sein Bestes getan hatte, die Telefonzelle auseinanderzunehmen?

Irgendwie geht es Rosemary nicht durch den Kopf, daß es Billie nicht gut gehen könnte, als sie noch mehr Geißblattzweige pflückt, um sie in einen Krug auf den Küchentisch zu stellen. Der Himmel wird rasch heller. Der Tag scheint jetzt weniger grell. Regentropfen verwandeln sich auf jedem Blatt und Zweig in Silber. Der Mond steht immer noch dort oben, obwohl er zügig schwindet, als Rosemary in ihre Straße einbiegt.

Billie öffnet die Augen und sieht ein Fenster auf der gegenüberliegenden Seite des Zimmers, und durch die Fensterscheibe sieht sie denselben schwindenden … schwindenden …

»Mond.« Das einfache Wort purzelt steif aus Billies Mund. Es tänzelt im Dunklen zwischen der Sprecherin und der Frau umher, die in einem Rollstuhl in der Ecke des Zimmers schläft. »Mond« stößt sanft an das Ohr der Schlafenden und weckt sie auf.

»Billie«, schreit Lorraine. »Oh Scheiße, Kleine, du hast uns vielleicht einen Schrecken eingejagt.«

»Also, was ist passiert?« will Billie wissen, nachdem die Ärzte und Krankenschwestern gegangen sind.

»Du bist von einer Welle geflogen und verschwunden. Das haben die Mädchen erzählt. Marsha hat dich vom Meeresboden gezerrt, und sie haben es geschafft, dich an den Strand zu bekommen. Sie haben meterweise Tang aus deinem Mund gezogen.«

»Igitt.«

»Sowie winzige Einsiedlerkrebse und zerbrochene Venusmuschelschalen.«

»Ach Quatsch!«

»Wirklich. Aber es ist ihnen nicht gelungen, dich wieder aufzuwecken. Sie haben es beide mit Mund-zu-Mund-Beatmung versucht.«

Billie weiß, daß sie dankbar sein sollte, aber in Wirklichkeit ist es ihr peinlich, und ihr ist ein bißchen schlecht. Sie möchte ins Badezimmer gehen.

»Ich muß aufstehen.«

»Ich helfe dir.« Billie besteht darauf, daß sie es alleine kann, und so ist es auch.

Im Badezimmer und auf wackeligen Beinen greift sie die Kante des Handwaschbeckens und untersucht ihr graues Gesicht und strähniges Haar im Spiegel, der darüber an der Wand angebracht ist.

Irgend etwas fehlt. Irgend etwas ist nicht da, was da sein sollte. Aber was? Billie findet es heraus, nachdem der Arzt ihr gesagt hat, daß sie nach Hause gehen kann, und sie zu Lorraines Haus zurückfahren.

»Hier. Du mußt doch darauf brennen, deine Frau anzurufen. Ich hätte sie ja angerufen, um ihr Bescheid zu geben, aber allein der Name Rosemary brachte mich nicht weit.«

Billie nimmt den Telefonhörer in die Hand und starrt ihn an.

»Wenn sie so wichtig für mich wäre … ich meine, wenn ich sie wirklich liebte, wie konnte ich sie dann vergessen?«

Lorraine dreht sich eine Zigarette und nimmt sich Zeit, die Frage zu bedenken. Wenigstens hat Billie nicht vergessen, daß sie eine Lesbe ist, wofür sie dankbar sein sollten. Sie zündet ihre sorgfältig gedrehte Zigarette an und reicht den Tabaksbeutel an Billie weiter, die sich nicht erinnern kann, ob sie raucht oder nicht, und so beschließt sie, es zu versuchen. Es sieht nach einem angenehmen Zeitvertreib aus.

»Als ich neulich im Supermarkt war«, sagt Lorraine, »fragte die alte Lady vor mir nach einer Packung Kippen, und das Mädchen an der Kasse gab ihr ein Päckchen mit der

Schwangerschaftswarnung, du weißt schon: *Rauchen schadet Ihrem ungeborenem Kind* oder so. Jedenfalls hat sie das Päckchen zurückgeworfen und gesagt, diese Sorte wolle sie nicht. Sie wolle die Sorte, die einem nur Lungenkrebs gibt, so wie früher. Das arme Mädchen mußte die ganzen Päckchen durchsehen, um eines mit der richtigen Warnung zu finden, und die Schlange wurde länger und länger.« Lorraine lacht. Billie nicht. »Tja, nun. Du findest es nicht lustig. Es war aber lustig. Muß daran liegen, wie ich es erzählt habe.«

»Aber du hast meine Frage nicht beantwortet«, merkt Billie an.

»Nein, habe ich nicht, wie? Könnte sein, weil ich die Antwort nicht weiß.«

»Ja, gut, aber dennoch, was glaubst du?«

»Du weißt doch, wie es ist, wenn du auseinandergehst ... Sie verschwindet aus deinem Leben, und bei allen guten Vorsätzen: sie könnte genauso gut tot sein, findest du nicht? Ich finde schon. Es ist verrückt. Als hättest du einen Friedhof an den Außenrändern deines Hirns. Vielleicht wurde deine Rosemary aus Versehen dorthin gespült, als du etwas auf den Kopf bekamst oder was sonst passiert ist. Ich meine«, sagt Lorraine, »wie Boy George sagt: ›In einer Minute kannst du deine Zunge in jemandes Arsch stecken haben, und in der nächsten kannst du nicht einmal mehr miteinander kommunizieren.‹ »

»Ich glaube nicht, daß wir das je gemacht haben.«

»Woher willst du das wissen? Du kannst dich doch nicht erinnern.«

Vier gebrechliche Schwule trippeln aus Bungalow Nummer 6 hervor und gehen zum Schwimmbecken. Dankbar für die Ablenkung fragt Billie, was mit dem kranken Jungen in Nummer 4 passiert ist. Sie hat ihn nicht gesehen.

»Er wurde zu krank, als daß wir uns hätten um ihn kümmern können, deshalb haben sie ihn ins örtliche Krankenhaus gebracht, und er ... nun, du weißt schon«, erzählt Lorraine ihr. »Als er tot war, kamen seine Eltern aus Queensland und nahmen seine Leiche mit, um ihn dort zu beerdigen. Es gab eine furchtbare Szene auf der Station. Der Mann, mit dem er – ich weiß nicht, wie lange, aber lange jedenfalls – zusammengelebt hat, tauchte auch auf und wollte ihn. Die Mum war bereit, vernünftig miteinander zu reden, aber der Dad war abscheulich. Der Geliebte hat ihm über die Leiche hinweg einen Schlag versetzt und ein paar Zähne gelockert. Von dem Dad, meine ich, nicht von der Leiche. Jedenfalls hat das Krankenhaus dann die Bullen geholt, und das war's dann. Der arme Kerl ist in einem Stückchen Sonnenscheinstaat vergraben, und sein Partner ist auf Kaution wegen Körperverletzung. Er ist auch HIV-positiv. Eigentlich ein netter Kerl, du würdest ihn mögen. Vielleicht solltest du dich einmal mit ihm treffen, wenn du nach Sydney zurückkommst.«

»Sicher«, sagt Billie, aber sie ist sich nicht sicher, denn Billie kann nicht gut mit Aids umgehen. Jeder, den sie kennt, hatte irgendwie mit jemandem mit Aids zu tun, und wenn es nicht in ihrem Freundes- oder Familien- oder Bekanntenkreis auftauchte, gingen sie auf die Suche danach, arbeiteten freiwillig für Aids-Organisationen, gingen für Sterbende einkaufen und ließen sich deren Wutanfälle gefallen. Aber Billie will nichts mit Sterbenden zu tun haben, und sie will auch nicht darüber nachdenken. Sie erinnert sich an ihre Gefühle, als sie sich die Steppdecke zum Gedenken an Aidstote angeschaut hatte. Sie war feierlich entfaltet worden. Viele tausend Leben bedeckten den Boden eines riesigen Sportstadions, ein jedes auf ein Viereck aus glänzendem Stoff reduziert. Zu ihren Füßen lag Wayne, 1958-1991, sehr vermißt, sehr geliebt, und hier war sein ganzes Leben: reduziert auf ein Viereck aus glänzendem, rosafarbenem Stoff, auf das zwei schwarze Lederteddybären gestickt waren, die durch ein Stückchen Kette miteinander verbunden waren. Sollte Billie jemals ein Testament aufsetzen, mußte sie daran denken, ausdrücklich festzulegen, daß aus ihr unter keinen Umständen eine Steppdecke gemacht würde.

Billie macht sich Sorgen, daß ein solcher Standpunkt in einer Ferienanlage für Schwule und Sterbende fehl am Platze sein mochte, und behält ihn für sich. Lorraine strahlt die Männer an, die unter ihr im Becken herumtoben. »Salzwasser«, sagt sie, »ist gut für ihre Hautgeschwülste.«

Das holländische Mädchen, die Kusine des Jungen, mit dem Billie sich auf ihrem Schüleraustausch in Holland angefreundet hatte, ist in Australien. Sie ist in Cairns und möchte, daß Billie sich mit ihr trifft. Sie hat ihr eine Postkarte mit Korallen und leuchtend bunten Fischen geschickt, die hin und her springen, wenn die Karte aus verschiedenen Winkeln betrachtet wird.

»Dirk läßt schön grüßen. Und nachdem ich soviel von dir gehört habe, freue ich mich darauf, dich kennenzulernen.

Gruß, Ulli.«

Ulli hat außerdem den Namen und die Telefonnummer der Jugendherberge aufgeschrieben, in der sie übernachtet.

Billie findet diese Karte auf dem Frühstückstablett, das Lorraine ihr am Morgen gebracht hat, gegen ein Glas Mangosaft gelehnt. Die Karte war letzte Woche gekommen, aber Lorraine hatte bis jetzt vergessen, sie ihr zu geben. Billie erinnert sich daran, wer Ulli ist, was sie erstaunlich findet, wenn sie bedenkt, daß sie sich immer noch nicht an die Frau erinnern kann, die, und darauf besteht jeder, ihre Geliebte ist. Die Frage scheint zu sein, ob sie versuchen soll, diese Rosemary zu finden oder nicht? Sie vermißt sie zwar nicht, aber es ist anzunehmen, daß die Frau, wer sie auch und wo sie auch ist, sie vermißt, sie macht sich womöglich Sorgen, was ihr passiert war. In diesem Fall müßte Billie sie ausfindig machen. Wenn die Frau sehr besorgt war, würde sie vielleicht sogar die Polizei rufen, und Billie würde für vermißt erklärt. Andererseits könnte sie Billie einfach als aussichtslos abschreiben. Es hat etwas Bezwingendes, verlorenzugehen, findet Billie. Ein sehr freier Zustand. Wer weiß, was für eine Beziehung sie mit dieser Frau gehabt hatte? Wenn sie gut war, sollte sie sicherlich versuchen, sie wiederzufinden. Wenn sie schlecht war, könnte sie sicherlich von Glück sagen, davon los zu sein. Sie starrt die Postkarte in ihrer Hand an. Die Fische bewegen sich. Sie hat Kopfschmerzen. Und sie hat nicht die Absicht, nach Cairns zu fahren. Während sie wie Hamlet mit sich ficht, fährt der alte, blaue Valiant die Auffahrt herauf, und Marsha steigt aus. Sie hält einen Blumenstrauß umklammert, der in gemasertes Zellophan eingewickelt ist. Ihr sportlicher, sarongbekleideter Körper schimmert in der Hitze, als sie auf Billie zugeht. Billie erwartet nervös ihr Herankommen. Sie schuldet dieser Person ihr Leben. Sie steht auf. Marsha hält ihr die Blumen entgegen. Billie nimmt sie, und die beiden Frauen umarmen sich.

»Also, die kleine Billie verläßt uns«, sagt Lorraine. »Wir machen eine Abschiedsparty, ja?«

Lorraine fragt nicht, wohin Billie geht, denn sie vermutet, daß sie es selbst noch nicht weiß.

Die hier Versammelten befürworten offenbar die Idee einer Party. Das sind natürlich Billie, Marsha, Carmen und auch Melissa, die Aufseherin des Nationalpark- und Wilddienstes, die in letzter Zeit immer wieder vorbeischaut, um Lorraine zu besuchen, die diesmal richtig auf cool macht. Napoleon, der Krankenpfleger, ist mit einem anderen Patienten zurück, und Napoleons ältere Schwester Aviva ist mit ihrem Teenagersohn Ben zu Besuch. Bens Anwesenheit verändert die Dinge hier ein wenig.

»Eine Party?« wiederholt er, als hätte er so etwas noch nie gehört. Hat er natürlich, aber wo er wohnt – in der Lamrock Avenue in Bondi Beach –, wäre es verrückt, eine Party zu geben, denn folgendes würde passieren: Er würde seine Freunde einladen, was prima wäre, aber dann würden mit Sicherheit durch die Mädchen auch die Surfer davon erfahren, und ziemlich bald würde jeder Jugendliche im Stadtteil davon Wind bekommen, und Hunderte von ihnen würden die Party stürmen und das Haus auseinandernehmen, und dann würde die Polizei kommen, und dann, nach all dem, würde jeder wissen, wo er wohnte und was er hatte, und sie würden zurückkommen und ihn ausrauben.

»Kann ich ein paar Mädchen einladen?« Ben kennt hier noch keine Mädchen, aber das hält er nicht für ein Problem.

»Natürlich kannst du das. Je mehr Mädchen, desto besser«, lacht Lorraine und sieht vergnügt den qualvollen Blick, den ihr das von Melissa einbringt. Am liebsten würde sie sofort über sie herfallen, aber sie kann warten.

»Bist du maskulin oder feminin?« fragt Lorraine Billie später, als sie das Abendessen vorbereiten. Billie ist ein bißchen überrascht über die Frage. Es gibt heutzutage erheblichen Widerstand gegen Gespräche dieser Art, wie sie betont.

»Ich weiß«, sagt Lorraine, »aber ich lege meine Karten offen auf den Tisch. Jahrelang habe ich die Choreografie eingehalten und nicht meinen Tanz getanzt, aber jetzt ist es mir egal, was andere denken. Das Leben ist zu kurz. Wenn du weißt, was du willst, brauchst du nicht wie die Muschi um den heißen Brei zu schleichen, wenn du den Ausdruck verzeihst. Hast du die Spieße eingeweicht?« will sie wissen, als Billie beginnt, das Hühnerfleisch, das sie in Sataysauce mariniert hat, für den Grill aufzuspießen.

»Ja«, sagt Billie und wünscht, Lorraine würde aufhören, sie herumzukommandieren. Sie tut so, als wüßte sie als einzige, wie die Dinge gemacht werden.

»Nimm zum Beispiel den jungen Ben da drüben«, schlägt Lorraine vor. »Der weiß, was er will. Er will sein Leben nicht damit verbringen, sich stundenlang Gedanken zu machen, ob er unten oder oben liegen will, nicht wahr, Darling?« Ben hat keine Ahnung, wovon sie spricht, aber lächelt, winkt fröhlich und bestückt den Grill.

»Ich liebe dich«, beschwert sich Marsha, als sie mit Billie am Strand sitzt. Es ist ungefähr Viertel nach acht, ein heller, orangener Mond hebt sich spektakulär aus dem Meer.

»*Ooh, ooh, I gotta crush on you*«, singt Billie leise vor sich hin. Diverse Mondsüchtige, Göttinnenanbeterinnen, Retro-Hippies, wilde Waldbewohner und andere jugendliche Stämme überfallen heulend den Strand und beginnen zu trommeln.

»Aber du kennst mich doch überhaupt nicht«, ruft Billie, und ihr Lachen übertönt das Getöse, aber sie weiß natürlich, daß es nichts damit zu tun hat, ob sie sich kennen. Sie sollte Marsha dankbar sein, daß sie ihr das Leben gerettet hat, und natürlich ist sie das auch, aber wie weit mußte ihre Dankbarkeit gehen?

Marsha schnieft vor sich hin. Billie kann die dicken Tränen, die Marshas Gesicht herunterrollen, mehr spüren als sehen. Was soll sie tun? Aufstehen und weggehen? Nun, das könnte sie, aber sie tut es nicht. Es gibt keinen Ort, an den sie gehen könnte, und am Sonntag fährt sie sowieso, also versucht sie Worte zu finden, die es besser machen. »Ich bin zur Zeit nicht in der Verfassung für eine Beziehung.«

»Ich will keine Beziehung. Ich will nur einen Fick.« Wenn das nur wahr wäre, denkt Billie, die so etwas schon öfters gehört hat. »Was ist da nun falsch dran?« will Marsha wissen.

»Nichts. Außer, daß ich mit einer anderen zusammen bin.«

»Aber du kannst dich doch nicht einmal daran erinnern, wer sie ist«, jammert Marsha, »wie wichtig kann sie dir schon sein?«

»Weiß ich nicht. Aber bevor ich es herausfinde, will ich keine andere Geschichte in meinem Leben. Das kann ich nicht gebrauchen.« Billie kaut störrisch an den Fingernägeln und starrt den Mond an, der den Himmel hinaufhuscht. Neben ihr schluchzt und seufzt Marsha und läßt Sand durch ihre Finger rinnen. Billie hat genug davon. Sie will sich auf ihr Motorrad setzen und davonfahren. Sie will mit ihrem Leben weiterkommen. Sie will ihr Studium beenden. Sie will nicht den Rest ihres Lebens damit verbringen, am Strand zu sitzen oder im Loser-Backstabber-Café, Darlinghurst, zu kellnern. Nein. Sie will ein paar Millionen machen und sich dann mit Vierzig zur Ruhe setzen. Ein paar dieser Millionen hebt sie vielleicht dafür auf, an der Goldküste eine Frauenuniversität zu gründen, an der es womöglich ein Orchideenfach, genannt Männerstudien, gäbe. Ach ja, und außerdem möchte sie singen.

»Ich fahre nächste Woche«, unterbricht Marsha sie. »Mein Urlaub ist zu Ende.« Da fällt Billie ein, daß Marsha Hauptmann in der australischen Armee ist. Wie das wohl ist? Sie würde sie gerne danach fragen, aber sie möchte keine weitere Unterhaltung mit Marsha riskieren. Billie springt auf und geht ans Wasser. Seit dem Unfall ist sie noch nicht im Meer gewesen. Der Mond legt einen silbernen Pfad auf dem ruhigen Ozean aus. Billie zieht sich aus und beginnt zu schwimmen. Sie schwimmt so weit und so schnell, wie sie kann, bevor sie ruhiger wird, kehrtmacht und in einem vernünftigeren Tempo zurückschwimmt. Als sie an den Strand zurückkommt, ist Marsha fort und mit ihr ihre Kleider. Kindisch, denkt Billie, so etwas bringen sie ihr wahrscheinlich in der Armee bei.

»Erbärmliches Mädchen«, krächzt ein kleines Naturkind mit verfilztem Haar und einem niedlichen, kleinen Knochen durch die Nase. Billie hat von diesen Waldbewohnern gehört, aber bis jetzt noch nie einen gesehen. »Erbärmlich«, wiederholt das wilde Kind und rutscht seitwärts die Düne hinauf, wobei ihr lachender Mund milchiggrüne Zähne freilegt, und die nackte, fröstelnde Billie, der ein schwacher Bodenwind die Knöchel mit Sand pfeffert, kann nur zustimmen, daß erbärmlich in der Tat ein angemessenes Wort ist. Mit einem schrillen Schrei verschwindet das Kind über die Düne, und ein flacher, schwarzer Schatten fällt auf Billie, als Marsha herankommt und ihr ihre Kleider entgegenhält.

»Das war ja wohl idiotisch«, sagt sie schroff und läßt sie vor Billies Füße fallen, bevor sie sich umdreht und wegmarschiert. Der Strand ist öde, dunkel, verlassen, als das kleine Naturkind wieder oben auf der Düne auftaucht, Haltung annimmt und auf einem Eukalyptusblatt laut und unverschämt den Zapfenstreich bläst. Marsha bleibt stehen, dreht sich um und schreit:

»Ich krieg dich noch, du kleines Miststück. Ich weiß Bescheid über euch Scheißkerle! Ihr lebt wie Meuten von dreckigen Tieren von der Sozialhilfe, brütet wie die Kaninchen auf Kosten der Steuerzahler, kettet euch an Bäume, um anständige Leute davon abzuhalten, ihren Lebensunterhalt auf die einzige Art und Weise zu verdienen, die sie kennen«, aber sie verschwendet ihren Atem, denn das Kind ist verschwunden, und die wütenden Worte strömen beiseite und werden von der Weite des Strandes verschluckt.

Die Venusmuscheln, die sie bei Ebbe aus dem Sand gegraben haben, wässern in einem Eimer Wasser und geben Sand von sich. Lorraine wird zu Billies Abschiedsfest Spaghetti alla Vongole, ihre Spezialität, kochen. Die Party wird großartig werden, ein Riesenspaß. Ben hat einen Haufen Mädchen eingeladen, die er gestern an einer Bushaltestelle kennengelernt hat, und sie sollen auch ihre Freundinnen mitbringen. Natürlich kommt Melissa. Zum Glück besucht Terry, ihr Mann, seine Mutter, um ein paar Reparaturen an seinem Elternhaus auszuführen. Er meint, da er und Melissa es eines Tages erben würden, lohne es sich, es in einem guten Zustand zu erhalten. Es ist ein wunderschönes Haus, die reinste Verschwendung für eine alte Frau, auch wenn sie seine Mutter ist. Eines Tages würden er und Melissa dort einziehen und es mit Kindern füllen, davon träumt er jedenfalls, während er Dachrinnen repariert und Risse verputzt.

Sie können nicht sicher sein, was die Naturkinder angeht, aber da sich die Party herumgesprochen hat, tauchen sie vielleicht auch auf. Und dann sind da natürlich die Gäste, auch sie sind voller Vorfreude. Als Billie um drei Uhr nachmittags ihr Motorrad holt und losfährt, sind die Vorbereitungen in vollem Gange. Sie fährt die Küste hinauf, und sie fährt schnell. Es fühlt sich gut an, und ihr geht es gleich besser. Sie sucht nach einer Stelle, an der sie einmal mit ihrer Mutter war, einer einsamen Felsnase, die ins Meer abbricht. Dort hatten sie kurz vor der Dunkelheit beobachtet, wie eine

Kolonie Seelöwen hereinsurfte und sich für die Nacht niederließ. Alle sagten, daß es an dieser Küste keine Seelöwen gab, aber sie konnten sagen, was sie wollten. Sie hatte sie gesehen.

Billie findet die Abzweigung von der Landstraße und folgt einer tief zerfurchten, unbefestigten Straße zu einem Tor, das auf eine Kuhweide führt. Sie öffnet das Tor und schließt es sorgfältig hinter sich, denn sie weiß, was sich gehört. Sie fährt langsam über das abgefressene Gras und um runde Inseln dieser verfluchten Lantana. Die Kühe suchen am anderen Ende der Koppel Zuflucht und beobachten ihre Weiterfahrt mit einem ernsten, kollektiven Stieren. Sie sehen aus, als ob sie gleich in Tränen ausbrechen wollten. Die Fahrt endet oben auf einer Klippe. Billie steigt von ihrem Motorrad, geht an den Rand und schaut hinunter. Die grauen Felsen sind noch da. Die langen, gleichmäßigen Wellen rollen sanft herein und waschen über die Felsen. Keine vollkommen glatten und runden Köpfe dümpeln draußen herum; statt dessen steht am Wasser, und das ist erstaunlich angesichts der zerklüfteten Abgeschiedenheit dieses Ortes, eine Statue der Jungfrau Maria, die ihre Arme in der weltumspannenden Geste des Segnens und der Umarmung erhoben hat. Zwischen den emporgestreckten Händen wölbt sich ein Regenbogen von Handfläche zu Handfläche.

Billie klettert die Klippe hinunter, Geröll löst sich unter ihren Füßen, und als sie fast unten angekommen ist, verliert sie das Gleichgewicht und fällt, rutscht den Rest der Strecke hinunter und landet vor einer gehauenen Falte vom Rock der Jungfrau. Sie steht auf und geht um die Statue, die ein bißchen größer als Billie ist, herum. Sie steht zum Meer hingewandt, ihr Gesicht wird von der Gischt gepeitscht, und die Gesichtszüge sind von großen Salztränen zerfurcht und zerfressen. Sie wird dem nicht lange standhalten, aber wie ist sie hierhergekommen? Jemand mußte sie gemacht und dann mit einem Boot hier an Land gebracht haben. Billie wünscht, sie hätte einen Fotoapparat dabei, sonst würde ihr niemand glauben. Aber sie wird sowieso niemandem davon erzählen.

Diese einsame, bröckelnde Jungfrau gehört ihr und dem Meer. Sie kniet zu ihren Füßen nieder – die Wellen kräuseln sich um ihre Stiefel –, bricht ein Stückchen vom Rocksaum ab und steckt es sich als Souvenir in die Tasche. Sie könnte schwören, sie könnte ehrlich schwören, daß Maria eine Hand gesenkt und ihr leicht über das Haar gestrichen hat. So gesegnet klettert Billie die Klippe hinauf und fährt davon.

Es ist früher Morgen, kurz vor Tagesanbruch. Die Party ist fast vorüber. Es war wundervoll. Total. Wüst. Supercool. Unheimlich. Ein Hit. Nimm ein Wort, irgendein Wort, eines von den vielen, die umherhinken, zerrissen und verkehrtherum eingesetzt, abhängig von Woche, Tag, Minute, Sekunde, als du geboren wurdest. Wirbelnde Worte für einen zufälligen Planeten. Alle waren gekommen, die Polizei eingeschlossen, und zwar zweimal. Die Naturkinder waren um Mitternacht eingetroffen, ein Heranrauschen bunter Lumpen, die an einem Bulldozer hingen, den sie auf einer Lichtung abgestaubt hatten, wo häßliche Männer von früh bis spät arbeiteten, um ihre häßlichen Familien zu ernähren, indem sie eine Straße durch das anfällige und versagende Herz des Waldes trieben. Die Naturkinder hatten geduscht und einander die Haare geschnitten. Sie hatten im Schwimmbecken ihre Wäsche gewaschen und sie überall über die Büsche gehängt, damit sie in den ersten rosigen Sonnenstrahlen trocknen konnten. Die bunte Kleidung hüllte die Männer mit Aids, die in Decken eingewickelt und aufgereiht wie Erbsen in der Hülse auf Liegen neben dem Becken schliefen, in festlichen Glanz. Napoleon, der Krankenpfleger, hat nach seinen Patienten gesehen, bevor er in sein Zimmer gegangen ist, um Tagebuch zu schreiben, was er seit Tagen vernachlässigt hat. Seine Schwester, der die Party keinen Spaß gemacht hat, hatte sich, Kopfschmerzen vortäuschend, kurz nach Mitternacht mit einer Augenbinde, Ohrstöpseln und zwei Schlaftabletten ins Bett gelegt. Sie hatte zu Recht das Gefühl, daß sie sich wirklich genug bemüht hatte, sich in diesem schließlich sehr fremden Territorium zu amüsieren. Vor dem Einschlafen hat sie sich für einen Augenblick gefragt, wohin ihr Sohn Ben wohl verschwunden sein mochte. In die Stadt, um mit den Mädchen herumzustreunen, hoffte sie, denn Gott mochte sie davor bewahren, daß er als Homo endete wie Napoleon. Nicht daß sie irgend etwas gegen Homos hätte, sie wollte nur einfach nicht einen zur Welt gebracht haben, das war alles. Und Sophie, ihre liebe, kleine Tochter, war übers Wochenende bei ihrem Vater. Wie es Sophie wohl ging? Oh Gott, bitte laß es ihr nicht schlecht gehen. Aber laß es ihr auch nicht zu gut gehen. Bitte sorge dafür, daß sie mich mehr liebt als ihren Vater. Erschöpft von ihren Anstrengungen, die nostalgische Fassade einer Familie in der westlichen, spätkapitalistischen Welt aufrechtzuerhalten – denn es tröstet uns stets, die Zeit zu orten, in der wir leben, die Längen- und Breitengrade unserer Schuldzuweisungen haargenau zu bestimmen – tut Aviva das einzig Vernünftige: Sie schläft ein.

Die Naturkinder haben sich Pulverkaffee gemacht, obwohl es auch richtigen Kaffee gab und Lorraine sogar so weit ging, ihnen anzubieten, ihn für sie zu machen, da keiner von ihnen wußte, wie. Aber sie mochten Pulverkaffee, darauf bestanden sie. Sie aßen Unmengen Toast mit Marmelade, ihre Haare waren prächtig mit Perlen, Patronen und Federn geschmückt. Sie bauten sich ein Nest, in das sie ihre sauberen Köpfe legten, bevor sie die Nachtlandschaften betraten, entlang Alleen blasser, nackter Stämme wandelten, die sich zur unverschämtesten aller Gesten aufbäumten, hin zu Koalabären, die sich langsam, langsam auf Spießen drehten und ihr trauriges Fett auf den von Sägespänen nachgiebigen Boden spritzten, und währenddessen richteten sich die Partylesben vor dem Fernsehgerät in Lorraines Bungalow ein, denn Lorraine hatte ein Video, das ihre Freundin Jill ihr aus Sydney geschickt hat. Auf Jills heiße Videos konnte man sich verlassen, besonders auf die mit Debbie, und Lorraine hat dieses hier für die Party aufgehoben.

»Wo sind die Jaffas?« möchte eine wissen und verrät damit eindeutig ihr Alter. Es gab keine Jaffa-Schokoladenkugeln, aber statt dessen sechs Pakete Arnott's Schokoladenkekse und mehrere fette, klebrige, grüne Joints.

Im Kühlschrank lag reichlich Cascade-Bier und auch Coca-Cola.

»Fertig, Ladies?« erkundigt sich Lorraine, und im großen und ganzen sind sie es, wenn auch vielleicht ein bißchen nervös. Dora, die ortsansässige Tierärztin, drückt in der Hoffnung, daß keine Tiere vorkommen, die Daumen, denn dann würde sie gehen müssen. Billie lehnt an der Rückwand nahe der Tür. Sie persönlich, so sagt sie sich, kann bei diesem Zeug mitmachen oder es bleiben lassen, aber ihr wird klar, daß sie sich womöglich nicht die ganze Wahrheit eingesteht, denn sie spürt einen bekannten Adrenalinstoß der Vorfreude, von einer intensiven Neugierde einmal ganz zu schweigen.

Lorraine zwinkert ihr zu und drückt die Abspieltaste.

Die Qualität ist anfangs entsetzlich – nun, eigentlich den ganzen Film hindurch, denn es ist eine schlecht ausgeleuchtete, schlecht vertonte Amateurleistung, eine Situation direkt aus dem Leben und nicht ein elegantes Produkt, das auf das Vergnügen von Männern abzielt, und so macht es niemandem etwas aus. Aber Billie möchte gerne wissen, warum niemand Pornofilme von anständiger Qualität für Frauen macht. Sie spielt kurz mit dem Gedanken, selbst einen zu drehen. Sie fährt zufrieden in einem Ferrari und mit Perlen um den Hals umher, um nach Talenten Ausschau zu halten, als ihre Aufmerksamkeit plötzlich nicht mehr davon in Anspruch genommen wird, was auf dem Bildschirm passiert, sondern sie sich fühlt, als würde sie mit dem Gesicht nach unten und dem Arm hinter dem Rücken zu Boden gerungen. Und Billie findet die Frau ihres Lebens wieder, während um sie herum die plötzlich grauenerregenden Frauen pfeifen, buhrufen und anfeuern, und dann tut sie etwas, was sie noch nie in ihrem Leben getan hat: Sie fällt in Ohnmacht.

»Herrgott, es war doch nicht dermaßen schlecht, oder?« will Lorraine wissen. Sie weiß, daß es nicht so schlecht war, denn sie hatte sich das Video am Nachmittag kurz angeschaut. Sie hatte es okay gefunden, wie diese Dinger nun einmal waren.

Die ältere Frau war eine Wucht, irgendwie überrascht über sich selbst, das war zu sehen, aber doch voll dabei. Lorraine hat Billie nach draußen gebracht und sie auf der Kante einer unbesetzten Liege abgesetzt, wo sie schluchzend mit dem Kopf zwischen den Beinen sitzt. Verlangen ist eine schwer faßbare Angelegenheit, denkt Lorraine, und was ein Mädchen für Vergnügen hält, konnte für ein anderes bloß wie eine lauwarme Ovomaltine sein. Man mußte Zugeständnisse machen. Die Schwulen gaben wie ein kleiner Chor ganze Tonleitern aufeinander abgestimmter Schnarcher von sich.

»Wie konnte sie nur?«, flüstert Billie, aber Lorraine hört ihr gar nicht zu. Sie hört gespannt zu Anthony, dem Mann am Ende der Reihe. Das war nicht so sehr ein Schnarchen als ein Todesröcheln. »Oh lieber, Gott, nein, laß es nicht zu, laß es nicht zu«, schreit Lorraine. Aber er läßt es zu, und es gibt nichts, was sie dagegen tun könnte. So wie Anthony daliegt, den Kopf zurückgeworfen, die Zähne leicht entblößt, kann Lorraine nicht umhin zu denken, daß er so ähnlich ausgesehen haben mußte, wenn er kam. Jodelnde Wertschätzung und kreischende Zustimmung tönen aus Lorraines Bungalow. Sie glaubt, sie kann Melissas Stimme heraushören. Sie will Melissa. Sogar hier, als sie die Augenlider eines toten Mannes schließt, will sie sie.

»Was ist los mit ihm?« will Billie wissen.

»Er ist tot.«

»Ich wünschte, ich wäre tot«, sagt Billie. Ach, diese selbstbezogenen Melodramen der Jugend, denkt Lorraine. Sie hat gute Lust, ihr eine herunterzuhauen, und ohne viel nachzudenken, tut sie es auch und fühlt sich gleich viel besser.

Alle sind gegangen – nun, fast alle, bis auf ein Paar zäher Lesben, das in Lorraines Wohnzimmer zu k.d. lang tanzt und singt.

»*You're still out there somewhere with someone you've met, and I'm down to my last cigarette*«, heulen sie, werfen die Teppiche in Falten und stürzen in die Möbel.

Die Leiche ist fort, Napoleon hat sie ins örtliche Krankenhaus begleitet und alle notwendigen Telefonanrufe erledigt, unterschrieben, was zu unterschreiben war, und auch sonst getan, was erforderlich war, bevor er auf einem Umweg über viele Kilometer am leeren Strand zurückläuft. Er schreit seine Unzufriedenheit in den Wind und die Wellen, bleibt aber stehen, als er den jungen Ben vor sich sieht, der mit zwei der Mädchen, die gestern zur Party gekommen waren, in der Brandung angelt. Ein Mann ist bei ihnen, der Vater eines der Mädchen.

Ben stellt ihm die Mädchen und den Vater vor, der die Hand ausstreckt, um Napoleons zu schütteln, als es plötzlich an seiner Angelschnur zerrt und er die Hand zurückzieht, um seinen Fang zu halten. Aber beide Hände sind nicht genug. Was immer da draußen ist: es ist groß und stark und zur Flucht entschlossen.

Die Mädchen greifen den Mann um die Taille, und Ben greift sie und Napoleon ihn, und lachend und rufend zerren sie das Tier zur Küste. Es kommt näher, sie können es spüren. Napoleon versucht, um, über oder durch die Gruppe kämpfender Leute, von der er ein Teil ist, zu sehen, versucht zu sehen, was da draußen ist, aber er kann nichts erkennen. Aber da ist etwas. Er kann seine Kraft spüren, wie es die Nylonschnur peitscht, sie hierhin und dorthin zerrt, während sie Mühe haben, überhaupt stehenzubleiben. Als sie langsam vom Strand ins Wasser gezogen werden, fragt Napoleon sich, wer hier eigentlich wen zu fangen versucht. Dann reißt die Schnur. Einfach so. Sie fallen in einem Haufen übereinander und stöhnen und lachen.

»Nun, wir haben ihm einen guten Kampf geliefert«, verkündet der Mann, und Napoleon findet, daß das wahr ist. Für einen Moment sieht er es als Teil einer größeren Debatte; wie etwas, das du in der sich verändernden Form von Wolken ahnst, etwas, das zum Greifen nahe ist, aber gerade wenn du denkst, du hast es, verschwindet.

»Ich brauche einen Kaffee«, erklärt der Mann, »ihr nicht? Holt die Thermoskanne, Mädels, und auch die Sandwiches mit den Curryeiern, wenn ihr schon dabei seid.« Er strahlt Napoleon an. »Sie sind also der Onkel dieses jungen Mannes? Guten Tag.« Sie schütteln sich die Hände, und der bedrückte Napoleon schmiegt sich an diese kleine Gruppe Menschen an, trinkt Kaffee, ißt ein Sandwich und fühlt sich besser.

Lorraine hat endlich Erfolg bei Melissa und hatte ihn noch, als Billie sich zur Abreise bereitmacht. Sollte Billie an die Tür klopfen und sich verabschieden? Sollte sie wenigstens warten, bis Lorraine herauskommt? Auch wenn sie unbedingt fort will, so wollte sie doch nicht mit bitteren Gefühlen gehen. Sie macht Lorraine die Ohrfeige nicht zum Vorwurf, weil Lorraine in der letzten Zeit viel Kummer gehabt hat, und Billie hat das Gefühl, daß sie ihr das zugestehen muß, und außerdem muß sie zugeben, daß sie sich wie ein verzogenes Gör verhalten hat, aber sie hatte ehrlich nicht mitbekommen, daß der Typ tot war, obwohl Lorraine es gesagt hatte. Wie dem auch sei, jetzt kann sie nicht weg, weil sie auf jemanden wartet, der etwas wegen des Bulldozers unternehmen soll, der auf dem Boden des Schwimmbeckens steht. Gelegentlich rülpst er eine Kette großer Luftblasen hervor, die langsam nach oben steigen und die Wasseroberfläche aufwerfen. Als die Naturkinder aufbrechen wollten, hatten sie die Maschine aus Versehen hineingefahren, als sie den Rückwärts- statt des Vorwärtsgangs einlegten. Es war so schnell passiert: Der Bulldozer am Beckenrand kippte vornüber, und sie konnten nur noch hinunterspringen und wegrennen. Billie war erst ins Becken getaucht, um die Nummer von der Seite des Fahrzeugs abzulesen, und hatte dann den Unternehmer angerufen, um ihm zu sagen, wo seine Maschine war, auch wenn sie keine Ahnung habe, wie sie dahingekommen sei.

»Sie haben aber doch nicht etwa die Bullen angerufen, meine Liebe, oder?« hatte die nervöse Stimme am anderen Ende des Telefons wissen wollen. Billie sagte, daß sie das nicht getan habe. »Es ist nämlich eher eine Familienangelegenheit, verstehen Sie?« Billie verstand es nicht. Sie war neugierig, es herauszufinden. Er hatte gesagt, er käme mit einem Kran vorbei, um das Ding hochzuwinden. Billie wünschte nur, er würde sich beeilen oder daß Lorraine herauskommen würde, so daß sie losfahren konnte, und gerade als sie sich das wünscht, kommt ein Abschleppwagen die Einfahrt heraufgerattert, und zwei schwere Kerle schwingen sich heraus. Der ältere von ihnen eilt ans Schwimmbecken, brüllt, reißt sich den Hut vom Kopf und trampelt darauf herum.

»Du Ratte, du Scheißkerl, du mieser, kleiner Hund.«

»Er meint meinen Bruder«, erklärt der andere. »Er macht unseren Vater rasend. Er ist einer von diesen Grünen, und er fuhrwerkt immer mit unseren Maschinen herum. Er sagt, er liebt die Bäume, aber ich glaube eher, er haßt Dad. Aber egal, was der Bastard macht, Dad steht immer noch hinter ihm.«

»Wie ich schon sagte«, beharrt der andere, »es ist eine Familienangelegenheit.« Er drückt Billie einen Stapel Geldscheine in die Hand. »Das sollte Sie für den ganzen Ärger entschädigen. Ist ja ein ganz schönes Durcheinander, ganz schön was aufzuräumen. Aber keinerlei Schaden, nichts weiter kaputt. Habe ich nicht recht?« Ohne eine Antwort abzuwarten, springt er in den Lastwagen, setzt bis zur Kante des Schwimmbeckens zurück und lockert die Ketten und Greifhaken. Sein Sohn springt ins Becken und bringt sie an.

Der Bulldozer schwebt bereits mitten in der Luft, und Wasser strömt aus ihm heraus, als Lorraine endlich auftaucht. Sie fragt, was los sei, weil sie das Gefühl hat, das müsse sie, obwohl es ihr im Grunde genommen egal ist. Am allermeisten wünscht sie sich zu Melissa ins Bett zurück, aber Melissa meint, sie wolle lieber nach Hause gehen, und ist aus diesem Grund duschen gegangen, und Lorraine nimmt an, mit diesen verrückten Leuten umzugehen sei so gut wie jede andere Beschäftigung auch, um sich die Zeit zu vertreiben.

Billie erzählt ihr, was passiert ist, und gibt ihr das Geld. Lorraine lacht, zieht Billie auf ihren Schoß herunter und gibt ihr einen dicken Kuß.

»Ich hab's nicht so gemeint, Mädel. Das weißt du doch. Du gehst mir nur manchmal einfach auf die Titten. Aber ich liebe dich nach wie vor.«

»Familienangelegenheiten«, wiederholt der Holzunternehmer grimmig und springt vom Lastwagen, um sicherzustellen, daß alles in Ordnung ist. »Am wenigsten gesagt, am ehesten behoben. Versteht ihr, was ich meine?«

»Klar doch, Kumpel«, sagt Lorraine. »Nicht wahr, Darling?« Und Billie stimmt einfach zu.

Sie ist wieder unterwegs. Sie fährt zurück. Aber als sie dort ankommt, hält sie nicht an, sondern braust nur am Park vorbei, am Strand vorbei, am Haus vorbei, denn sie weiß nicht, was sie tun oder sagen soll, und aus irgendeinem Grunde hat sie sogar ein bißchen Angst. Deshalb geht sie in die Wohnung ihrer Freundin JoJo, holt den Ersatzschlüssel, den JoJo unter einem Blumentopf an der Seite des Hauses aufhebt, hervor und schließt auf. Sie badet mit viel Schaum und legt sich im Gästezimmer ins Bett, wo sie schläft, bis JoJo von der Arbeit nach Hause kommt und nach ihrem Kater Phyber Optik ruft, der neben Billies Kopf auf dem Kopfkissen eingerollt schläft und sie aufweckt, als er, auf die Stimme seiner Herrin reagierend, aufspringt.

»Was für ein Trip«, ist JoJos Kommentar, als Billie ihre Geschichte zu Ende erzählt hat, und Billie stimmt ihr zu, aber so sei es nun einmal, und das ist es dann auch.

»Das war sie. Ich bin mir sicher.« Rosemary greift Alans Arm und unterbricht die Geschichte, die Daphne ihr gestern abend am Telefon erzählt hatte, wie ihre Mutter Isobel zum Abschied eine Trichternetzspinne in Edith Blacks Bett gesetzt hatte. »Hast du sie nicht gesehen?«

»Lesben auf Motorrädern sehen für mich alle gleich aus«, sagt er. Alan hat die Nase voll von dem Thema, es tut ihm leid, daß es seiner Freundin schlecht geht, und er ist wütend auf das kleine Miststück, das an ihrem Unglück Schuld hat. Sie waren über die Klippen nach Bondi spaziert, wo sie in

Rosemarys thailändischem Lieblingsrestaurant zu Mittag gegessen hatten, bevor sie wieder zurückliefen.

»Wie läuft es mit deinem Aufsatz?« fragt er, darauf bedacht, Rosemarys Aufmerksamkeit auf ihr berufliches Leben zu lenken, wohin sie seiner Meinung nach in ihrem Alter gehörte. »Den über Jungen, die zuviel Raum einnehmen.«

»Er ist fertig. Nun, beinahe«, verbessert sie sich, da sie noch an den Fußnoten herumbastelt.

»Das könnte ein gutes Jahr für dich werden«, sagt Alan voraus, entschlossen, sie auf die guten Seiten aufmerksam zu machen. »Du hast doch auch ein Forschungssemester anstehen, oder nicht?«

Sie sind jetzt am Rande des Parks und kurz davor, die Straße zu überqueren. Rosemary sieht nach links und rechts: kein Motorrad, keine Billie, die ihre Meinung geändert hat und zu ihr zurückdonnert. Und wenn sie zurückkäme, denkt Rosemary, gäbe es keinen Parkplatz, und sie würde wahrscheinlich sowieso aufgeben und weiterfahren.

»Hast du irgendwelche Pläne?«

»Nichts Genaues. Naja, doch, Italien für einen Teil der Zeit, nehme ich an.«

»Du hörst dich an, als redetest du von einem Kaff wie Dubbo.«

»Wirklich?«

Er hatte eigentlich recht. Ihr kam in diesem Moment die ganze Welt wie Dubbo vor.

Auf dem Kaminsims im oberen Schlafzimmer des Literaturhauses steht eine Grußkarte von Floryan. Darauf hat er geschrieben: »Jeder Körper ist ein Buch aus Blut; wo immer wir geöffnet werden, sind wir rot.« Daphne fragt sich, wo er das wohl geklaut hat – er hat es von seiner neuen Freundin Ruth Tongue, die es wiederum von ihrem Lieblingsschreiberling abgeschrieben hat, aber das kann Daphne nicht wissen: Daphne weiß noch nicht einmal, daß Leute wie Ruth Tongue *existieren*.

Oben in den Bergen schreitet die Arbeit voran, und Daphne findet heraus, daß Rosemary recht gehabt hat. Es tut weh, besonders am Rücken, an den Rippen, an den Innenseiten der Oberschenkel und Arme und hinter den Ohrläppchen.

»Denk an diese Jain-Frauen, die wir neulich im Fernsehen gesehen haben«, rät Lois ihr. »Denen das ganze Haar ausgerissen wird, bevor sie Nonnen oder sonst was werden.« Daphne denkt an sie, aber das hilft nicht. Die winzigen Nadeln, die an ihrer Hautoberfläche knabbern, ziehen kleine Bluttröpfchen hervor. Das hatte sie auch nicht erwartet. »Und außerdem macht es so einen Lärm«, beschwert sie sich, als Lois mit dem jaulenden, metallenen Tätowierungsarm über ihr steht, dessen feine Gummivenen mit Tinte gefüllt sind, die die Farbe in die Nadeln entläßt.

Lois zeichnet freihändig, sie redet ununterbrochen mit Daphne und folgt dem Fluß ihrer Gedanken. Lois hat es aufgegeben zu versuchen, einen Sinn in dem Ganzen zu erkennen. Sie folgt einfach den wilden Bildern, aber jetzt beginnt Daphne, von der Notwendigkeit von Wörtern zu reden. Was für Wörter das sein werden und wer sie schreiben wird, ist unklar.

Alle zwei Stunden machen sie eine Pause. Lois cremt sie mit Salbe ein und bedeckt die neue Arbeit mit schützender Gaze. Dann geht sie kurz im Garten spazieren und trinkt mit Dot in der Küche eine Tasse Tee. Dot macht auch einen Tee für Daphne, aber sie bringt ihn ihr nicht hoch, denn sie weigert sich, den Raum zu betreten, den sie zum Ärger der anderen als Horrorkammer bezeichnet.

Daphne würde die ganze Sache gerne beschleunigen, indem sie auch nachts arbeiten, aber Lois will das nicht. Sie wird müde, und außerdem ist das Licht nicht gut genug. Schließlich ist dies nur ein Schlafzimmer, das zu diesem Zweck umgestaltet worden ist, und kein richtiger Tätowierungssalon. Und so geht Daphne jeden Abend zu Rosemarys Haus zurück und Lois zu ihrer Mutter nach Hause.

Der Aufenthalt in den Bergen beginnt, Lois zu bedrücken. Das Wetter ist grauenhaft. Die gesamte Bevölkerung sieht aus, als könnte sie nicht mal mehr eins und eins zusammenzählen. Sie fühlt sich auf dem Land nicht sicher. Hinter der Fassade der Trödelläden, Teehäuser und gemütlichen, kleinen Pensionen, die Unterkunft mit kolonialem Charme anbieten, liegen die nackten Buschgrundstücke, auf denen sich die Hausbesitzer mit häßlichen Stapeln von Ziegelsteinen umgeben haben, vielleicht in dem Glauben, so die Heimsuchung abwenden zu können; in der Hoffnung, daß der Tod seinen Weg nicht durch die Doppelgarage fände oder durch das Fenster des Wohnzimmers einstiege. An solch desolaten Orten foltern christliche Fundamentalisten ihre Kinder, und jeder fest zugezogene Vorhang versteckt einen übergewichtigen Waffenbesitzer. Was Lois angeht, so wird sie sich nicht sicher fühlen, bis sie in die Stadt zurückgekehrt ist.

Am sechsten Abend ruft sie Floryan an, und sie diskutieren über die Möglichkeiten, wie Daphne überredet werden kann, nach Sydney hinunterzufahren, um die Arbeit dort abzuschließen. Sie diskutieren auch, was das Endresultat von all dem sein wird. Lois möchte, daß ihr erstes größeres Werk von soviel Menschen wie möglich gesehen wird. Sie möchte, daß es auf den Kunstseiten der Zeitungen und Zeitschriften rezensiert wird. Sie will Furore machen. Allerdings stimmen sie darin überein, daß es im Augenblick besser sei, Daphne gegenüber die Pläne, die sie mit ihrem Körper haben, nicht zu erwähnen.

Schließlich stellt es sich als gar nicht schwierig heraus, Daphne zur Rückkehr in die Stadt zu überreden, besonders als Lois darauf hinweist, daß sie dann abends arbeiten könnten im Tätowierungsstudio ihres Freundes Troy auf der Bondi Road. Außerdem ist es ein bißchen einsam in Rosemarys Haus ohne Rosemary, und so packt Daphne am siebten Abend ihre Taschen und ist bereit, am nächsten Morgen abzufahren.

Daphne steckt unter mehr Lagen von Verbänden als der Elefantenmann, und Lois muß ihr in den Zug helfen und außerdem ihre Tätowierausrüstung und Daphnes Koffer und ihren eigenen tragen, weil Daphne zu wundgestochen ist, um überhaupt etwas tun zu können. Als sie sich auf ihren Plätzen niedergelassen haben, bemerkt Lois, daß das, was sie von Daphne sehen kann, an diesem Morgen sehr blaß aussieht, und fragt sie, ob es ihr gut gehe. Daphne nickt und starrt aus dem Fenster. Lois nimmt eine Schachtel Perlen heraus und beginnt, sie aufzufädeln. Sie macht ein Armband für ihre jüngere Schwester. Daphne dreht sich vom Fenster weg. Sie zieht aus ihren vielen Lagen eine Keksdose von Arnott's hervor, auf deren Deckel einheimische Wildblumen gemalt sind.

Daphne hält ihr die Dose entgegen. Lois legt ihre Perlen beiseite und schaut hinein.

»Was ist das?«

»Worte.«

Lois sieht, daß die Dose voller zerrissener Papierfetzen ist. Sie schöpft ein paar heraus. Die Stücke sind sehr trocken, alt. Viele sind braun an den Rändern, offenbar hat jemand versucht, sie zu verbrennen. Jeder Fetzen trägt ein, zwei und gelegentlich drei verblichene Wörter, die in einer flüssigen, ordentlichen Handschrift mit einer verwaschenen, blauen Tinte geschrieben sind. Lois breitet sie auf dem Sitz neben sich aus.

»Die Worte meiner Mutter, nachdem Edith Black versucht hat, sie zu vernichten.«

»Wo hast du sie gefunden?"

»In dem verfluchten Schirmschrank. Wo sonst?«

»Ja, aber wie? Ich meine, wann hast du sie gefunden?«

»Gestern abend. Ich bin mit dem Fahrrad hinübergefahren und durch das Seitenfenster unten, das nicht richtig schließt, eingestiegen. Niemand hat mich gehört. Die drei Schriftsteller, die im Moment dort sind, waren alle oben und spielten Cricket. Ich bin zu dem Schrank gegangen, habe ihn geöffnet, mit meiner Taschenlampe hineingeleuchtet, und ganz hinten, voller Spinnweben, habe ich die Dose stehen sehen. Also, ich wollte natürlich nicht meinen Arm da drinnen riskieren, und außerdem konnte ich nicht bis hinten in den Schrank reichen, deshalb habe ich den Besen geholt und sie hervorgezogen. Ich hatte nämlich immer das Gefühl, daß Mum an etwas gearbeitet hat, als sie starb, und ich habe recht gehabt.«

Lois greift in die Dose und läßt die Papierfetzen durch ihre Finger gleiten.

»Woher weißt du, daß es Edith war?«

»Nun, ich glaube nicht, daß Isobel ihre eigene Arbeit vernichtet hätte, und selbst wenn, dann glaube ich nicht, daß sie sie in Ediths Schirmschrank gesteckt hätte.«

»Aber warum hat Edith die Fetzen nicht einfach weggeworfen? Warum sollte sie sie in eine Keksdose tun und verstecken?«

Daphne wirft Lois einen beunruhigenden Blick zu. »Hör mal«, sagt sie, »es ist eine Geschichte. Sie muß nicht wahr sein. Ich persönlich kann mir mehrere Gründe vorstellen, warum Edith das getan haben könnte, aber das tut nichts zur Sache, denn die Hauptsache ist, daß ich die Worte gefunden habe, die wir brauchen.«

Daphne sammelt die Papierfetzen zusammen, die Lois aus der Dose genommen hatte, legt sie zurück, schließt den Deckel und schüttelt die Dose kräftig. Dann öffnet sie sie wieder und hält sie Lois hin.

»Zieh welche.«

»Wie viele?«

»Egal. Naja, nicht zu viele«, fügt sie hinzu, als sie an ihre leidende Haut denkt. »Und wähl sie nicht aus. Zieh sie einfach nur zufällig heraus. Und lies sie auch nicht.«

Nachdem dies getan ist, versucht Daphne, den Rest der Worte aus dem Fenster zu werfen, aber in diesem Zug lassen sie sich nicht öffnen, und so wird sie die Worte im Augenblick nicht los.

Rosemary ist wieder in der Buchhandlung in der Oxford Street, um sich mit solchen Büchern einzudecken, die sie zu verachten pflegte, bevor sie das mit Blaize gelesen hatte. Sie freut sich, daß mehrere Blaize-Bücher im Regal stehen, und kauft sie alle. Die junge und beunruhigende Frau steht immer noch an der Kasse. Als Rosemary diesmal ihre Einkäufe tätigt, lehnt sie sich vor und sagt leise etwas. Rosemary vermutet, daß sie kürzlich einen leichten Hörverlust erlitten hat, und hat ihn schon auf die Liste der Symptome ihrer Wechseljahre gesetzt, so daß die Leute in der Beratungsstelle genau wissen, was für ihr individuell entworfenes Hormonpflaster benötigt wird. »Was?« fragt sie, und das Wort kommt viel lauter und ärgerlicher heraus, als sie beabsichtigt hatte, daher wiederholt sie es noch einmal in einem vernünftigeren Ton: »Was?«

»Ich sagte, ich fand dein Video wirklich ganz toll. Alle meine Freundinnen und ich haben Kopien davon.«

Rosemary hat keine Ahnung, wovon sie redet. Kann das der Ausbruch der Alzheimer-Krankheit sein, bildet sie sich das ein, oder verweilen diese jugendlichen Finger wirklich ein wenig auf Rosemarys, als sie ihr das Wechselgeld geben?

JoJo ist in der letzten Zeit viel aus und kommt erst spät nach Hause, wenn überhaupt. Billie ist auch oft aus. Der Unterschied ist, daß JoJo sich vergnügt und Billie nicht. Sie hat ihren alten Job im Café wieder, nächste Woche beginnt die Universität, und sie hat sogar ein paar Auftritte geplant, also was ist eigentlich das Problem? Billie geht in der Abenddämmerung im Centennial Park spazieren und versucht herauszufinden, warum sie sich nicht mehr mutig und funkelnd vorkommt, aber was macht denn die Frau da drüben? Billie bleibt stehen und schaut der verhüllten Gestalt zu, die Papier am Lagunenrand verstreut. Schwäne und Gänse versammeln sich, um sich über die Fetzen zu streiten, bis sie ihren Fehler bemerken und davonpaddeln.

Als die Frau weggeht, tritt Billie ans Wasser und hebt ein paar Stücke Papier auf, aber sie sind jetzt schlammverschmiert und unleserlich. Was es wohl war? Liebesbriefe, denkt Billie, und das bringt sie gleich wieder zu ihrer eigenen Geschichte zurück, während die Wasservögel zum Schlafen auf die Insel in der Mitte des Sees fliegen, die untergehende Sonne sich auf die Hochhäuser der City aufsplittert, und Sara und Susan vorbeigehen, die in einer Pause, die sie zwischen Arbeit und Oper gefunden haben, ihren Pudel namens Morgan spazierenführen.

»Ist das nicht … ist das nicht, du weißt schon.«

»Ja, das ist sie, ich bin mir sicher«, sagt Susan und kramt nach ihrem Telefon.

Und so weiß Rosemary jetzt mit Sicherheit, daß Billie zurück ist.

Daphne will sich nicht mit Rosemary treffen, aber sie unterhalten sich oft am Telefon. Sie will niemanden sehen, bevor die Zeit gekommen ist, aber es widerstrebt ihr, vorauszusagen, wann das sein wird. Sie hat offenbar jegliche Notwendigkeit vergessen, Geld zu verdienen. Sie hat ein Stipendium der Kunstförderung für dieses Projekt, aber den größten Teil davon hat sie Lois gegeben, und da sie unbezahlten Urlaub von der Universität hat, fragt sich Rosemary, wovon sie lebt. Nicht, daß es sie etwas anginge. Rosemary denkt eben viel über Geld nach, das ist alles. Sie hat es immer für ein interessantes Thema gehalten.

Sie kann der Versuchung nicht widerstehen, zu fragen, ob es wehtut, tätowiert zu werden. Schmerzt es mehr als ein gebrochenenes Herz, will sie eigentlich fragen, aber wer wagt es schon, in ihrem Alter noch so dumm zu sein?

»Natürlich, es tut verdammt weh«, fährt Daphne sie an, »aber du gewöhnst dich daran. Und das Jucken ist schrecklich, wenn es zu heilen anfängt. Ich sage dir, was das Schlimmste ist: der Lärm von dieser Maschine. Manchmal trage ich Ohrstöpsel, aber dann werde ich paranoid und glaube, sie reden über mich, und muß sie wieder herausnehmen.«

»Wie wäre es mit Musik? Kopfhörer. Steck dir eine *Stabat Mater* in deinen alten Walkman. Das wäre äußerst passend, wenn du mich fragst.«

»Haha«, sagt Daphne und hängt auf.

Floryan und Ruth Tongue liegen vor dem Schreibtisch im Empfangsbereich auf dem Boden und diskutieren die Einladungen, die zu Daphnes Enthüllung verschickt werden sollen. Ruth hat viel mit so etwas zu tun und behauptet daher zu wissen, wovon sie redet, und sie findet, daß Floryan aufhören sollte, sich den Diskurs zwischen Erzählung, Autobiographie und Schauspiel durch den Kopf gehen zu lassen, und mit Clive Barkers *Büchern des Bluts,* Band eins, gleich zur Sache kommen sollte.

Hör zu, weist sie ihn an, und das tut er. Vertrau mir, beharrt sie, und das tut er nicht. Ich lese es dir vor, sagt sie, und das tut sie und überspringt dabei die langweiligen Stücke:

»Jetzt er war eine einzige Masse Blut, von Kopf bis Fuß. Sie konnte die Zeichen sehen, die Hieroglyphen der unerträglichen Schmerzen. Sie schrieben von allen Seiten auf ihn, zupften das Haar aus seinem Kopf und Körper, um die Seiten zu leeren, schrieben in seine Achselhöhlen, schrieben auf seine Augenlider, schrieben auf seine Genitalien, in die Spalte seines Gesäßes, auf die Sohlen seiner Füße … und nach einiger Zeit, als die Worte auf seinem Körper Schorf und Narben waren, las sie ihn. Sie las sie alle, jede letzte Silbe, die unter ihren Fingern glitzerte und näßte. Er war ein Buch des Bluts und sie seine einzige Übersetzerin.«

Ms. Tongue sitzt einen Moment zurück und genießt den Gedanken, und dann möchte sie wissen, was er davon hält. Floryan hält es für geschmacklos, aber er sieht ein, daß sie es vielleicht verwenden können. Er weiß, daß Daphne dem nicht zustimmen wird, aber sie muß einsehen, daß jemand, der etwas so Exhibitionistisches und Flamboyantes macht, sich allen möglichen Interpretationen offenlegt.

»Wir sollten ein Poster daraus machen. Nein, *du* solltest ein

Poster entwerfen. Mach, was du willst, und wir hängen es in der ganzen Stadt auf. Einverstanden?«

Ruth Tongue lächelt. Sie steht auf und streckt sich. Die unzählbaren Dinge, die in ihr stecken, funkeln und zittern im schattenlosen Licht des Tätowierungsstudios. Sie streckt Floryan die Hand entgegen. Er muß an Mausefallen denken und sich überwinden, sie zu ergreifen. Ihre Finger schließen sich um seine. Er bemerkt mit steigender Panik, daß ihre Fingernägel mit Stahl überzogen sind und Nieten dort sitzen, wo die Nagelhaut sein sollte.

»Ich sehe«, sagt Ruth Tongue, »daß ich deine Ansichten über ein unberührtes, begrenztes Selbst herausfordere.«

»Das tust du«, stimmt Floryan zu.

»Du wirst doch verstehen«, sagt sie ihm, »daß solche Ansichten zu einer Zeit, da die Hälfte der Bewohner der westlichen Welt mit anderer Leute Organen und, so habe ich gelesen, sogar mit den Gehirnzellen von anderer Leute toten Babys herumläuft, nostalgisch erscheinen – warum bauen sie sie nicht selber an, kultivieren ihren eigenen Erste-Hilfe-Satz sozusagen?«

Ruths Mund öffnet sich leicht. Ihre Zunge zuckt und gibt den Blick auf ein paar wenige strategisch angeordnete, gefeilte Zähne frei. »Und natürlich gibt es mehr Gegenstände aus Plastik und Stahl, die in die menschliche Rasse eingelassen werden, als ich Zeit habe zu erwähnen, viele davon mit eingebauter Batterie. Verstehst du?«

Floryan nickt, und sie gibt seine Hand frei.

»Ich werde ein schönes Poster für deine Freundin machen. Ich bewundere sie. Sie nimmt die Sprache, die seit den Modernisten und allen, die nachfolgten, anspielungsreich und vieldeutig ist, und macht sie zu etwas, das gewußt und gefühlt werden kann.«

Die Ladentür öffnet sich, und ein kleiner Mann mit einem langen Mantel eilt herein.

»Ah. Da habe ich dich ja, meine Liebe. Das ist gut. Hier ist eine Einkaufsliste. Wir haben kein Klopapier mehr, keine Müllbeutel, Spülmittel für die Geschirrspülmaschine und weiß Gott noch was. Steht alles auf der Liste. Also nimm das Auto und spring bei Coles in Bondi Junction herein und dann rasch nach Hause, sei so lieb, denn unsere Babys sind heute abend ruhelos.«

Und Ruth Tongue nimmt die Liste und geht, und Troy eilt ins Studio, um Lois zu helfen, die großen Farbflächen auszufüllen, die auf Daphnes Arm darauf warten, gefüllt zu werden, und Floryan geht nach Hause, wo er seinen Wellensittich füttert, den Fernseher anstellt, eine Flasche Rotwein öffnet und sich niederläßt, um eine Einladungsliste zusammenzustellen.

Kaum zu glauben, daß eine so große Menschenmenge so ruhig sein konnte, aber man hätte eine Nadel fallen hören können, als Daphne vom Dach des Königlichen Gartenbaupavillons im Ausstellungsgelände herabschwebte und über tausend nach oben gerichteten Gesichtern baumelte. Sie wird von einem großen Stahlring getragen. Ihre Arme sind nach oben gestreckt, und ihre Hände greifen Lederbänder, die an der oberen Kurve des Rings befestigt sind, und ihre Füße bewegen sich leicht auseinander, während sie das Gleichgewicht hält und über der Menge hängt, ein dunkler Stern, der sich langsam um sich selbst dreht, und die Bilder auf ihrem Körper sind dunkle Schatten, die sich verlagern und bewegen, wie der Ring sich bewegt.

»Licht, Licht, Licht«, brüllt die Menge, und es wird Licht, und Daphne ist lebendige Farbe und hängt, wie sie hängen wollte: ein lebendiges Bild, durch das Blut fließt. Unmöglich, alles auf einmal aufzunehmen. Du mußt den Katalog sehen, um die komplexen Details, die feineren Punkte zu erkunden. Vielleicht kannst du dir die Reihe wild entschlossener Spinnen vorstellen, die aus Telefonhörern an den Ohrläppchen hervorkommen, den perfekten Holzstoß, der die linke Brust bedeckt. Wenn du für so etwas offen bist, magst du die Gegenwart von Ruths Zunge spüren, einen Hauch sozusagen von Zitat: *Napalm am Morgen*, Zitatende, auffangen; die bleichen Geister von Akademikern AD 37 – Anno Derrida – miterleben, wie sie die rauchenden Ruinen der Literatur oder eine ähnliche Metapher, die auf einen kaputten Kanon paßt, durchstreifen.

Heute abend gibt es nur einen flüchtigen Blick, einen Anfang. Wenn es dir ernst ist, wirst du in Zukunft viel mehr sehen können, wenn Daphne über diesen Veranstaltungsort mit seinen schwulen und lesbischen Assoziationen, seiner Freakshow-Peepshow-Atmosphäre hinausgeht und, nachdem sie von der Kunstwelt aufgenommen wird, beginnt, die Galerien der Welt zu bereisen, ein kontinuierliches Kunstwerk, stets anders und stets frisch, während die Arbeit fortschreitet und sich verändert und verblichene Lieblingsbilder überarbeitet, neu interpretiert, gelobt, verworfen, verunglimpft werden. Daphne reist verpackt und geschützt durch ihren Manager, der später ihr Ehemann werden wird aus Gründen, die niemand anders ermessen kann, aber die sowohl ihr als auch Floryan passen.

Was noch?

Die Show ist vorüber. Rosemary läuft den Strand entlang. Alleine. Kein Mond.

Etwas anderes.

Ein Happy End vielleicht; ein Licht am Ende des Tunnels, ein Licht am Ende des Strandes. Gibt es das? Ist das zuviel verlangt?

Bittet, so wird euch gegeben, suchet, so werdet ihr finden, und ja, da ist zweifelsohne ein Licht am Ende dieses Tunnels. Es gehört zu Billies Motorrad. Rosemary steht wie festgenagelt, verwandelt, aufgehoben in Licht, auf Billies Sattel gehoben, und sie wird fortgetragen, wiedergeboren, getauft in salziger Gischt, von Küssen durch den feuchten Sand gewirbelt, für einen Augenblick nur sind die heiligen Frauen um den Felspool wiederauferstanden, wiederaufgebaut.

Die winzige Jungfrau, die Rosemary heute abend als Glücksbringer zur Show mitgenommen hatte, ob nun ihr

Glück oder Daphnes oder beider – sagen wir beider –, befindet sich in ernster Gefahr, zerdrückt zu werden, und springt mit einem Satz von dem Ort hervor, an dem sie gehalten wurde, kreist umher wie die Fee Tinkerbell und düst dann mit Lichtgeschwindigkeit, beinahe »300.000 Kilometer pro Sekunde«, wie Rosemary, die so etwas immer weiß, nicht umhin kann zu flüstern, über den Felspool davon.

»Donnerwetter«, sagt Billie, »ist ja unglaublich.«